暗恋是颗小虎牙

深海与月光 著

廣東旅游出版社
GUANGDONG TRAVEL & TOURISM PRESS
悦读书·悦旅行·悦享人生
中国·广州

图书在版编目（CIP）数据

暗恋是颗小虎牙 / 深海与月光著 . — 广州 : 广东旅游出版社 , 2019.12
ISBN 978-7-5570-1518-3

Ⅰ . ①暗… Ⅱ . ①深… Ⅲ . ①长篇小说 - 中国 - 当代 Ⅳ . ① I247.5

中国版本图书馆 CIP 数据核字 (2019) 第 256935 号

暗恋是颗小虎牙

ANLIAN SHI KE XIAOHUYA

深海与月光　著

◎出版人：刘志松　◎责任编辑：陈晓芬　陈 吉
◎责任技编：冼志良　◎责任校对：李瑞苑

出版发行：广东旅游出版社
地址：广东省广州市环市东路 338 号银政大厦西楼 12 楼
邮编：510060
联系电话：020-87347732
印刷：合肥华星印务有限责任公司
地址：合肥市庐阳区庐阳工业园区汲桥路 53 号第 3 号车间
电话：0551-62863908
开本：880 毫米 ×1230 毫米　1/32
印张：10
字数：248 千字
版次：2019 年 12 月第 1 版
印次：2019 年 12 月第 1 次印刷
定价：36.80 元

目 录

CONTENTS

第一章 —— 001

我看你蛮不错的，咱们要不要共度余生

第二章 —— 027

要论先来后到，也是她先住进我心里的

第三章 —— 054

许迟的心思，很深，很深

第四章 —— 084

如果刚好他也喜欢我，那不就是满分了吗

第五章 —— 111

秦矜觉得他有点儿凶，而且，凶得有点儿可爱

第六章 —— 140

看来没有他在，半包糖根本不够

第七章——175

放开她

第八章——204

他就喜欢动不动说情话，这样不太好

第九章——239

我只闻到你的香味

第十章——278

有个叫许迟的，是我秦矜的男朋友

番外——302

那个“小霸王”的事儿

灯红酒绿的夜生活曾经是她的全部。
但现在，时不时撩拨他一下，她的生活才能进步。
『我看你蛮不错的，咱们要不要共度余生？』

第一章

我看你蛮不错的，咱们要不要共度余生

三月的尾巴，夜里仍有些寒意。

凌晨零点时，秦矜终于摸过手机，拨通了闺密路寄秋的电话，张口就是一句："寄秋，我快不行了……"

话音刚落，电话那头的路寄秋就一顿念叨，甚至连前两个月的事都不放过，一直说个不停。

"现在知道疼了？让你早点去看牙，你偏不去！"

秦矜在床上翻了个身，含糊不清地说着："都这会儿了，你还埋汰我。"

"好了，许医生的联系方式我发给你了，你明天就乖乖去看牙！"路寄秋言语里透露着关心。

"知道了！"秦矜摸了摸发肿的左脸颊，"行了，你去录节目吧。"

路寄秋是时下人气极高的艺人，这会儿她正在录制一档真人秀节目。

秦矜不方便和路寄秋多聊，匆匆说了几句就把电话挂断了。她顺手拿过床头柜上的止痛药，倒了两下才发现早已经吃完了。

算了！翻身一趴，秦矜又眯了一个多小时，再次醒来的时候，还不到凌晨两点。

她拿着手机走到厨房，从冰箱里找出冰块模具，胡乱朝嘴里塞了两三块冰块，才走回客厅。刚坐下，手机就响了起来——是她堂哥秦放打来的。

“在哪儿？怎么没见你在酒吧？”

听筒里除了秦放的声音，还有酒吧里嘈杂的音乐声。

秦矜揉揉眼睛，说：“我今天牙疼就没过去。”

往常她去酒吧是要待到店关了，才回家的。

“又牙疼了？我说你多少次了！这样，明天你去我朋友……”

听到秦放又要开始絮叨，秦矜赶忙打断：“别，寄秋已经给我推荐了一个诊所，这回我肯定去！”

秦放一听，也就没再说这事儿。

“那个，绵儿今天找你了吗？”

“没有，你又惹小绵生气了？”秦矜一想到就忍不住笑。

“行了，挂了。”秦放匆匆挂了电话。

秦矜捂着左脸，心里笑着她这个堂哥，刚要放下手机，就看到路寄秋早些时候给她发来的信息。

康迟牙科诊所——许医生，电话152********。

乍一看这名字，秦矜竟觉得有些眼熟，可能是寄秋当着她的面提过太多次了吧。

秦矜随手将手机放到一旁，窝在沙发上想睡又睡不着，翻来覆去，最后只好打游戏。这一打就到了早上七点半。窗帘没有合拢，阳光从缝隙里透了过来。

她很少在这个时候清醒，秦矜抬手挡了挡阳光，接着伸了个懒腰，跑去浴室洗漱一番，套了件牛仔外套，拎着她的专属头盔迅速下了楼。

她的宝贝儿子“黑仔”在车库里极为显眼，全黑的车身上有两道红色的标识，设计简约的线条上印着秦矜的拼音名字，她手里拿着的全黑头盔上也印了同样式的标识。

抬腿一跨，戴好头盔，伴着一阵轰鸣声，秦矜将车驶出了停车库。

正值上班高峰期，秦矜绕道走的高架桥，赶到康迟牙科诊所的时候刚好是八点四十。

路寄秋一直以来都找这里的许医生看牙，他的业务能力应该是很优秀的。

把“黑仔”停在门口靠边的位置，秦矜摘下头盔抱在怀里，大步迈上台阶，推开了玻璃门。

清脆的门铃声响起，秦矜走到前台，却没见有接待人员。还没来得及疑惑，就听到身后传来脚步声和一道好听的男声。

“刘护士，一号台的碘甘油马上见底了，还有，净水瓶也已经用了过半了，为什么没有补充？”

“许医生，昨天是田护士……”

“我只知道，直到刚才那都是空的。”

秦矜悄悄转身瞥了一眼，只见一个穿着白大褂的男人正一边说着话，一边低头翻看手中的文件。

不巧，秦矜刚好和他身旁的刘护士对上了视线。

“您好？有什么能帮您的吗？”

闻声，那医生也抬起了头。秦矜下意识朝他看去，觉得有些眼熟，随即移开视线说：“我来看牙。”

刘护士快步走到柜台后面，翻看今天的预约记录。

“不好意思，您约的是几点？我这里看到预约得最早的就诊时间都要到十点半。”

秦矜张了张嘴，轻声说：“是路寄秋推荐我来的，说是找许……”话音还没落全，就听到身后的人开口说道：“让她登记一下。”

刘护士先是一愣，随即说：“好。”

秦矜接过登记表，偏过头看见那个男人走进一间接诊室。门上的牌子写着——主诊医师许迟。原来这个有些眼熟的男人就是许迟。

秦矜坐在大厅将登记表仔细填完交给方才的刘护士后，这才被带进那间接诊室。

刘护士将登记表放到许医生的桌边，欠了欠身子关门离开了。

一走出诊室，刘护士就被迟到的田护士拉住了。

“莉莉姐，怎么今天这么早就有病人？”田薇一边脱着外套，一边好奇地问。

刘莉莉跟着她来到更衣室，耸耸肩说：“谁知道怎么回事，咱明明是九点开始营业，这才八点四十……不过，那个女生是路小姐介绍来的，可能认识许医生吧。”

田薇点点头，那许医生破例提前接诊也就不奇怪了。

“你赶紧换衣服去把一号台的药品都补齐！”

接诊室内，气氛有些尴尬。

秦矜站在原地，不自觉地摸摸脖子，看牙这事儿她倒不是第一次经历，只不过小时候给她看牙的都是年长的医生，哪像今天。

“坐。”许迟抬手指了下一旁的牙科椅，示意她坐下。

秦矜轻咳一声，将头盔放下，乖乖地坐到了牙科椅上。

许迟低头看着手里的登记表，视线落在她那清秀的笔迹上。

“你已经疼了一两个月了？平时光吃止痛片？”许迟抬头看向她。

秦矜眨眨眼，心虚地说道：“是。”

“那怎么今天过来了？”

“止痛片吃没了。”秦矜说得理直气壮。

许迟眼中的光彩暗了暗，他抿起嘴角转身放下登记表，转回身来后直接坐在了她的身旁，拿起一副手套戴上，说：“张嘴我看看。”

秦矜靠在牙科椅上，突然怕了：“要拔牙吗？”

“我要看过才能回答你。”许迟戴上医用口罩，低声说着。

许迟头顶的照光灯亮了，照在秦矜身上，她却觉得还不及许迟的目光来得明亮。

平日里那个叱咤风云的秦矜姐，这会儿如一只待宰的羔羊，在一个帅气的屠夫手下，害怕到不敢张嘴。

“秦矜，你不张嘴我看不了。”许医生突然出声，语气里竟有几分无可奈何的意味。

秦矜怔住了，他竟然一次就叫对了。很多人都以为她的“矜”是“矜持”的“矜”发音，其实应该念“qin”，姓和名同音。

秦矜盯着他口罩上方的眼眸愣了片刻。许迟也意识到自己竟下意识地叫出了她的名字，移开视线说：“即便是拔牙，今天也做不了。”

秦矜收回视线，咽了口口水，这才乖乖把嘴巴张开。

当许迟凑近看时，秦矜的注意力全被他口罩上方的眉眼吸引住了。他的眼眸深邃，折射出微光。秦矜不知为何，竟觉得羞耻！干脆闭上了眼，看牙重要！

“你长智齿了。”

秦矜愣了愣，睁开眼第一句就是：“要……要拔掉吗？”

“你先拍个牙片，看看还有没有其他问题。”许迟边说边摘掉口罩，起身拿过她的登记表勾画了几笔。

秦矜跟着坐起身，张了半天嘴这会儿还有些收不回去：“那我是长了智齿才牙疼的？”

许迟摘掉手套，看她半张着嘴的可爱模样，忍不住勾了勾嘴角，伸手帮她抬了下下巴。

“智齿往外生长，导致牙龈发炎。除此之外，还有你经常咬冰块造成了牙敏感。”许迟说着指了指登记表，这是她写在上面的“止痛习惯”。

门外传来刘护士的声音：“许医生，张鹏医生来了。”

许迟走到诊室门口，伸手将门打开，示意秦矜可以出去了：“你先跟刘护士去拍牙片，一会儿再过来。”

站在门口的刘护士愣了一下，悄悄打量着两人。她的直觉告诉她，许医生今天有点儿奇怪！

秦矜去拍牙片的时候，许迟在诊室等她，他的目光扫过她放在桌上的头盔。

秦矜。

许迟弯了下嘴角，笑意溢出。这样的相遇，在他意料之外。

秦矜拿着片子回到诊室。事实证明，她不仅已经长了一颗智齿，另一边的智齿也“跃跃欲试”了。不过好在那颗正在生长的智齿还没有完全冒出头来，许迟并不建议她现在拔除。

“如果你想现在拔除的话，首先需要切开牙龈，还要切掉妨碍……”

许迟的话还没说完，秦矜就先一步打断了他：“听你的，现在不拔！”

光是听听就浑身发麻，她还是再等等吧。

考虑到秦矜现在还疼着，许迟只好先用双氧水和生理盐水帮她冲洗牙冠周围的牙龈，上了一点儿消炎药。

“目前来看，智齿还没长出来，只能先……”

秦矜犹如一个小学生一般，乖巧地听许迟说完所有的注意事项，以及那最重要的一句“过几天记得来复查。”

“过几天？”秦矜眨着眼睛追问。

“今天周四，你下周一来吧，”许迟随口说了个时间，怕她再三追问，便避开了她的视线，“最好是周一上午来，下午我有其他病人。”

秦矜应了声“好”，用淡盐水漱了漱口，开门准备离开。

“等一下，”许迟叫住她，“你的头盔。”

秦矜有些心虚地背过一只手，红着耳根快步走过去。

“那个我直接去前台交费吗？”

“不用，等你下次来复查的时候再一起交。”许迟随口说道。

秦矜没多想：“也行，反正就算我跑单了，你找寄秋也能找到我。”说完，秦矜打开诊室的门走了出去。

直到走出诊所的大门，秦矜才从衣兜里拿出握了半天没撒手的那张名片——那张偷拿的名片。

白底黑字的正楷，写着他的名字：许迟。

秦矜勾着嘴角，笑得像个土匪似的。这是她第一次知道，原来牙医可以这么有魅力。

一想到刚才距离他那么近，想到口罩上方他那好看的眉眼，仅是回想一下，她就忍不住想笑。

秦矜前脚刚走，许迟就接到了秦放的电话。

“许大医生，这周末我生日，你赏脸来一趟？”

许迟手里握着笔，一边低头看着秦矜那份登记表，一边回秦放：“在哪里？”

“去秦矜那酒吧，那地儿我熟，玩着舒心。”

许迟不由得扬起嘴角，轻飘飘地应了句：“好。”

秦放愣了一下，原以为他会觉得麻烦而拒绝，毕竟以前在国外读书的时候他都是拒绝的，但今天他表现得有点儿不一样。

“对了，过几天我带秦矜那丫头去找你，她这阵子老牙疼，说是今天看医生，估计又是诓我。”

“不用了。”

“怎么？”

许迟放下手里的笔，拿起她的登记表，面对窗外的阳光，他的嘴角微微上扬，声音温润和煦。

“她来过了。”

秦矜从诊所离开后，直接去了附近的超市。她听从医嘱，买了新食材。

做了简单处理之后，这会儿秦矜的牙没那么疼了。她哼着小曲儿进了超市。

想起秦放问到江绵儿的事，秦矜拿出手机，推着车一边朝前走，一边拨通了江绵儿的电话。电话嘟了一声就被接起来了，显然是在等她的电话。

“秦矜姐？”

“嗯。”秦矜轻飘飘地开口应着。

“他在你旁边吗？”江绵儿问得小心翼翼，语气中却有着藏不住的期待。

秦矜百无聊赖地推车前行：“你说我哥？不在。”

她忍不住想笑，但还是憋住了：“怎么着？你哪天开学？他生日你来吗？”

秦矜很少问她为什么不回去住，也不追问他们吵架的前因后果。

江绵儿噘了噘嘴，尽管有些不乐意，但还是说道："他生日我肯定要去……礼物我都准备好了。"

秦矜耸了耸肩说："那你明天来店里一趟，那家伙儿把聚会定在我这儿，我可没心思给他安排，这种事还是你来。"

过去两年，秦放的生日派对都是江绵儿布置的，秦矜仅是提供场所。

秦矜推着车拐过一片货柜，看见一个折扣区，广告牌上写着：全场日用品买一送一！买二送二！情侣特享！家人专享！

她走过去一看，原价 69.99 元的吸水力极强的优质浴巾，现价 59.99 元，而且买一送一！现在入手超值！

秦矜顺手拿了两条，还没放到推车里，就听到一旁的导购大姐说道："姑娘真会买！和男朋友一人一条特别好！"

秦矜还没来得及翻白眼，就听到电话那头的江绵儿咯咯地笑了。

"谢谢您……"秦矜把浴巾扔进推车，低下头尴尬地走远了。

江绵儿不自觉地打趣道："秦矜姐，你哪天心情好，给我们带个男朋友回来？"

不知怎的，这一瞬间秦矜脑袋里竟然浮现出许医生靠近时的双眼。

秦矜愣了一下，随即啧了一声说："你先管好秦放那家伙儿吧！我上周可是看见他和陌生女子在我店里交头接耳。"

"他敢！"

话音一落，江绵儿就气呼呼地挂断了电话。秦矜乐了，江绵儿肯定会在半小时内杀到秦放面前。她这也算是变相地帮两人破冰了？

这一晚，秦矜吃了从诊所带回来的消炎药，然后拎着食材让后厨给她做了碗青菜粥。

牙疼缓和了一天，第二天中午一起床又疼了起来。

原本想磨蹭到晚上七点再出门的，但楼上邻居家的狗从三点叫到五点，秦矜受不了，只好提前出门去酒吧。

骑着“黑仔”驶出停车库，一上路感觉冷风刺骨。秦矜缩了缩脖子，头盔挡板上蒙上一层淡淡的雾气，下一秒就又消失了。

刚好避开了下班高峰期，秦矜到店的时间比以往早了二十分钟。她把“黑仔”停到酒吧后巷的老地方，一摘掉头盔就忍不住哆嗦。今天又降温了。

偷闲出来抽烟的阿辉看见她，赶忙把手背到身后：“秦矜姐，今天来这么早？”

秦矜拎着头盔，瞄了眼他身后藏不住的烟雾：“我说，上班时间少出来抽烟！回头我告诉英子，看你怎么办！”

阿辉挠头，着急地说：“别，我刚把英子惹生气，秦矜姐你可别火上浇油！”

“得，今天心情好，我全当没看见。”秦矜笑着摇摇头径直走进了酒吧。

秦矜放好头盔，还没来得及给自己调一杯饮料，江绵儿就到了。

“来得正好，喝什么？”秦矜卷起袖子，抬头问她。

“热牛奶。”江绵儿轻车熟路地把背包往吧台上一放。

秦矜看了她一眼，挑了挑眉笑着说：“你看起来心情不错。”

江绵儿扬起下巴，笑着说：“昨晚我回去了，他才没和别的女人交头接耳！你就知道糊弄我！”

英子正好回来，没让秦矜进吧台忙活儿。英子先给江绵儿热了杯牛奶，又给秦矜做了杯她往日里最喜欢喝的长岛冰茶。

秦矜坐在高脚椅上，拇指和食指捏着吸管，来回搅着杯中的冰块。

“秦矜姐，你不是牙疼吗？还喝冰的？”江绵儿随口提醒着。

闻言，秦矜不由得愣了一下，低头看了看面前的半杯长岛冰茶，轻咳一声说：“你说的是，我都忘了，医生也让我忌口……”

秦矜吐了口气，将长岛冰茶推开，换了个话题：“小绵，你俩什么时候对外公开？”

此话一出，江绵儿便敛起眉，低垂着眼说：“我俩哪有什么关系可公开的。我住在他家，他照顾我，就这么简单！”

说到一半，江绵儿就喝了一大口牛奶：“秦矜姐！你就别说我了，你都没谈过恋爱，还天天瞎操心！”

秦矜撇了撇嘴：“我之前不谈，又不是一直不谈。”

江绵儿敏感得很，一听这话，马上嗅到了一丝不寻常的味道，凑近问她：“秦矜姐，你可别嘴硬！秦放还说要在生日那天给你介绍一个朋友，他八成是想……”

“呸！”秦矜没好气地啐了一声，“他那帮朋友，十个有九个我都认识，我才不要！”说完，秦矜走到吧台内，随手拿过一个玻璃杯，边擦边说：“你回去跟他说，我才不要他给我介绍，现在讲究自由恋爱，他身为堂哥最好不要过多干涉我！”

江绵儿趴在吧台桌上，眼里写满了好奇，追问道：“那秦矜姐你喜欢什么样的？高的还是矮的？胖的还是瘦的？”

秦矜歪头想了想，说：“我？我喜欢个高一点儿的，浓眉大眼，戴细边眼镜，笑起来如沐春风，眼里微微有光……”

江绵儿嘿嘿一笑：“秦矜姐，你这描述感觉挺具体的。不会真的有这么个人吧？”

秦矜侧过身，轻轻一笑：“是有个人，感觉还不错。”

“是谁？”江绵儿和英子异口同声地问道。

秦矜抬眼看着这两个好事的女人，故意说："就不告诉你们。"

"行了，你赶紧把楼上三号包厢布置一下，不然明天肯定来不及。"说着秦矜放下玻璃杯，拎起头盔和背包去了她的办公室。

留下江绵儿和英子两人面对面愣神。

"英子姐，你知道是谁吗？"

"不知道……不过，秦矜姐前天晚上没来酒吧。"

江绵儿踩着高跟鞋，探头朝秦矜离开的方向瞅了几眼："难不成，前天晚上秦矜姐和'神秘男子'发生了什么不可告人的事？"

秦矜推门进了她的办公室。说是办公室，也不过是一个三十多平方米的休息室罢了。房间里立了一个水墨风的屏风，这是她大伯也就是秦放的老爸送她的。

屏风后有张单人床，秦矜有时候会在这儿休息，很少留下过夜，毕竟打烊之后她也怕一个人待在这里。

秦矜把头盔放到进门处的柜子上，走到办公桌前，随手把背包扔到桌上，一张名片就这样从包里掉了出来。

秦矜拿起那张名片，名片的一角已经皱了，但她毫不在意嘴角噙着一抹笑，含情脉脉地盯着它看。

许迟。

她把名片夹在两手之中，喃喃道："周一复查……后天就是周一了。"

秦矜摆出祈祷的样子："秦矜啊秦矜，你得矜持点儿。"

桌上的手机发出震动声。秦矜拿过来，看都没看就按了接听键。

"喂？"

闻声，电话那头的人直接怔住了。秦矜没听到回应，好奇地看了眼来电显示，是陌生号码。

“喂？说话！不说话我挂了！”

就在秦矜猜想这一定是谁的恶作剧电话时，听筒里传来了一个有些熟悉的男声。

“是我，许迟。”

这下好了，换秦矜发愣了。

两人默契地同时噤声。

过了好一会儿，许迟才说：“这是电话回访。”说完，他闭了闭眼睛。这是他撒过的最假的谎言。

电话回访？

秦矜一愣，一时没反应过来。

只听许迟又问：“消炎药吃了吗？”

“吃了，吃了两次。”秦矜如实回答。

“疼的频率还高吗？”

“今天中午的时候疼了一会儿，现在又不疼了。”秦矜一本正经地说着。

连续几个问题问完，许迟真的编不下去了。她只是长了一颗智齿而已，压根儿不需要隔一天后向她电话回访，更不需要由他来做这个回访。

秦矜倒是很享受，握着手机根本不想挂断。

“那个……许医生，”秦矜看着手里的名片，不自觉地拉出细嗓音问，“我后天早上几点去找你？”

“九点，”许迟刚说完又补充一句，“不过我八点半就会在。”

“好，那我八点半就到。”

两人明明没话聊了，许迟却不着急挂电话，硬是从智齿聊到了人生，就差说一句“我看你蛮不错的，咱们要不要共度余生”了。

聊到后面秦矜也觉得不好意思了，只能装作很忙的样子，说：“我这边还有点事儿，那许医生咱们周一见。”

“周一见。”放下手机，许迟嘴角不由得上扬。心想恐怕要提前见了。

秦矜手里拿着他的名片，坐在转椅上不停地转着圈，面带笑容地喃喃自语：“周一……周一……”

敲门声响起，秦矜马上收起笑，说：“进来。”

门开了，只见江绵儿探头进来，脸上写满了好奇：“秦矜姐，你刚才跟谁打电话？是那个他吗？”

秦矜啧了一声，起身朝外走：“不告诉你。”

“我出去吃饭，你跟我一起去吗？”秦矜把名片塞进衣兜，边带着江绵儿穿过酒吧走廊边问。

“秦放来接我了，我就是过来跟你说一声，今天晚上我买点儿东西就开始布置三号包厢了。”

秦矜点点头，在布置场地这一块上，她对江绵儿还是放心的。

刚拐过走廊，江绵儿就赶在秦矜前面，挡着她问：“你还没告诉我那个人到底是谁？做什么的？刚才是不是他给你打电话？”

秦矜双手叉腰，好气又好笑地看着她：“你啊，好奇心太重！”

江绵儿撇嘴说：“我属猫的……”

“那秦矜姐，你现在是不是去约会？”

“我就去对面吃个饭！我自己一个人！”秦矜绕过她继续朝前走。刚一走出酒吧，就看到秦放的车停在门口。

秦矜钩着江绵儿的肩过去，秦放抬头看见两人过来，拿起手机迎上来，说：“对了，明天我朋友……”

“打住！你别给我介绍你那些朋友，我不要！我不稀罕！你别干涉我。”

说完，秦矜把江绵儿往车里一塞："走了！"

秦放看着秦矜大摇大摆地过了马路，瞧她那头也不回的果断模样，秦放不自觉地挑了挑眉，对着电话那头还没挂断的人说："你听见了，那丫头不稀罕你。"

电话那头的许迟用手指轻轻点了点桌面，眉头微微皱起。

秦放生日当天。秦矜在取蛋糕的路上堵了半个小时，等取到蛋糕赶到酒吧的时候已经快晚上八点了。

秦矜的养父母，也就是秦放的叔叔和阿姨，他们在四年前因车祸不幸去世了。养父母临终前将她叫到跟前，告知了她一切，她才得知自己是被收养的。

秦矜没刻意去寻找所谓的亲生父母，秦放的家人对她也如对亲女儿似的，秦放更是时不时地会帮助她。

想到这儿，秦矜不由得长吐一口气。将"黑仔"停到后巷，她一手拎着头盔一手拎着蛋糕，大步走进酒吧。

对于骑机车，她的养父母虽是支持她的，但也很担心她的安全问题。临终前，他们再三叮嘱的也不过这么三件事：平日按时吃饭；骑车注意安全；还有，找个她爱的，同样也爱她的人好好过日子。

走进酒吧，这会儿里面早已经热闹起来。秦矜穿过走廊，和迎面走来的阿辉打招呼。

"秦矜姐。"

"嗯，"秦矜把头盔递给他，脚步没停下，"我哥来了吗？"

"早就到了，和他朋友在三号包厢等你。"

秦矜点了点头，一边朝楼上走，一边嘀咕道："还不就是那几个朋友，这么多年也没见有什么不同。"

刚走到楼上，就遇到从包厢里出来的江绵儿。

“秦矜姐！你怎么才来！”江绵儿把手机收起来，迎上去接过了蛋糕。

秦矜耸耸肩表示无奈：“堵车。”说着，秦矜就伸手推开了三号包厢的门，包厢内的歌曲刚好播到尾声，里面一瞬间安静了下来。

秦放坐在包厢尽头的位置，拿着话筒喊：“秦矜，你迟到了！自罚三杯！”

秦矜没看清他，光是听了个声，张口就回道：“三杯就三杯！我点最贵的酒，就问你心疼不心……”话音还没落全，秦矜就看到了正坐在秦放旁边的许迟。

“牙疼，还喝酒？”低沉的嗓音在包厢里响起，除了秦放之外，所有人都是一脸惊奇。

秦矜红着脸颊，下意识地朝后退了两步，不料却被江绵儿抵住了。

江绵儿看着秦矜不对劲的表情，一下子就明白了：“秦矜姐，你昨天说的那个他不会就是许……”

“什……什么！才不是！”秦矜一边磕磕巴巴地说着，一边慌张地摆手。

秦放算是过来人，尤其是这几年每当他提到秦矜时，许迟的反应都有些不一般，他多少能猜到几分。

“怨我，我把秦矜牙疼这事儿给忘了，”秦放站起来，拍拍许迟的肩，“这样，许迟今天给咱们当司机不喝酒，秦矜你是病号也不能喝，不如你带他去吧台点杯奎宁水之类的，我们在上面闹，你们就别掺和了。”

一群围观的人没看懂，眼睁睁看着秦放把秦矜和许迟两人送到包厢门口。

“许迟，正好你今天在，帮我多说说她，饮食不健康、作息不规律，再不治她就该废了。”说完，秦放就把包厢门一关，不再相送！

秦矜站在门口，两只手背在身后搓了搓，竟然有点儿不敢看许迟的眼睛。

“走吧。”

“好……”

秦矜走在前面，带他去了一楼的一号吧台。这是秦矜专门给朋友预留的，以便朋友过来时能有个私密些的地方。

今天是英子在一号吧台，见两人过来，英子先是一愣，随即认出秦矜身旁的是刚才秦放带来的朋友。

秦矜坐上高脚椅，轻咳两声说：“两杯奎宁水，”说完又想起许迟说过的话，赶忙补充道，“英子，那个……其中一杯不加冰。”

英子看看两人，点头说了声“好”，便转身去拿饮料了。留下的两人一时无话，英子端了饮料进来，忍不住好奇，开口问：“秦矜姐，这是你朋友吗？”

放在往常，秦矜会很热络地介绍带过来的朋友，方便店员认脸，但今天的情况不一样。

秦矜不自觉地坐直了身子，一本正经地介绍道：“这是许迟许医生，我前几天看牙就是去的许医生那儿。许医生也是秦放的朋友。”

英子拉着长音哦了一声，显然是有些怀疑。哪有医患关系是这样——坐在一起还脸红的！

秦矜怕英子多话，先让她去别的吧台忙了。一时间，一号吧台又只剩他们两人了。

“真巧，”秦矜干笑两声，努力找着话题，“都不知道你和我哥认识……”

“好还是不好？”许迟偏过头看她。她没有认出他来，在他意料之中。

秦矜不经意间与他对视了一眼，弯了下嘴角："当……当然是好。"

许迟今天没戴眼镜，置身在这有些喧闹的酒吧里，比起那天竟多了几分儒雅，尤其是他嘴角一扬，就更加显得斯文儒雅了。这是她最喜欢的那种气质。

许迟冷不丁凑近了些，用温和的语气说："好看吗？"

秦矜猛地回过神来，差点儿把手边的杯子打翻了。她赶紧朝着吧台的方向坐正，装作没听懂，避开了这个话题。

没一会儿，阿辉过来说秦放要切蛋糕了，让他们赶紧上去。两人没耽搁，端着还没喝完的奎宁水朝楼上走去。

有员工从楼上抱了两箱啤酒下来，啤酒箱摞在一起挡住了他的视线，他扯着嗓子喊"让一让"，但自己却走偏了，径直朝秦矜的方向过来，上面的那箱啤酒也跟着摇晃了起来。

秦矜下意识地侧过身，身子都贴到墙上了，但还是感觉那啤酒箱即将砸到自己身上。

许迟早就注意到了，就在员工抱着啤酒箱一步步靠近时。许迟一把拉过被逼到墙边的秦矜，接着迅速用另一只手帮那人稳住了啤酒箱。

秦矜惊呼一声，不是因为怕被砸到，而是因为后背紧贴着那个胸膛，让她心跳加快了。

她从他怀里傻呼呼地抬头看他，不自觉地咽了咽口水："谢谢……"

切完蛋糕，酒过三巡，秦放那帮朋友也都陆续散了。

许迟今晚滴酒未沾，他把车子停到酒吧门口，准备送秦放和江绵儿回家。

江绵儿的围巾落在楼上了，她折回去取。秦放站在路边抽烟，秦矜刚好能有时间和他老哥聊聊。

谁知，秦矜刚一走近，秦放就乐了：“干吗？是不是想问我下次什么时候过生日？”

秦放一边说着，一边扬起下巴冲许迟所在的方向点了点。秦矜挡在他面前，双手插兜，咳嗽两声问：“那个，许医生是单身吗？”

秦放冷哼一声，果然秦矜这丫头是有想法了。

“不知道昨天是谁同绵儿说，我朋友里十个有九个你都认识，你还对我说你不稀罕！”

秦矜急了，解释道：“那我就稀罕他这第十个！”

秦放把烟灭了，故意逗她说：“你别跟我说，我可不管你这事儿。”说着他快步走到许迟的车旁，手还没拉开车门，人又被秦矜用身体挡住了。

“秦矜，不是哥不帮你，是你自己说的要我别干涉你，我这是……”

见秦放还不松口，秦矜真的急了，她压低声音说道：“哥！我拿你当亲哥看，该干涉的时候千万不要跟我客气！”

秦放看她态度软了，自然也就不逗她了：“行，我尽力。”话音刚落，许迟就走了过来。秦放很识趣地先上了车，让两人聊完。

“我听他们说，你每天都在酒吧待到两点才回家？”

“是……”

“我还听他们说，你每天都骑车过来？后巷那辆？”

“是……”

许迟看着她，那句“我送你回家”还是没说出口。他转身从车里拿出一条灰色的男士围巾，塞到她怀里说：“今天降温了，你戴上吧。明天早上带给我。”

秦矜拿着围巾，不知所措，点了点头张嘴说：“好。”

许迟伸手轻轻抬起她的下巴，轻声说：“别睡那么晚。”

秦矜摸摸自己的下巴，看他坐进车里，嘴角抑制不住地往上扬。

这是第二次，他的手碰到她的下巴。

目送他们开车离开，秦矜站在原地，直觉告诉她，许迟也在通过后视镜看她！

“秦矜？”

秦矜一转身就看到徐斐娜正站在她身后。

“你今天怎么过来了？”

徐斐娜穿着紧身裙，肩上搭着一件夸张的人造貂皮大衣，手上提着一个手包，看样子是刚从酒吧出来。

徐斐娜伸手勾上秦矜的肩，顺着许迟离开的方向望了望：“男朋友？”

秦矜耸耸肩，笑着说：“不是。”暂时不是。

徐斐娜低头瞥了眼秦矜脖子上的男士围巾，伸手边摸边说：“暧昧对象？”

“你今天怎么这么多事？”秦矜假装出不乐意的模样，扯过围巾不准她继续问。

徐斐娜笑了，摊了摊手站好，又把车钥匙塞到她手里。

“我刚应酬完，喝了几杯，正愁找不到代驾，”徐斐娜冲秦矜眨了眨她那妖媚的丹凤眼，“咱俩一道回去。”

秦矜自然是闻到她身上的酒味了，扶过她的胳膊，有些无奈，说：“走吧，徐大小姐！”

她们是邻居，门对门。徐斐娜是风投公司的主管，经常在秦矜的酒吧里招待客户，秦矜也经常送她回去。这次“黑仔”只能放在后巷过夜了。

秦矜开着徐斐娜那辆极其抢眼的红色轿车朝公寓的方向驶去。

“我说，刚才送秦放他们走的那个是谁？第一次见到有这么个人。”

徐斐娜为人风流，交往过的男人两只手恐怕都数不过来。秦矜不愿意告诉她，谁知道她会不会对许迟动歪心思。虽说徐斐娜对朋友不错，但事关许迟，她不敢掉以轻心。

“你别打他主意。”秦矜故意说给她听。

徐斐娜靠在椅背上，秦矜那认真样她倒是很少见到。

“行，我知道你看上他了！”徐斐娜笑着回了句。

红灯下，徐斐娜观察了秦矜好一会儿，还是忍不住多管闲事：“认识你快三年了，还真没见过你对哪个男人动心，说说？什么情况？”

秦矜手握方向盘，勾起嘴唇笑了一笑：“前天我去看牙，是他给我看的。不知为何，我就是有点儿喜欢他。”

“他喜欢你吗？”

“这……不知道，”秦矜低头看了眼胸前的围巾，“或许只是因为他是个绅士，所以才对我这么温柔？”

徐斐娜笑了一声，继续问道：“你明天干吗？真的去复查？”

“对，我都约好了。”秦矜想到明天早上就能见到他，不自觉把脚下的油门都踩深了几分。车子停到车库，两人一同下车时，秦矜把车钥匙递给徐斐娜，不料却被她拉住了手。

“秦矜，听我的，明天别去。”

“啊？”秦矜挑眉不解地道，“为什么？”

徐斐娜挽着她的胳膊，一边朝电梯间走，一边讲着她那套“道理”：“对男人，你不要太主动。你晚一天去复查，让他惦记你一天，反正你这智齿一时半会儿也长不出来，放放他再说。”

“不好吧？”

“有什么不好的，他今天晚上不明不白地送你这围巾，一定有名堂。你晾他一天，看看他是否主动联系你。要是她急着联系你，那准是对你也有意思，没跑了。”

“那他要是不联系我呢？”秦矜攥着围巾的一角，虚心“请教”。

两人走进电梯，徐斐娜按下楼层键，靠在一旁笑着说：“那你就换个复查时间，慢慢来好了。”

言外之意，即便许迟不联系她，那也没大碍。

尽管秦矜觉得违背约定不好，但听了徐斐娜这么一番话后，竟有些动摇。

电梯门开了，两人并肩走到徐斐娜家门口，徐斐娜拿出了钥匙，但没开门，反而将秦矜从头到脚打量了一通。

“怎么了？”秦矜疑惑地问。

“像那个许医生一样温文尔雅的男人，我倒是交往过几个，不过他们普遍喜欢温柔可人的女人。”

温柔可人？这四个字跟秦矜压根儿不沾边。

徐斐娜伸手帮秦矜捋了捋额前的碎发，勾起红唇说：“回去自己练练，说话要温声细语，姿态要既娇媚又温柔，这样你们的事保准十拿九稳。”

秦矜听得一头雾水，一边打开自家的门，一边问她：“怎么温声细语、既娇媚又温柔？”

徐斐娜歪过头看着她，有些无奈，耸了耸肩，向前走了一步：“我以前和一个心脏科的医生交往过，一次我抓着他的手就放在这儿。”说着徐斐娜就抓起秦矜的手放在自己的左胸口上，“人家好想你，就连这里也在说好想你，我当时是这么说的。”

秦矜起了一身鸡皮疙瘩，抽回自己的手，连抖三下。

“我学不来，告辞！”

徐斐娜见她躲进去，不由得笑了。看来，秦矜终于能摆脱单身了！

晚上，秦矜躺在床上琢磨徐斐娜说的话。

娇媚……

秦矜伸手摸着自己的脸颊，喃喃自语：“许医生，我不是有意违背约定的，只是我这牙，想你想得睡不着……”

“呸！”秦矜噌地一下从床上坐起来，冲着空气连连摆手。

这么肉麻，她才不要这么做！

睡前最后思量了一会儿，秦矜还是决定明天早上给许迟发条短信，告诉他自己去不了。

第一次这么喜欢一个人，她有点儿怕自己是“剃头挑子一头热”。或许徐斐娜的办法可行，试试看？

因为心里装着事，秦矜枕着许迟的围巾，彻夜难眠。

看着时钟指向八点，秦矜心想许迟肯定已经醒了。她拿过手机，找出他的手机号，认认真真地编辑起短信来。

“许医生，我今天不是很舒服，就先不过去了。”

前前后后编辑了好半天，还没全部写完，就误按了发送键。

“完蛋了！这怎么撤回！”秦矜抱着被子在床上翻滚。还没来得及补发第二条短信，就接到了许迟打来的电话。

秦矜握着手机，手心都冒汗了。他真的联系她了！秦矜猛咳两声，按下接听键。

“早上好，许医生。”秦矜尽可能地让自己的声音听起来不那么心虚。

这会儿许迟正准备出发去诊所，收到她的短信，许迟马上打电话过来。

“你哪里不舒服？”许迟一边问一边扣衬衫领口的纽扣。

“我……”秦矜抓着被子，脑子转得飞快，磕巴地扯着谎，“我可能是发烧了，身上没力气，出不了门。不过也不严重，睡一觉就能好了。”

秦矜说这话时心虚得很。

许迟拿过领带，听到她这么说，不自觉地眯了眯眼睛。

“发烧了？”

“应该是的。”说着，不知是不是因为心虚，秦矜竟真的咳嗽了起来。

“那你在家休息吧。”许迟说着又放下了手里的领带。

秦矜赶忙应了几声，匆匆把电话挂断了。她抱着手机，长呼一口气，然后就趴在枕头上傻笑起来。

从他刚才的语气听来，他应该是关心自己的吧？

肯定是的！

另一边的许迟收起手机，微微皱起眉头，他掂了两下手里的车钥匙，有了想法。

秦矜接完他的电话，抱着围巾就在屋子里乱窜，就差唱“今天是个好日子”了。

“等等，许医生不会生气吧？”秦矜自言自语道。毕竟她的确失约了。

秦矜坐在沙发上，突然有些萎靡。闻着围巾上的味道，秦矜拿着手机又给许迟发去一条信息。

“许医生，你哪天有时间？我改天再去找你复查，到时顺便把围巾还给你。”

信息发出去后，一分钟，五分钟，十分钟，半个小时……秦矜一直没有等到许迟的回复。

“许医生，真的对不起，我今天爽约了……”

还是没有收到许迟回复的消息，秦矜觉得自己犯大错了。

“秦矜啊秦矜，人与人之间最重要的就是诚信！你看你，玩砸了吧？”秦矜窝在沙发上，不停地自我反省。

就在秦矜因内疚而闷闷不乐时，门铃响了。

一定是徐斐娜那女人！秦矜胡乱穿上拖鞋，朝门口走去，嘴里还叫嚷着："徐斐娜！"

秦矜打开门，没看到花枝招展的徐斐娜，却看到了她心心念念想要见的人，秦矜一下子就愣住了。

许迟指了指腕表上的时间，抬起头来直视她，说："八点半，时间刚好。"

第二章

要论先来后到，也是她先住进我心里的

按照徐斐娜的办法，秦矜有猜想过许迟会主动打电话给自己，但他的出现，却出乎了她的意料。

“许医生，你怎么来了？”

许迟站在门口，侧过身来朝屋内看了一眼：“我可以进去吗？”

秦矜轻轻舔了下嘴唇，傻笑着说：“可以。”

许迟自顾自地换上拖鞋，径直走到餐桌那儿，把手里的东西放到了桌上。那是一份早餐，还没打开秦矜就已经闻到粥的香气了。除此之外，许迟还带了一个便携式的医疗箱。

秦矜站在原地愣了愣，赶忙走过去问：“许医生，你是上门看诊吗？还是说，你是特地来看我的？”

秦矜大胆地问他，眼里满是星光，就等他点头说“是”了。

闻言，许迟手上的动作顿了顿，侧过身去看着她说：“算是。来看看你为什么不能按时赴约，或许你是牙齿发炎导致的发烧？”

许迟朝她走近了一步，作势要探她额头的温度。

糟糕！秦矜急忙往后退了一步，火花都结巴了：“我……可能是发烧了，许医生，你还是别离我那么……”

她的话还没说完，许迟就伸长胳膊探了过去。手背上的温度告诉许迟：面前这个有些慌乱的秦矜，一切正常。

“量下体温吧。”许迟转身打开医疗箱，从里面拿出一个支水银体温计。

这个医疗箱是他一直是放在车后备厢里的，没想到今天会用到。

秦矜稀里糊涂地接了过来，一会儿这个体温计会拆穿她的谎言，变成铁一般的证据。

许迟挽起衬衫的衣袖，打量了一下秦矜家，拎着热水壶去厨房烧热水了。

秦矜坐在沙发上，手里拿着体温计迟迟不敢夹到腋下，只能转移话题。

“许医生，你对每一个病人都这样好吗？这么用心，还上门就诊？”秦矜心虚地问着。

许迟回到客厅，端了杯热水给她，一边打开装粥的餐盒，一边给她解释：“你不只是我的病人，还是寄秋的闺密、秦放的妹妹，我们之间有三层关系，没办法和其他病人作比较。”

这么听来，貌似很合理。

秦矜哦了一声，看许迟再次进了厨房，才把视线放回到那支体温计上。

她打算先喝一口热水，再把体温计含到口中，这样上面显示的温度一定会高！

她是这么想的，也是这么做的。秦矜喝了口温热的水，趁着口腔内还有残留的温度，就要把体温计往嘴里塞。刚一张嘴，她就听到厨房门口传来许迟的声音。

“你在干什么？”

秦矜偏过头看向他，尴尬地笑了：“这个不是可以放舌下吗？”

许迟微微挑起眉头，靠在厨房门框上，双手抱在胸前：“没消毒，你最好是夹在腋下，测量结果一样准确。”

秦矜红着耳根，低下头乖乖把体温计夹在了腋下。时间一分一秒地过去，秦矜知道自己快瞒不住了。

叮咚——门铃声响起，秦矜猛地抬头望向门口。这一声清脆的门铃声，简直是救她于水火之中！

“我去开门！”秦矜喊道。她大步走过去，生怕许迟跟她抢。

不出意外，来人正是昨晚出了馊主意的徐斐娜。

徐斐娜看见秦矜来开门，倒是有几分惊讶：“你真没去复查？”

“怎么样？他主动联系你了吗？”徐斐娜一边说着一边朝屋里走，“我猜他肯定找你了吧。这男人就是得时不时松松手，就跟放风筝似的。”

秦矜左边胳膊夹着体温计。

她用右手将门关上，冲徐斐娜小声说：“嘘！”

徐斐娜完全没听见，还是大大咧咧地说着：“你还没告诉我你是用的什么借口，你说的是‘事假’还是‘病假’？”

“徐斐娜！”秦矜冲她挤眉弄眼，就差伸手捂住她的嘴了。

“怎么了？瞧你神秘兮兮的样儿，难不成你还怕他听见？”徐斐娜笑得花枝乱颤，习惯性地拉开秦矜家鞋柜的门，却看到了一旁摆放着的男士皮鞋。

徐斐娜轻咳一声，低声问秦矜：“不会是你爸过来了吧？”

徐斐娜话音刚落，秦矜抬头就看到了站在厨房门口的许迟。秦矜心虚地咽了咽口水，这下可好了。

徐斐娜瞥见餐桌上打开的医疗箱，再看看两人微妙的表情，似乎猜到了什么。她摸了摸鼻子，悄悄问秦矜："我说，你不会用了'病假'吧？"

秦矜知道这事儿已经包不住了，索性将体温计拿了出来，她的头都要低到胸前了，完全没脸面对许迟。

徐斐娜见苗头不对，只好上前打圆场。

"许医生，你也别怨秦矜，这主意是我出的。我就是觉得秦矜难得喜欢上一个人，以她那个性子，肯定办不成事……"

秦矜已是动作极快的捂住了徐斐娜的嘴巴，可终究是晚了一步。

许迟低头轻轻咳了一声，放下卷起的衣袖，走到沙发旁拿上外套，说："诊所还有事儿，我先走了。"

秦矜张了张嘴，也不知该不该留他，眼睁睁看着他换上了鞋。

许迟没再看她，淡淡地说："记得把早饭吃了。"

就在许迟握上门把手的那一刻，徐斐娜使劲儿推了推秦矜，催她："快去送他！"

秦矜后知后觉，等到反应过来时，已经来不及换鞋了，干脆直接跟了出去。许迟知道她会跟出来，故意放慢了脚步，她开口叫住，他便停下了。

秦矜追出来的时候，本是有千言万语想要说，但站在他面前时她又哑了。

许迟藏住嘴角的笑意，神情带着几分认真，对她说道："对医生撒谎的下场，就是拔牙的时候会痛一点儿。"

秦矜怔住了，万万没想到他会说这么一句话。

"下不为例。"许迟说完便进了电梯。

秦矜没有看到电梯门关上后，许迟笑得有多张扬。

秦矜耷拉着脑袋回到家，徐斐娜还在她家没走。

“怎么样？你俩聊什么了？”

“他说下不为例，”秦矜的表情有些难过，趴在餐桌上，用手指戳着餐盒，“怎么办？他好像生气了，不，肯定是生气了。”

徐斐娜失笑道：“生气？拜托，有谁生气还会提醒你记得吃早饭？”

“好像是这样。”秦矜坐直身子，回想着他刚才说的话。

桌上的手机震了两下，秦矜拿起来一看，是许迟发来了消息。

许医生：“再约个复查时间，不准再骗我。”

在收到许迟的信息后，秦矜抱着手机傻笑不已。

“看，我就说我的办法准行，”徐斐娜一脸得意，念叨着，“你最好趁热打铁！根据我多年的恋爱经验来看，你俩肯定能成。”

秦矜放下手机，走进厨房拿了碗和勺子，然后走回餐桌边，一边盛着粥，一边说：“那我等会儿就约他明天上午复查。”

“别，虽说要趁热打铁，但总要搞点儿小花样。”

徐斐娜摸着下巴继续说：“来点儿小惊喜，懂吗？惊喜！”

秦矜端着粥，喝了一小口，认真琢磨道：“你的意思是说我明天直接过去，给他个惊喜？”

“不错，你开窍了。”徐斐娜露出一副欣慰的表情，心想秦矜终于出师了。

秦矜还是觉得不妥：“不好吧？要是我去的时候他正好有病人在怎么办？”

“谁让你真去复查的？你去复查只不过是一个借口，还不是为了见见他？”

听了徐斐娜的一席话，秦矜还真悟出了点儿道理。

徐斐娜凑近，闻了闻那香喷喷的粥，说："给我盛一碗，让我尝尝这'男朋友'送的早餐是不是比外卖送餐员送的香？"

秦矜挤开想要趁机偷喝粥的徐斐娜，扬起下巴说："找你那些男朋友去，别打我这粥的主意。"

徐斐娜撇撇嘴，伸了个懒腰，说："瞧你那小气样子，不给喝拉倒，走了！"

可徐斐娜刚走到玄关处，就被秦矜叫住了。

"我想到了！"

"想到了什么？别一惊一乍的。"徐斐娜站在门口疑惑地看着她。

秦矜匆忙地喝了几口粥，把碗一放就快步走到了徐斐娜面前。

"我觉得你昨天说得没错，我得从形象上开始改变，这也算是一个惊喜。"秦矜说完就笑了，她已经想象到了许迟吃惊的样子。

"走，去你那儿。"秦矜抓过钥匙，推着徐斐娜就朝对面走。

徐斐娜听得一头雾水："去我那干吗？你不喝粥了？"

秦矜从徐斐娜兜里找出钥匙，主动帮她打开家门，笑嘻嘻地说："只要你不跟我抢，喝粥早点儿晚点儿都行。但我这形象改造等不得。"

"那你在自己家改造好了。"

"我那儿只有一堆牛仔皮衣之类的。我记得你衣柜里有不少蕾丝纱裙，看着就像淑女的！"

"秦矜，你打劫？"

"别废话！再给我拿两顶假发来。"

折腾了两个小时，秦矜站在镜子前，看着那个"令人怜惜"的自己，忍不住打了个哆嗦。

"你别说，以前我看你这样穿总觉得做作，现在看自己这么穿……

好像确实是温柔了不少。”秦矜有感而发。她伸手提了提裙摆上的纺纱，又转了个圈：“徐斐娜，你倒是说话，好看吗？”

徐斐娜站在镜子旁，不停地打量着秦矜，嘴里叨叨着：“不对，还是不对。”

秦矜歪过头看向她，“哪里不对？”

徐斐娜看着她，恍然大悟，说道：“你这声音不对，和你这身行头搭不上。”

秦矜轻轻咳了两声，吊着嗓子说：“人家还不习惯，练一练就好了。”说完，还不忘冲徐斐娜抛了个媚眼。

徐斐娜扑哧一声笑了，捂着肚子说：“虽然还是别扭，但有那么点儿意思了。”

秦矜学着大家闺秀的模样莞尔一笑，抛了个媚眼给她。

徐斐娜笑得肚子都快抽筋了，最后衷心地劝她：“秦矜，见了许医生千万别抛媚眼，不然他送你去急诊怎么办？哪有人两只眼睛一起眨的，哈哈哈……”

秦矜憋红了脸，下意识地伸手去挠头，却不小心把假发扯掉了……

看来这长发飘飘的假淑女，真是不好当。

第二天，为了给许迟一个惊喜，秦矜上午在家看了三个小时的《淑女品格成就手册》。

秦矜想着下午四五点再过去，最好是赶上他下班的时间，那样晚上就能一起吃个饭。

从下午两点开始捯饬，秦矜光是戴假发就用了半个多小时。穿上从徐斐娜那“打劫”来的裙子，搭配一针织的厚外套，最后踩上几年前路寄秋送她的一双驼色靴子，走的是实打实的淑女路线。

出门前，秦矜还特意画了个淡妆，口红也是从徐斐娜那儿拿的。她紧赶慢赶，出门的时候还是快五点钟了。

“黑仔”还停在酒吧后巷，正好她穿着这一身也不方便骑车，所以干脆直接打车过去了。

以前坐出租车，秦矜碰上的司机师傅顶多和她聊几句就不再和她多说了，可今天这师傅跟聊上瘾了似的，一句接一句就没停过。

秦矜暗自笑了，看来形象改造得很成功。

下了出租车，秦矜感觉有些不自在，她整理了下裙摆，被冷风一吹，忍不住哆嗦了一下。

“啊嚏！”秦矜摸摸鼻子，不禁感叹：这真是有了风度就没有了温度。

眼看康迟牙科诊所就在前方，秦矜搓搓手，有种上战场的感觉，既激动又紧张。

她快步向前，推开玻璃门，熟门熟路地走到前台。

“请问许医生在吗？”秦矜吊着嗓子问。

闻声，忙着整理文件的刘护士抬头看向她，刚想说话又顿住了。

“你是秦小姐？”刘护士差点儿没认出来。

秦矜不自然地挽了挽耳边的头发，脸上堆着笑说：“是我，他在吗？”

刘护士翻找了下今天的预约记录，好奇地问道：“我记得你约的是昨天复查，但是你昨天没来……今天你是不是没有预约？”

“是，我今天没预约，他现在很忙吗？不能看吗？”秦矜突然有些后悔没预约。

刘护士有些为难，一边示意秦矜去一旁的等待区坐一边说：“我进去问问。”

秦矜赶忙点头应了，随后走到了等待区。她刚一坐下，就闻到了从对面的女人身上传来的一股腻人的香水味。

秦矜皱了皱眉头，抬起手掩上嘴轻轻咳了一声，不自觉地瞥向对面的那个女人。

她妆容精致，脚上穿着一双过膝的高跟靴，身上穿着一件白色的高领毛衣，外加一件米色的风衣。

秦矜噘了噘嘴，光是这么看，这女人的层次就比她高了不少。

这人不像是来看牙的，她涂着口红，时不时地朝许迟的诊室望，看上去像在等人？等等，她不会是来找许迟的吧？

另一边，刘护士敲门后进了许迟的诊室，她刚一进去就说："许医生，外面……"

许迟放下手里的文件，眉头紧皱，不耐烦地打断她："告诉外面的人，我看完病人要到九点了，今天我谁也不见，没时间。"说完就背过身，摆了摆手让刘护士出去。

刘护士知道钱佳妍对许医生的心思，这半年来，她隔一阵子就来一次。虽然许医生每次都是冷脸相向，但这钱佳妍从来不生气，好像是有十足的把握一样，她经常给她们护士送零食，聊天的时候会跟她们提到许医生的妈妈。

刘护士走到等待区，看见秦矜，突然想起来，这秦小姐好像和许医生也有点儿……

算了，反正今天许医生情绪不佳，还是别让这秦小姐往枪口上撞了。

"不好意思两位，今天病人比较多，许医生可能要九点才能下班，说让你们先回去。"刘护士说完就侧过身冲秦矜补充了一句，"秦小姐，你要不要预约其他时间？明天中午十一点可以吗？"

秦矜愣了一下，看了看对面满脸不悦的女人，原来她真的是来找许迟的。

"秦小姐？"刘护士又叫了一声。

秦矜回过神来，点了点头应道：“好，那我明天十一点再来。”

刚要起身，秦矜对面的女人就先她一步离开了诊所，一句话都没说。

秦矜跟着走出诊所，有些无奈。她呼了一口气，看看自己身上的裙子，感觉今天的准备都白费了。

既然都出来了，秦矜干脆直接打车去了酒吧，她昨天没过去，今天总要过去了。

在钱佳妍和秦矜离开后，刘护士特意向许迟汇报了一声。

“等等，”许迟打断了刘护士的话，挑起眉问道，“你是说，刚才秦矜也来了？”

“是啊，我刚才进来话还没说完，许医生你就……”

许迟闻言顿了顿，心想着秦矜还学会玩惊喜了？

想到这儿，许迟勾起嘴角，起身穿上外套：“刘护士你下班吧，我马上也走了。”

刘护士似懂非懂地走出诊室，许医生刚才是在笑？

秦矜赶到酒吧的时候已经六点多了，这会儿酒吧里正慢慢涌进人来，音乐声也调大了几分。

她一走进去，就凭这身装扮镇住了好几个员工。

“看什么看？再看扣钱！”秦矜拎着碍事的裙摆，大摇大摆地走到吧台边，却看到英子也在傻傻地看着自己。

秦矜在她面前打了个响指，笑着说：“怎么？这身好看吗？是不是很淑静？”

英子咽了咽口水，说：“秦矜姐，我这是第一次见你穿成这样，真的挺好看的！”

秦矜摸了摸胸前垂着的假发，弯起嘴角说：“最近一段时间我可能都会这么穿。”话音刚落，秦矜肩上就多了一只手，耳边出现了一道让她有些厌烦的声音。

“我的天！这还是我的秦矜吗？太美了！”

秦矜拉着脸，伸手打掉李乾的手。

“这不是李大乾吗？听说你被你爸关禁闭了，怎么今天你爸大发慈悲把你放出来了？”秦矜没给他好脸色，因为这个李乾有时候是真不要脸。

李乾是本市小有名气的纨绔子弟，特别爱嘚瑟，这半年来经常来她酒吧“捧场”，所谓“捧场”就是叫上一帮没素质的小弟，包两卡座，开几瓶酒，然后暗示所有人，他李乾是看在秦矜的面子上才来的。

说白了，就是变相地追求秦矜。秦矜对他厌恶极了。

李乾没跟秦矜计较，岔开话题问道：“贺惟呢？我听说他去 A 国度假了，还没回来？这么大个场子就你一人看着，能行吗？要不我叫上几个兄弟……”

“不用，你别惦记我这儿。”秦矜要是知道李乾今天会来，她也就不会过来了。

英子有眼力见儿，故意帮腔说：“秦矜姐，贺惟哥刚才还打电话来找你，你快去回一下。”

秦矜知道英子在骗李乾，她顺着英子的话说：“行，我这就去。”

可她走出了内场，李乾还一直跟着她。

“你该干什么干什么去，别老跟着我行吗？”秦矜驻足看向他，不知道李乾要做什么。

李乾也不藏着掖着了，问道：“我听说，你最近看上个男的？你穿成这样不会是为了那男的吧？”

秦矜眯了眯眼睛，看来这酒吧里有李乾的人。

“要我说，你真不用这样。跟我多好，要是你答应了，以后你就是我那修车行的老板娘了。这样一来道上哪会有人敢惹你，你这酒吧我都能顺带关照了。”

“你别走，我跟你讲真的！你跟了我，我就将我其他的女朋友都甩了，你何必去取悦那男的，八字都没一撇。”李乾一边说，一边伸手拉她。

秦矜越听越恶心，甩开他的手，回道：“你别一口一个‘那男的’，我跟他有没有‘一撇’，你知道？别惦记我，我这酒吧也不用你关照。”说完她就朝她办公室的方向走去，都快走到拐角的地方了，李乾还跟着她。

“这是员工通道，闲人勿进！”

秦矜说这话时，已经在提防李乾了。转身想要绕过拐角，却不料撞上了从另一边走过来的人。她抬头一看，来人居然是许迟。

“你怎么……”秦矜的话还没说完，身后的李乾就搭着她的肩嚷嚷道：“你是谁？走路不长眼？”

秦矜嫌恶地拍开李乾的手，下意识地朝许迟那儿躲了一下。

许迟皱起眉伸手将秦矜拉到身后，声音低沉：“你朋友？”

“不是！”秦矜斩钉截铁地回答道。

李乾觉得有点儿没面子，黑着脸憋出一句：“秦矜，他是谁？咱俩还在说事呢！”

秦矜低头看了看握在自己手腕上的那只手，差点儿笑出来，她强忍笑意，抬头回了李乾一句：“这是我男朋友。”

李乾盯着两人看了半天，咧着嘴笑了：“秦矜，你拉个男的就说是你男朋友，你当我是三岁小孩？”

秦矜白了他一眼，顺势挽上许迟的手臂：“你爱信不信，别在这给我添堵，该干吗干吗去。”

李乾摸摸下巴，故意说道：“你要说你跟贺惟好了，那我还能信……”

秦矜听出他是故意的，向前迈了一步，讽刺他说：“我明着告诉你，我无论是和谁在一起，都不会选择你。”说完，秦矜就拉着许迟进了办公室。

李乾面子上挂不住，啐了一声就愤愤地离开了。

秦矜关上办公室的门，但握着许迟胳膊的那只手却迟迟没有松开。

“贺惟是谁？”

万万没想到，许迟进门后的第一句话竟然是问这个？

“贺惟？”秦矜背靠着门板抬头看他，“他小时候住我家隔壁，后来是我和寄秋的学长，现在是我这酒吧的合伙人。”

秦矜一五一十地向他介绍贺惟，生怕漏掉什么。

许迟听她说完，心里的醋坛子这才算是扶正了几分。因为她没有说贺惟是她男朋友，提起贺惟的时候眼里也没有异样。

许迟低下头躲开她的视线，看向她搭在他臂弯处的小手。

秦矜红着脸，轻轻咳了两声，尴尬地把手收回去，还顺便摸了摸自己的头发。

好歹握了一会儿，赚到了！

许迟感觉到胳膊上少了她的那份温热，不由得抿了抿嘴角。

秦矜突然想起一个小时前在诊所发生的事。

“许医生，你不是说今天要忙到九点吗？怎么又不忙了？”

许迟愣了一下，随即走到办公桌旁，说：“有病人临时改了时间，所以我提前下班了。”

秦矜跟在他身后，抿着唇偷笑，又问他：“那你怎么来这儿了？你约了朋友？”

“没有，”许迟转过身对上她的视线，轻声说道，“路过，没多想就进来了。”是没多想，只想着她，就来了。

秦矜听到许迟说没约人，开心得就差放烟花庆祝了。她捻着发丝，有些害羞地问他：“那你肯定还没吃饭，我正好也没吃，我请你吧！”

“无功不受禄，你请我吃饭总要有个理由吧？”许迟弯起嘴角看向她，语气里没有拒绝的意思。

“凭你昨天说的三层关系，外加感谢你刚才没当着李乾的面拆穿我……请你吃顿饭，不过分吧？”秦矜“学以致用”，把那三层关系搬了出来。许迟自然是应下了，毕竟他过来也不想只是站一会儿就走。

吃饭的地方定在隔壁街，两人穿过酒吧后巷不用走几步就能到。

秦矜带着许迟刚走到后巷，就看到“黑仔”孤零零地停在墙边。

“你今天穿成这样还是骑车来的？”许迟轻声问。

秦矜扯了扯裙摆，有些不好意思地笑了笑：“没有，前天你走后我没骑回去，一直放在这里。”

徐斐娜说，许迟肯定不喜欢她骑车，女孩子骑机车，不够淑静。

两人绕过后巷，还在街尾就看到了街头的那家饭馆。快走到门口的时候，秦矜不自觉地放慢了脚步，找话题说：“你来过这里吗？老板张哥和秦放很熟的。”

“没来过，”许迟摇着头说，又补充了一句，“我刚回国，稳定住下还不到半年。”

秦矜走到门口，刚想要帮许迟拉门，却被他抢先了一步。

“你不是一直在帮寄秋看牙吗？”秦矜一边走进去，一边好奇地问。

“诊所开了两年多，以前我都是每两个月飞回来一次，每次待一周。”许迟的话音刚落，老板张哥就过来招呼两人了。

“原来是秦矜来了！想吃什么跟张哥说。”

秦矜笑了笑，用眼神暗示张哥，今天她带了人来！

张哥特别会来事，秦矜使了一个眼神他就懂了，张口叫道：“这是你男朋友吧？你好，我叫张海岩，看年龄我应该比你大不少，跟着秦矜叫我张哥就行。”

张哥顿了顿，又冲秦矜笑着说：“丫头，你这男朋友真不错，看着就舒服！”

明明是三人之间的对话，可张哥那嗓门愣是嚷得所有人都听见了。

“秦矜男朋友，以后你带朋友来，我给你打折！都是自己人！”

张哥的戏份着实有点过多，秦矜掩起嘴咳嗽了几声，示意他差不多了。

张哥一拍脑门，说:“你瞧我，光顾着聊天了，你俩赶紧找个桌坐吧！”

店员过来领两人入座，秦矜坐下的时候差点儿压着假发了，她赶忙稳了稳头套。

张哥去给两人拿菜单了，秦矜担心张哥玩笑开得太过，趁着这会儿赶紧给许迟解释：“张哥喜欢开玩笑，你别介意。”

许迟端起面前的茶水，轻轻抿了一口，笑着说：“不介意，当你男朋友还能打折，挺好的。”

秦矜听到他说这话，尽管知道他是在开玩笑，但还是很开心，她掐着自己大腿，告诉自己——不准大笑！只能保持微笑，今天的你是淑女！要注意形象！

张哥过来，把菜单放到桌上，主动问秦矜：“丫头，今天还是点那老三样吗？他说的老三样是辣椒炒肉、毛血旺，以及一壶张哥家自己酿的梅子酒。”

秦矜仰起头冲张哥微微一笑，刚想说“好”，却注意到了旁边的许迟，马上改口说：“不了，我最近牙疼，吃点儿清淡的就行了，酒也先不要了。”说着秦矜就把菜单朝许迟那边推了推。

“你点吧，我不挑食。”秦矜双手交叠放在桌上，乖巧得像个三好学生。

许迟翻开菜单，没有决定吃什么，而是一道菜一道菜地问她。不过秦矜这会儿光顾着看他了，他说什么，秦矜都是“嗯”“好的”“听你的”“可以”……

张哥站在一旁，津津有味地看着两人。秦矜以前每次来，都是抢在秦放前面点餐，怎么今天不仅是打扮换了风格，就连性子也变了？

很快，他们点好了菜，三菜一汤一甜品。

许迟把菜单递还给张哥，秦矜顺着他手的方向看去，见秦放正朝他们走来。不知怎的，秦矜感到一阵心虚，抢过菜单挡在了自己面前。

许迟顺着她刚才的视线望过去，也看见了秦放。

“这是谁？长发飘飘，穿着长裙子，笑得比花儿还甜的这位美女……这不是我妹秦矜吗？”秦放嚷嚷道，愣是逼得秦矜把菜单放下了。

张哥笑着跟秦放打了个招呼：“怎么着？给你搬把椅子？”

“不用，我一会儿要和客户去楼上包间谈事儿，你忙去吧。”秦放抬手拍了下张哥的肩，示意张哥不用管他。

张哥离开后，秦放坏笑着走到秦矜旁边，冲对面的许迟挑了挑眉：“怎么？你俩这是背着我出来约会？”

秦矜侧过脸，一边挠耳朵，一边低声对秦放说：“我这还没吃上，你别……”别给我搞砸了！这半句话秦矜没说出口。

秦放伸手轻轻推了下她的头，骂了句：“你个没良心的。”

“行了，我今天有事。你俩就放心吃吧。女大不中留，我这个当哥的没话语权。”秦放站直身子，冲许迟扬了扬下巴，“吃完你得送她回家，最近这片儿乱，我不放心。”说完他又走到许迟身旁，意味深长地拍了拍许迟的肩，“把她送到家给我打个电话，咱俩得聊聊了。”

这一顿饭吃下来，秦矜大改自己以前的形象，摇身一变，真是变成了进食、吃相斯文的淑女。她吃完赶过去结账，张哥却说许迟早就把账结了。

两人走回去，秦矜压着假发，有些不好意思地说："下次一定得是我来买单，说好是我请你的。"

许迟走在人行道的外侧，将她让到里面，轻声应了声"好"。

微风拂过脸颊，秦矜侧过头，心里在偷笑：这样就有理由再约他了！

两人心里各踹算盘，默契地双双放慢了步伐，好半天才绕到酒吧前门。

按照秦放的硬性要求，许迟准备送秦矜回家。上车的时候，秦矜习惯性地去拉后排座位的车门。

许迟扶着车门，下意识地出声叫住了她："秦矜。"

秦矜愣了一下，接着就听他说道："你坐前面来，后排有点儿乱。"

秦矜应了声"好"，关上后排的车门，转而打开副驾驶座的门，坐到了副驾驶座上。

在系安全带的时候，秦矜看到后排其实空得很，一点儿多余的东西都没有。

车子缓缓开上主路，两人在密闭的车子里共同呼吸，不知不觉间气氛有了些许变化，过了好一会儿，秦矜才开始找话题聊天。

秦矜轻轻咳了两声，放在腿上的小手不自觉地捏着裙摆的布料，偷看了他一眼，问："许医生，你是怎么知道我家地址的？"

昨天他的突然出现，着实让秦矜吓了一跳，她又惊又喜，但喜比惊多。

许迟握着方向盘的手抽动了一下，随即用食指虚点了两下，说："你写在登记表上了，很详细。"

秦矜哦了一声，又接着问他：“今天下午我去找你的时候，好像还有个人在等你？是你朋友吗？”

许迟偏过头看了秦矜一眼，如实回答说：“不算是朋友，她只是我在国外读研时的同学。”

“她喜欢你，对吧？”秦矜大胆地问，她必须了解情敌的所有信息，包括许迟的态度。

秦矜的话音落下时，车子刚好停到了她家楼下。许迟解开安全带，说：“是。”

秦矜抓着身前的安全带，尽管知道自己不该问，但还是没管住嘴，开口说道：“那你应该不喜欢她吧？”

许迟没否认，而是勾起唇看着她：“你觉得呢？”

“我觉得你不喜欢她，因为如果你喜欢她的话，就不会让她等那么久。”秦矜斩钉截铁地说。但她留了半句没说——你说起她时，眼里没丝毫的喜悦。而你看我的时候，你眼里是有异样的光的。

许迟没接话，只是微微一笑，推开车门绕到她那边，帮她打开车门。

秦矜抿着嘴角笑了，走下车站在他面前：“你还没回答我，我说的对不对？”

许迟扶着车门，风一吹，西装外套的衣角就跟着扬了起来。

“如果我喜欢她，那今晚就不会和你吃饭。”

秦矜一听这话，高兴得跟打了兴奋剂似的，嘴角都要咧到耳后了，她对许迟说：“你要不要上去坐一会儿？”

这句话貌似是偶像剧里必备的台词！

许迟抬起手看了眼腕表上的时间，轻声说道：“已经很晚了，如果我上去的话……几点下来就不一定了。”

许迟的话刚说了一半，秦矜就开始乱想了，小脸都红了。

许迟摸了摸鼻子，不再逗她："距离明天中午十一点，还有十四个小时。如果这次你不违背约定的话，我们十四个小时后诊所见。"

秦矜红着耳根，面带几分娇羞，点了点头，应了句："好，明天诊所见。"说完，秦矜顺手将车门关上，抿着嘴角朝前走，生怕他看到自己"小人得志"的模样。

秦矜刚走两步，突然听到嘶的一声，感觉自己像是被什么东西拉住了。她低头一看，那碍事的纱裙终究是没逃过命运的安排，被车门夹住，撕扯掉了一大截裙摆上的布料。

秦矜直愣愣地看着自己露出的半截大腿，回过神来，迅速打开车门扯过另半截布料挡在腿上。

为什么她总是在关键时刻掉链子！

许迟站在旁边，看她这傻呵呵的窘态，忍不住低笑出了声。他脱掉身上的西装外套，弯下身子直接系在了她腰上。

秦矜说了声"谢谢"就小跑着进了公寓楼。

半个小时后，秦矜在家里给徐斐娜说刚才的那一幕，内心还是没有平静下来。

"斐娜，你知道吗？他弯腰靠近我的时候，我要是大胆点儿，这么一伸手，绝对能正面和他拥抱！"秦矜站在客厅里，两只手紧紧地抱着自己，闭着眼睛美滋滋地幻想着。

徐斐娜拆了包薯片，笑着呸了一声："你光说不练有个什么用？有本事真抱，到嘴的肉都能让你丢了。"

秦矜哼了一声，走到沙发旁，拿起还有他味道的那件西装外套。

"我们这叫细水长流，干柴烈火不适合我们。"秦矜抱着那件西装外套，乐滋滋地走到衣帽架那儿，认真地挂上。最后还不忘摸摸一旁的围巾，这也是许迟的。

秦矜忍不住叹了一口气，抱着衣帽架说："什么时候才能凑齐一身啊……"

徐斐娜啧了一声，没好气地教育道："我说秦矜，我这纱裙都搭进去了，你还只惦记凑齐人家一身衣服？"

徐斐娜放下薯片，走过去戳了下秦矜的脑门："你笨啊！衣服能当饭吃？当然是要人！要他这个大活人！"

秦矜像个树袋熊似的抱着衣帽架傻笑，嘿嘿地笑了半天，最后冒出一句："好，那我就要人！明天就去要人！"

徐斐娜看了看抱着衣帽架蹭个没完的秦矜，忍不住扶着额头叹息，总觉得这事有点儿悬。

和许迟"约会"了，还被他送回了家，秦矜乐了一晚上。

她跟许迟约的是中午十一点，可秦矜十点四十就到了。

她从徐斐娜那又借了一条更淑女的 A 字裙，秦矜扶了扶头顶的贝雷帽，面带微笑，推开了诊所的大门，刘护士正好在前台那闲着。

"秦小姐，来了？"刘护士笑着和她打招呼，让她先登记，"你来得正好，上一个病人刚走没一会儿。"

秦矜笑着点了点头，侧过身来朝许迟诊室的方向望了望："刘护士，那我现在可以直接过去吗？"

刘护士张了张嘴，拿起前台的座机说："你稍等，我打电话问一下。"

"许医生，秦小姐来了，现在请她进去吗？"

座机开了免提，许迟那清冷的声音从听筒里传来："让她进来。"

秦矜抿着唇，听他的声音，感觉他好像有点儿累，还是说他的心情不好？

这次秦矜没让刘护士带路，她熟门熟路地走到许迟诊室门口，刚要敲门，门就从里面被打开了。

许迟站在门口，显然是在等她。秦矜愣了一下，抬头看他，发现他原本紧紧皱起的眉头在一瞬间平缓了几分。

“早。”秦矜眯起笑眼，美滋滋地和他打招呼。

许迟弯了下嘴角，低头看了眼她今天穿的裙子：“看样子，今天的裙子应该不会被夹到了。”

被他这么一提醒，秦矜才想起来：“糟糕，我忘记把你的外套和围巾带来了……”话音还没落全，诊室内突然多了一个人的声音。

“这位就是秦矜？”钱佳妍从诊室里走出来，和秦矜打了个照面。

秦矜心里猛地产生了排斥感，她下意识地看了许迟一眼，想起他昨晚说的话，又把心放宽了几分。反正许迟不喜欢这个女人！

“你是来看牙的？”钱佳妍走近几步，嘴角挂着假笑，“不介意我在这儿坐着吧？”

秦矜不自觉地眯了眯眼睛，看着这女人突然拉近了和许迟间的距离，她心中醋意渐浓。她向前迈了一步，站在两人中间，缓缓地吐出两个字：“介意。”

要说女人是水做的，那秦矜这会儿一定是温度临近沸点的一大锅热水。

钱佳妍没想到秦矜会张口来这么一句，有些尴尬，她摸了摸头发，笑着说：“也是，看牙这种事挺私密的，是我考虑得不周全。”说着，钱佳妍就绕过秦矜，转身握着门把手对许迟说：“那我就在外面等你。”

秦矜盯着她，直到她关门离开才收回视线。

“她叫什么？”秦矜抬头问他。

“钱佳妍。”许迟答道，并上前一步将诊室的门反锁上了，看得出他是为了防止钱佳妍一会儿闯进来。

秦矜放下包，主动坐上治疗椅，撇着嘴说了句："我不喜欢她，很不喜欢。"

许迟从桌上拿过她上次的诊断结果，弯起嘴角说："看出来了。"

秦矜向后躺下，视线紧跟着许迟，一秒也没移开，她开口问："你们刚才在聊什么？"

许迟戴上口罩，拉过她头顶的照光灯，没有丝毫隐瞒，回答道："她约我中午一起吃饭。"

秦矜闻言一愣，两只小手紧紧地揪着衣角，说话闷声闷气的："你答应了？"

"没有。"说完，许迟坐到了一旁的椅子上。

照光灯一亮，秦矜突然伸手抓住他戴着手套的手，眼里写满了期待："那中午我们……"

秦矜的话还没说完，许迟就打断了她，他垂下手向她靠近了几分："今天不行，我要去我妈那儿一趟，谈点儿事情。"

听他这么说，秦矜的眼神不由得暗淡下来。她有些失望，轻声应了句："好吧。"

秦矜说完就松开了手，老老实实地躺在那儿，乖巧地张开嘴等他看牙。

"明天晚上一起吃饭吧。"许迟冷不丁地说出这么一句，秦矜的眼睛都亮了。

许迟接着说："有个电影一直想去看，明晚陪我一起看？"

秦矜眨着眼睛，含糊不清地说："好！"

秦矜躺在治疗椅上，眼前是他带着笑意的眼，还有头顶那明晃晃的照光灯。幸福来得太快，她有点儿晕。

许迟低下头看她仍在不停地傻笑，忍不住提醒道："再笑可就看不见那颗智齿了。"

秦矜闭上眼睛，努力压着笑意，装出一本正经的样子问他："许医生，我这智齿能晚点儿拔吗？我想多来复查几次。"

"想见我，一定要依靠一颗智齿吗？"许迟说着，用手指轻轻点了点她的下巴，不准她再乱动。

秦矜弯着笑眼，没再说话。反正她想说的，他全知道。

复查的结果是那颗智齿还在发育中。尽管现在已经不发炎了，但许迟还是不建议秦矜过早拔除，智齿要在适宜的时间才可以拔。

把复查的结果放入档案，许迟换上了外出时穿的衣服。

"你现在就要回去吗？"秦矜扶了扶贝雷帽，好奇地问他。

许迟点了点头，拿起车钥匙问她："你去哪儿，我送你？"

秦矜没跟他客气，说要去酒吧看两眼，到月底了，她的酒吧要开月底会议。

秦矜跟在他后面，就在许迟要打开门的那一瞬间，秦矜一把拉住了他。

"那个钱佳妍肯定还在等你，你就这么出去？"秦矜问。

许迟面对钱佳妍时态度一向冷漠。拒绝钱佳妍，是许迟一贯的做法。但看到秦矜这么在乎，许迟不由得多了个想法。

许迟抬起右手臂，稍稍歪头，示意秦矜挽上。秦矜愣了一下，随即将手搭上他的臂弯，一挽上许迟的臂弯，她的小脸唰地一下红透了。

诊室的门一打开，钱佳妍马上起身迎了过来，看见秦矜挽着许迟走出来，她的脸色瞬间黑了。

钱佳妍刚想要说什么，秦矜迅速打断她："钱小姐还没走？真不巧，我们还有事儿，我们先走了。”

秦矜强装淡定，嘴角扬出笑来，得意扬扬地和她挥手道别。

钱佳妍本以为许迟会说句什么，但许迟也只不过是留下一个冷漠的眼神给她，随着秦矜一同离开了。

刘护士望着两人离开的背影，不禁对两人间的关系感到好奇。

许迟把秦矜送到酒吧门口，目送她进去后才开车离开。到于钰琴的住所时，已经是十二点半了。

别致的小院，古色古香的装修风格，四下里都透露出书香世家的气息。

许迟走到正厅，于钰琴正在那儿看字画，瞥见他进来，先是一笑，然后说：“今天又是用什么理由拒绝了人家佳妍？”

“妈，就算您不嫌累，我还嫌烦，”许迟一边说着一边走到于钰琴身旁，“我不止一次告诉过您，我对钱佳妍一点儿感觉都没有，您不用在背后牵线搭桥。”

于钰琴放下手里的那幅画，笑吟吟地说道：“那看来你是对秦放的妹妹有感觉？”

许迟没因为他妈知道这事而感到惊讶，反倒是觉得省了一道步骤。

“既然您知道我心里有人，那往后就别再让钱佳妍去我诊所了。”许迟认真地说。

于钰琴不由得皱了皱眉头，转身对许迟说：“佳妍都喜欢你多少年了？没有三年也有两年了，你认识那个秦矜才多久？凡事都要讲个先来后到吧。”

许迟明白，钱佳妍应该是在于钰琴这里下了不少功夫，不然于钰琴不会一而再再而三地帮她说话。

许迟对上于钰琴的目光，淡淡地说道："妈，是我对秦矜动心在先，要论先来后到，也是她先住进我心里的。"

他的感情世界，钱佳妍这号人物从没踏入半步。

许迟把话说得很明白，说完就转身去了他以前的房间。

于钰琴望着许迟消失在拐角处的背影，在正厅驻足了半天。看来，她需要好好了解一下这个秦矜了。

这座庭院是于家的祖宅，自从许迟的父亲许国谦去世后，于钰琴便一直住在这里。因为离市中心远，许迟回国之后并没有住在这里，但他每个月还是会回来吃上几顿饭，前提是于钰琴没有把钱佳妍叫到家里来。

推开房门，许迟径直走到书柜旁，从一本书里拿出一张相片。相片里穿着学士服的秦矜将学士帽高高抛起，眼看着就要砸到她的脑袋了，但相片里的她仍是把嘴角扬得老高，笑得很好看。

许迟走到落地窗前，拿起那张相片，看了又看。

三年前，秦放刚在机场接上回国开研讨会的许迟，就接到了秦矜的求救电话。那天秦矜的学校正举行毕业典礼，迷糊的她把学士服和学士帽落在了秦放的车上。

秦放只能给她送过去，许迟坐在车里，看着她站在车旁边念叨边套上学士服。为了纪念自己第一次穿学士服，秦矜塞给秦放一台快速成像相机，他们在一旁的空地上拍了一张又一张照片。

当时路寄秋来叫她去拍集体照，相机就留在了秦放那里。上车后，最后拍的那张相片才缓缓吐了出来，也就是现在许迟手上拿着的这张。

这三年来，秦放时不时会提起秦矜，有时候是随口说起她的近况，有时候是聊到她又犯了什么傻。尽管只有这一张相片，但因为秦放绘声绘色地描述，秦矜的形象在他心里清晰得很。

许迟有时会想，如果那天秦矜看到了车里的他，是不是他们的相遇就不会这么晚了？

他望着窗外，眼前闪过她这两天的打扮，许迟不禁低头笑了。或许她还不知道，无论她是怎样的装扮，都是他喜欢的样子。

第三章

许迟的心思，很深，很深

秦矜被许迟送到酒吧门口，这一幕正巧被多管闲事的阿辉看到了，没一会儿整个酒吧的员工便都知道了这事儿。

秦矜从后厨走到一号吧台，听到阿辉和英子又在嚼舌，她感到很无奈，默默地翻了个白眼。

秦矜走到吧台旁，坐到高脚凳上，对他俩说："我说你俩打情骂俏能不能选在下班的时间？"

阿辉和英子相视一笑，默契地同时往吧台上一趴。

"秦矜姐，你和那个许医生在一起了？"英子问她。

秦矜托起腮，笑着反问她："这么好奇？"

两人纷纷点头，就等秦矜给出一个确定的答案了。

"那你们猜，等贺惟回来，你们的年终奖还能剩多少？"秦矜说着就抬手在两人的脑袋上各敲了一下，"瞧你俩天天不干正事，就知道胡乱打探。”正说着，后厨的师傅端着吃的过来了。阿辉和英子分头去忙，不再妨碍秦矜吃午饭。

秦矜吃了两口，突然想起什么，从背包里拿出机车的钥匙，又叫来阿辉：“你一会儿帮我把‘黑仔’推进仓库，记得盖上防尘罩。”

阿辉接过车钥匙，有些不解，问道：“怎么，秦矜姐，不会是许医生不让你骑吧？”

秦矜拿起叉子，笑着摇了摇头：“是我自己想换换风格，先暂时放一段时间吧。”

阿辉掂了掂钥匙，蠢蠢欲动：“要不，秦矜姐你借我骑……”

“不行！”

秦矜和英子异口同声地说道，阿辉挠挠头，只好乖乖去挪车了。

下午，许迟在诊所接到了秦放的电话。

“在哪儿？”秦放说话时还是那一贯的散漫语调。

“诊所，”许迟一边翻看着手里的表格，一边说，“有事儿说事儿。”

秦放吸了一口气，不乐意地说道：“怎么，你还得意上了？坦白从宽，你到底什么时候勾搭上秦矜的？”

“个人隐私问题，拒绝回答。”许迟故意不说，秦放鬼点子多，要是让他插手他们的事，还不知道会怎么样。

秦放知道许迟暂时不会说，索性直接切入主题。

“你是认真的吗？”

“是。”

“有多认真？”

“比你对江绵儿认真。”

秦放啐了一声，骂道：“我对绵儿怎么不认真了？”

“你敢公开和江绵儿的关系吗？”许迟嘴角勾着笑，量他目前不敢。

听到这话，秦放往沙发上躺，笑着说：“还有一年，她大学一毕业，我俩就领证。”

许迟转着指尖的签字笔，又扶了扶鼻梁上的细边眼镜，说：“一年对我们来说足够了。”

秦放先是一愣，随即听懂了他话里的意思。

“这么多年我怎么就没发现呢？我真没想到你还憋着一股劲儿！”秦放揶揄道。

许迟举着手机听了半天，秦放说到最后才说到正事。

“我知道你俩这两天走得近，正好这几天我带着绵儿去外地出差，秦矜那边你就多照顾点儿，这也算是给你机会了！”

“好。”许迟干脆地应下。

第二天，秦矜在家里打扮了大半天。假发戴久了不舒服，她干脆在网上找些教程，学着整理自己的短发。

其实短发女人也可以很迷人很可爱，她用卷发棒捯饬了快一个小时，累计烫到脸颊三次，烫到手指五次，才终于搞出一点儿卷发的意思，再配上一副樱桃形的耳钉，整个人都散发出少女的气息！至少秦矜是这么自我感觉的。

手机震了两下，是许迟发来的信息。

许迟：“到楼下了。”

秦矜拿着手机，傻笑了几声，火速穿上靴子，拿上钥匙出了门！

就在秦矜哼着小曲锁门的时候，背后突然传来了口哨声。

秦矜吓了一跳，转过身看见徐斐娜正靠在她家门框上，一脸好奇地看着她：“秦大美女，去哪？约会？”

秦矜把双手交叠在胸前，面上带着几分得意，说道："对，许医生约我吃饭，我们还要一起去看电影。"

"不错，"徐斐娜走近一步，帮她整了整衣领，不由得感叹了起来，"咱们秦矜要长大了，今晚姐姐我不回来了，你要是想带许医生回家，保证隔墙没耳。"

秦矜羞红了脸，她在徐斐娜面前转了一圈："你看我这身，还行吧？"

"行了，别在我这儿臭美了，赶紧找你的许医生去吧！"说着徐斐娜就要跟她一起下楼。

秦矜急忙停下脚步，然后冲着她腼腆一笑。

"干吗？瞧你笑的这傻样儿！"徐斐娜边笑边伸手推了推秦矜的脑门。

"许医生在楼下等我，要不你坐下一趟电梯？"秦矜抱着她的胳膊，撒娇道。

徐斐娜翻了个白眼，摆摆手说："赶紧走，我也懒得看你俩惺惺作态。"

秦矜站在电梯里，做了个飞吻的动作，还不忘说一句："等我的好消息！"

电梯门关上，徐斐娜忍不住摇头笑了，想着正好可以换件厚外套，就转身折了回去。

刚走到家门口，徐斐娜突然停住了，偏过头去朝秦矜家的房门上一瞅——挂着 Q 字母挂件的那串钥匙，这会儿正孤零零地插在门锁上。

秦矜，这是老天在帮你！

徐斐娜果断地帮她锁好门，然后把那串钥匙揣进了自己的包里。

秦矜坐上许迟的车，这次她主动坐到了副驾驶座上。电影定的是晚上七点半的那场，看完正好九点半，到家应该不晚。

“我提前定了一家日式的寿喜锅，”许迟一边将车子缓缓开上主路，一边问她，“还是说你想吃别的？”

“就吃寿喜锅吧，我挺喜欢的。”秦矜回应道。

她和路寄秋都喜欢吃寿喜锅，尤其是再配上一壶烫热的清酒，简直不能再好了。

坐在他身旁，秦矜的视线不知道该放向哪里，眼睛朝他看看，又赶忙移开。

“冷吗？”

闻声，秦矜偏过头望向他，只见他从置物格里拿出两包暖贴：“给。”

秦矜接过来，看到那粉色的包装，忍不住小声问他：“你平时有备这个的习惯？”

秦矜想问的是——你是不是给别的女生买的？

许迟对上她的眼眸，猜到了她想问什么，于是勾起嘴唇回答说：“刚才在去你家的路上买的。”

言外之意，是特意买给她的。

“原来如此。”秦矜偷偷抿了抿嘴角，撕开包装，在穿在里面的毛衣上贴了一个。

车内的暖风，再加上那暖贴渐渐生出的暖意，秦矜强忍笑意，靠在椅背上继续偷看许迟。过了好一会儿，秦矜开口问他：“你为什么给我买这个？”

许迟张了张嘴，最后也只不过是轻声说了句：“今天降温，天冷。”

其实，昨天秦矜抓他手的那一瞬间，许迟就感觉到她的手很冰，所以他在来的路上就买了几包。

车子在红灯时停下，秦矜的视线不自觉地落在他握着档把的那只手上，她不禁看得出神，清醒过来时，车子已经停在了餐厅门口。

跟着许迟进了餐厅，听他给带路的服务员报包厢名，秦矜悄悄吐了一口气。

这算是两人第一次正式约会吗？

“二楼右手边第一个隔间‘春绿’，两位小心脚下台阶。”服务员站在楼梯口，示意两人上楼。

秦矜只顾着跟在许迟身旁，压根儿没看到脚下多出了半阶台阶。

脚还没抬起来，就被绊到了，秦矜一个踉跄，下意识地搭上许迟伸过来的手；那双温热的手掌，稍稍用力就稳住了她。

秦矜这一踉跄，吓了服务员一跳。

“没事，没事……”秦矜感到不好意思，她笑了笑，赶忙摆手示意服务员自己没事。

许迟没有松开她的右手，而是牵着她迈步向前，走在她前面说：“跟着我。”

秦矜傻呵呵地任他牵着，应了一句：“好。”

这下好了，她的眼里哪里还有台阶，只有他的手掌，只有他。

秦矜心中狂呼：我牵到他的手了！摔这一跤也值了！

秦矜不知道今天是怎么了，仿佛老天爷都在帮她。点餐的时候，服务员一直推荐刚推出的情侣套餐，送了两人一壶刚烫好的清酒。

原本以为许迟会不准她喝，没想到许迟竟然允许了！准她喝两小杯，因为她的智齿消炎了。

还有一个原因就是——刚才牵她的手时，许迟发现她的手还是冰的。喝杯清酒或许可以暖暖身子。

吃饭的时候，秦矜老老实实的，没有问不该问的，也没有说不该说的。等吃完了，下楼的时候，秦矜才换了副模样。

“那个……许医生，”秦矜伸手拉了拉他的外套，瞅了瞅刚才摔过一跤的楼梯，装作心有余悸的样子说，“这楼梯看着真陡，比上来的时候还……”

话还没说完，许迟就伸出了手，笑着说道：“走吧。”

秦矜迅速搭上他的手，抿着嘴角，跟着他一步一个台阶地向下走。

走到最后一节台阶，秦矜突然抬头看向他，好奇地问：“你会牵其他女生的手吗？”

秦矜站在最后的台阶上，许迟的视线和她的视线齐平，鼻间闻到了她那带着几丝酒气的气息。

“不会。”

秦矜眯着眼睛笑了，这和她心里想要的答案一样。

许迟牵起她的手，放到两人视线中间，笑着说：“如果你醉了，今晚就看不成电影了。”

秦矜的酒量还可以，很少有喝醉的时候，因为她比较克制，不会让自己醉到不省人事。

烫过的清酒半壶喝下肚，加上身上贴着暖贴，使得秦矜整个人都暖洋洋的，她现在一点儿冷意都没有，就连脸颊都是红的。

许迟确定她没有喝醉，这才带她上车去看电影。

终于赶到了电影院，他们是最后一对进场的，开场前的广告都播完了。

放映厅里很暗，除了荧幕上投射过来的光，秦矜什么都看不见，一连踩了两个人的脚，才坐到座位上。

“不好意思，不好意思。”秦矜小声对右手边的大哥说，整个人向后靠在椅背上，这才松了一口气。

秦矜偷偷朝许迟旁边看了一眼，他旁边坐了个戴帽子的男人。秦矜把小挎包放在腿上，两只胳膊像是被什么挡着，挤得很。

忍了一会儿，直到电影出现第一个高潮，秦矜才挪了挪身子，同时瞄了眼右边的大哥。

就这一眼，让她震惊了……这大哥起码得有两百斤，简直就是一大石墩！怪不得她感觉这么挤。

这里每个人都穿着厚外套，甚至还有人穿着羽绒服，一个挤一个，秦矜只觉得手脚都不敢乱动，生怕碰到人家。

秦矜的一举一动，许迟都看到了。

过了一会儿，就在秦矜再次缩起手臂的时候，她左边的扶手突然被许迟推了上去。

秦矜愣了一下，以为他是要起身出去，下意识地给他腾了腾地方。

许迟看她还朝右靠，只能伸出手去拉她。

“嗯？”秦矜低头看见他握住了自己的手腕，显然没明白他是什么意思。

“不觉得挤吗？”许迟的声音很轻，但她还是一字不落地听到了。

下一秒，当她的肩撞进他的怀里，秦矜一下子就愣住了。回过神，秦矜忙咬住下唇，生怕笑声会跑出来。

左手腕上，他掌心的温度正不断扩散，尽管秦矜的视线一直在大荧幕上，但心思早就跑到了许迟那里。

一分钟，两分钟，三分钟……秦矜慢慢放松身体，试图用余光看他，但完全看不清。

不过这样也好，这说明许迟也看不清她的表情！想到这儿，秦矜忍不住勾起嘴角，悄悄把头朝他肩上靠去。

秦矜闭上眼睛，差点儿欢呼出声，她抿起嘴角强装淡定。

许迟感觉到肩上多了一份重量，不着痕迹地弯了弯嘴角。

秦矜靠在他肩上，闻着他身上淡淡的清香，不知道是洗衣液的味道还是香水的气味。总之，秦矜很喜欢这个味道，因为是从他身上传来的味道。

有许迟的肩膀可倚靠，加上科幻类的特效电影对她来说太过枯燥，刚喝了几杯清酒的秦矜睡着了……而且，她还打呼噜了。

许迟耳边传来轻微的呼噜声，声音很小，几乎是只有他一个人能听到。

稍稍朝右偏过头去，许迟看见秦矜正把脑袋枕在他肩上，小嘴微微张开，脸颊上还泛着些许的红晕，睡得香甜。

许迟不禁低头笑了，他没有叫醒她，而是牵住了她那又纤细又柔软的小手。

秦矜醒来的时候，看到荧幕上已经在播放演员表了，而周围的观众也正在陆续离场。

突然，秦矜感觉左脸颊有些发麻，愣了一下，这才想起来自己一直靠着许迟的肩膀。

秦矜赶忙坐直身子，一边揉着左脸颊，一边用余光看他："走……走吧。"说完秦矜就先站起了身，生怕他问自己电影如何。

两人顺着人群走出了放映厅，秦矜悄悄摸了摸嘴角，确定刚才没流口水……

秦矜刚松了一口气，一抬头就撞上了他的视线。

许迟故意看向她的嘴角，向她凑近了一步，轻声说："我帮你擦过了。"说完便转身朝前走去，秦矜愣在原地看着他的背影，眨了眨眼睛。

这一定不是真的！不是真的！

秦矜尴尬得一路都没和许迟说话，连大气都不敢喘。直到车子停在她家楼下，秦矜才解着安全带问他："要不你在这儿等我一下，我把围巾和外套拿给你。"

其实秦矜很想私藏这两样属于他的东西，她可以晚上抱着睡觉。

许迟看了眼时间，已经快十点了。

"我送你上去吧。"许迟说着就把车子熄了火。

秦矜带着他坐电梯到了楼上，还没走到家门口，秦矜就看到自己家门上贴了张纸条。

"那是什么……"秦矜眯着眼睛看了看，走上前几步。

"小迷糊秦矜：你钥匙忘拔了，我先替你拿着。今晚我有约会，钥匙暂时还不了你，你自己找住处吧！——斐娜"

秦矜看了两遍才看懂，赶忙翻开包找钥匙，真的没有！她真的没有拔钥匙！

许迟上前一步，顺手撕下贴在门板上的纸条，翻到背面——

"温馨提示：如果我没猜错的话，一定是许医生送你回来的，你可以在他家借宿一晚，明早来我办公室取钥匙。"

秦矜红着脸，装作没看到那背面的"温馨提示"，拿出手机说："我给小绵打个电话吧，我直接去我哥那儿住也行。"

"秦放带着江绵儿去外地出差了。"

许迟靠在墙上，轻声说道，直接断了她这个念想。

秦矜闻言一愣，问道："你怎么知道？"

"秦放给我打过电话，让我这两天多照顾着你点儿。"许迟不自觉地移开视线，生怕她看出来他有心虚的痕迹。

秦矜拿着手机在家门口走来走去，寄秋还在外地录真人秀，确认也去不了她家了；去酒店开房间住一晚，但又没带身份证。

秦矜突然想到酒吧可以歇脚，赶忙说："要不你送我去酒吧，我那儿有张床的，可以……"

"不可以。"许迟直接打断了她的话。

"上次那个叫李乾的，可能还会在那儿。你不能在酒吧过夜。"许迟说这话时，眼里写满了认真。

秦矜想想也是，最近李乾没了他爸的约束，不知道会搞出什么幺蛾子，还是别在酒吧过夜的好。

秦矜头抵着墙，看看徐斐娜留下的那张纸条，叹了一口气，只好一遍遍地给她打电话。而这会儿的徐斐娜正在畅饮，酒吧里的音乐声震耳欲聋，压根儿听不到电话响。

就在秦矜翻找通讯录，打算找个朋友借宿一晚的时候，头顶忽然响起许迟的声音。

"走吧。"

秦矜靠着墙看向他，弱弱地问道："去哪？"

"我家。"

"不好吧……"秦矜眨着眼睛，两手的食指对来对去。该矜持的时候，她还是要矜持一下。

这时，许迟已经走到了电梯门口，转过身反问她："哪里不好？"

秦矜坚持了没几分钟就跟着许迟去了他家。

坐在车上，秦矜时不时地说："要是不方便的话，你可以直接跟我说的……"

一路上，许迟只是抿着嘴角笑，装作没看到她那窃喜的小表情。

秦矜望着窗外，心情一半是兴奋，一半是紧张。

她深吸一口气，看着车道两旁的建筑物，秦矜突然愣住了。这个方向是朝市北边去的，许迟前几天送她回家的时候，明明说他是顺路的……

许迟所住的小区环境很不错。车子一路开进了地下停车场，秦矜下了车就一直跟在他身旁。

秦矜走在他的右手边，两人来到电梯门口时，电梯正巧到了。

电梯门打开，只见一个穿着管理员制服的中年男人站在电梯里。

“回来了，许先生。”男人笑着冲许迟和秦矜点了点头，并帮两人挡住了电梯门。

许迟应了一声，一边侧过身示意秦矜先进去，一边对男人说道：“辛苦了。”

男人笑着退到电梯门外，视线在秦矜身上扫了扫。直到电梯门关上，他才好奇地挠了挠头，说道：“这还是我第一次见许先生带女朋友回家，看着还挺登对的。”

电梯缓缓上升，这栋楼是一楼一户，而他家在第十一层。

秦矜跟着他走出电梯，忍不住问他：“许医生，你是一个人住吧？”

虽然这个答案已经很肯定了，但秦矜还是想问。

许迟用指纹解锁，只听嗒的一声，门开了。

“以前是。”许迟低声说。

秦矜愣了愣，站在原地没敢迈步：“那我……”

许迟看她不敢进，只好停止逗她，率先走进去：“今天你在，所以是两个人了。”

闻言，秦矜不由得松了一口气，她可没做好大战情敌的准备。果然是她看太多偶像剧了。

走进他家，秦矜还没来得及打量室内的装潢，就被他鞋柜里清一色的男士拖鞋给震住了。

“一直都只有秦放他们几个过来，所以就没买女士拖鞋。”说着，许迟弯下腰，从最右边拿了双全新的男士拖鞋，摆到她脚边。

“那个钱佳妍……她没来过吗？”秦矜踩上那双大了几号的男士拖鞋，等他回答。

许迟随手把外套挂在衣帽架上，忍不住伸手揉了揉她的头发：“你干吗老提她？”

秦矜直视着他的眼睛，说道：“你不回答，就是来过。”

许迟笑着看她，她这醋坛子倒得可真快。

“没来过，她不知道我家在哪儿。”许迟如实回答。

秦矜本来还有点儿怀疑，突然想到，钱佳妍三番两次地在诊所堵他，应该就是因为她不知道他家地址，不然肯定直接在他家门口堵他了。

想明白后，秦矜一身轻松，甚至还有点儿骄傲，她可是第一个住进他家的女人！

秦矜摸摸鼻子，装作很正经，问他：“我住在哪里？”

许迟带她去那间一直空闲着的客房。秦矜站在门口探过头看了看，这里真的没有住过的痕迹，就连床单、被褥都没铺。

秦矜靠在门框上，四处看了看，小声说：“我想那个……”

许迟侧过身，指了指浴室的方向：“浴室在那儿，客房的浴室没装浴霸灯，只能用那一间。”

秦矜点了点头，刚要朝浴室走，就又听他问：“一会儿你先洗澡？”

“好。”

他问这话时，气氛竟有些暧昧。

秦矜走进浴室，门一反锁上，马上掏出了手机。刚才在路上她不停地给徐斐娜发信息，一进他家，秦矜就感觉到手机在震动。

果然，徐斐娜那家伙儿终于现身了！

秦矜按下接听键，刻意压低了声音："徐斐娜！"

徐斐娜扯着嗓子问她："你在哪儿？大点儿声！我听不见！"

秦矜翻了个白眼，声音还是像蚊子叫："我都要完蛋了！你还有心情在外面玩？"

徐斐娜一个字都没听清，只能从舞池里退出来，快步走出闹哄哄的酒吧。

"好了，我出来了，说吧。"徐斐娜拨了拨头发，看了眼时间，猜想秦矜现在应该已经看到她留下的纸条了。

秦矜在浴室里来回踱步，将这一晚上发生的事如竹筒倒豆子似的都说给徐斐娜听了。

徐斐娜忍不住打断道："等等，你说你现在在许医生家里？"

"对，我可是第一个在他家住的女人！"秦矜语气里带着几分得意。

徐斐娜不禁笑了："那你给我打电话做什么？你这不是进行得很顺利吗？"

秦矜靠在洗手台上，摸摸发烫的耳根说："我给你说，今天是他主动邀请我来他家的，你说他不会是那种……那种人吧？"

"醒醒吧，要是这许医生敢乱来，你哥秦放还不得跟他拼命？"徐斐娜看人很准，"不过，你今晚正好可以试探试探他，看他对你到底有没有意思。"

秦矜抿起嘴唇点了点头，她看着镜子里的自己，直觉告诉她——今晚也许会发生点儿什么。

当许迟第二次在外面叫她时，秦矜赶忙挂断电话，打开门出去。一走出去，秦矜就看到许迟正拿着一套衣服朝她走来。

"这套家居服是新的，浴室第二个橱柜里有新牙刷和新浴巾，"许迟说着就把衣服递到了她手里，"我去书房看会儿文件，你先洗澡吧。"

秦矜抱着衣服，轻轻点了点头。

虽然秦矜有时候很冒失，但她还是知道，在别人家里借宿，基本的礼貌还是要的。

没有卸妆液，秦矜只好用许迟的男士洗面奶，卸妆效果竟出奇地好。

他家的浴室里有个浴缸，但考虑到自己是初来乍到，秦矜没有选择泡澡，而是选择了简单快速的淋浴。

莲蓬头里洒出水花，水温刚好。秦矜站在花洒下，一边冲着身子，一边打量这浴室里的摆件。

浅灰色的男士浴巾搭在一旁，洗手台上有两套洗漱用品，有一套是许迟的，而旁边摆着的那套，则是她刚用过的。

橱柜里没有多余的护肤品、化妆品，这意味着他的确是一个人住。

秦矜忍不住打了个喷嚏，转身将水温调热一些。洗完澡，秦矜拿着备用的纯白色浴巾胡乱擦了擦头发。穿上许迟给的那身家居服后，秦矜站在镜子前，心里有些失望。

还以为能穿他的白色衬衫。

秦矜轻轻叹了一声，果然电视剧里的情节都是骗人的。

低头闻了闻身上的味道，秦矜笑着眯了眯眼：自己用了他的沐浴乳，穿了他的家居服，身上的味道都和他一样了。

秦矜甩甩头发，打开浴室的门走出去。偷偷朝书房的方向看了一眼，书房的门半掩着，秦矜有点儿惊讶，原来他晚上在家还要工作。

迈步走过去，在他书房门口停下脚步，抬手轻轻敲了敲门板：“许医生，我洗好了。”

“床单和被子都帮你铺好了，”许迟抬起头，见她没进来，弯了弯嘴角说，“早点儿睡吧，晚安。”

“好，晚安。”秦矜说完，转身回了客房。

进了客房，秦矜关上门背靠在门板上，有些懊恼地自言自语道：“你啊你，真的是被斐娜那家伙儿说中了。”

不知怎么，秦矜很怕靠近他。越是想要得到，就越是怕。

秦矜耷拉着脑袋，走到床边，看看他铺好的床褥，秦矜长呼一口气，自我安慰道：“没关系！隔墙同眠，这也很不错了！”

说着，秦矜拉开被子就要躺下。突然，余光里瞥见床头柜上有杯还冒着热气的水。

秦矜马上坐直身子，端过玻璃杯，喝了一口。

“烫！”秦矜赶忙把玻璃杯放下，摸了摸被烫到的嘴唇，还是没忍住，傻笑了两声——他还挺贴心的。

关了灯，秦矜躺在床上，嘴角的笑意好半天都没褪去。

半个小时后，秦矜猛地从床上坐起身来。

不行！她不能睡，不能就这么浪费了今晚的大好时光！

坚定了自己的想法，秦矜一鼓作气下了床，走到房间门口。手还没搭上门把手，她又害怕了。

“别急……别急……”秦矜左手握着右手，做着深呼吸，“太着急了也不好，这种事情总归要慢慢来。”

刚一说完，秦矜又马上摇头，道：“可是不着急不行，下次钥匙又不会无故消失，要是错过了这次机会，下次都不知道要等到何时了！”

秦矜站在房间门口，双手捂脸，甚是纠结。

“不管了！我又不做什么，我就出去看看，说不定他已经睡了。”

给自己加油打气了一阵，秦矜终于按下了门把，猫着身子，悄悄打开一道门缝。

一公分，五公分，十公分……

“睡不着？”

门外突然响起许迟的声音，秦矜赶忙向上看。只见他站在门口，嘴角勾着笑，问她：“你刚才在说什么？”

秦矜站直身子，心虚地摸了摸门框：“没……没有什么，我是说没办法睡着。”

他在门口站了多久？

“我也睡不着，要看影片吗？”许迟说完就朝客厅走去。

秦矜不自觉地跟上他，这才看见他手里拿着几张影片碟。

“是哪种影片？”秦矜跟着他走到客厅，问他。

许迟弯腰拿遥控器的手顿了一下，他挑起眉头看她：“你想看哪种？”

秦矜尴尬地咳嗽两声，顺着沙发扶手坐到单人沙发上，老老实实地说：“听你的。”

许迟蹲在电视那儿选了一会儿，这才放了张光盘进去。

“不介意我关灯吧？”许迟站在灯光开关那儿问她。

秦矜摇头说：“不介意。”

许迟只留了开放式厨房那儿的一盏壁灯开着，不影响看影片的效果。

许迟坐在三人座沙发上，看秦矜别着身子坐在单人沙发那儿，出声叫她：“过来坐。”

秦矜淡淡地应了句：“哦。”心里万般兴奋，但表面上还是要装淡定。

砰——秦矜揉了揉膝盖，刚才光看他去了，没注意到茶几角，膝盖就这么撞了上去。

“撞到哪儿了？”许迟起身就要去开灯。

“没事，没事。”秦矜伸手拉住他，在他身旁坐下。绝对不能开灯！一开灯，她那红得像桃儿的脸就藏不住了。

刚坐好，秦矜就看到电视屏幕上的影片名。

如果没记错的话，这是某网站评分榜排第一的一部自然纪录片。

秦羚靠在沙发背上，看了一会儿，忍不住问他："许医生，树懒一直都这么慢吗？"

影片中，一只雄性树懒正紧紧抱着一根树干，就连眨眼的动作都缓慢得让人想打瞌睡。

许迟看过这一集，迟疑了一下说："它有时候会很快。"

秦羚疑惑地盯着屏幕里的那个树懒，生怕错过它动作变快的时候。

只听立体声的音响里再次响起旁白——

"不远处的地方传来雌性树懒的叫声，那声音诱人极了……"

就在这时，那只雄性树懒突然跳下了树干，那动作虽然不能和猎豹相比，但与它刚才的表现相比，也算得上"迅猛"了。它爬过杂乱的树冠，像只猿猴，伸长胳膊勾着树枝越过一个又一个杂草丛。

"雌性树懒的叫声又来了，可问题是，它们中间隔着一处深潭……那么它会怎么做呢？"

旁白的话音一落，秦羚就看到那只树懒滑入水中，手脚并用，朝对岸游去。

秦羚不自觉地看了许迟一眼，摸摸鼻子，低头瞅了瞅两人中间隔着那个抱枕。

她突然感觉这抱枕有点儿多余。

秦羚目视前方，一点一点地朝他那边挪动，动作慢得像只树懒。近了近了，秦羚伸手悄悄捏住抱枕的一角，趁他不注意，一把将抱枕抱在怀里，又朝他那边凑近了几分。

这时，影片里继续讲着旁白："看，这只树懒真是好样的！"

许迟低笑的声音在耳边响起，秦羚知道自己被识破了，尴尬得都要把头埋进衣领了。

“有点儿冷。”秦矜绞尽脑汁也不过是找了这么个烂借口。本以为许迟会躲开，没想到他竟然附和她：“是，我也觉得有点儿冷。”

许迟伸手拿过一条小毛毯，抖了两下盖在了两人身上。

秦矜拉着毛毯，借着光线偷看他。该怎么试探他呢？怎么才能确定他是对我有意思的呢？

咕噜——怪声一响，两人不自觉地对视一眼。

咕噜——又一声，许迟不禁失笑道：“你饿了？”

秦矜拉高毛毯，露出一双大眼睛，道：“嗯……”

“你应该早点儿说，”许迟笑着起身，到了厨房却发现没菜了，“要点外卖吗？”

秦矜趴在沙发椅背上赶忙点了点头：“我不挑食，怎么都行。”

今晚她只吃了五分饱。

许迟打开灯，直接把手机递给秦矜：“点吧。”

秦矜接过手机，也就不跟他客气了，她真的好饿！

许迟去换光盘，秦矜坐在沙发上点外卖，刚点开一家烧烤店，突然一个陌生电话打了进来。

秦矜手误，直接按了接听键。听筒里传来一个有些熟悉的女声。

“许迟，我家停电了，我好怕……你能来接我吗？”

秦矜认出了这个声音，是钱佳妍。

客厅很安静，安静到即便没有开免提，许迟也听得很清楚。

秦矜看到许迟的眉头皱了起来。

许迟走上前，想要接过手机和电话那头的钱佳妍对话。秦矜下意识地把手机举高，用眼神示意他——我来说？

许迟愣了一下，勾着嘴角点头默许了。秦矜按下免提，对着电话那头的钱佳妍说："钱小姐，你晚上睡觉的时候难道都不关灯的吗？"

钱佳妍听到秦矜的声音，马上收起了娇滴滴的嗓音，反问道："秦矜？为什么是你接电话？许迟呢？"

秦矜和许迟对上视线，编着瞎话说："他睡了。"

光是这三个字，就要把钱佳妍气炸了。

"你……"钱佳妍握紧手机，眯着眼睛低声问，"秦矜，你喜欢许迟，对吧？"

钱佳妍话音一落，秦矜就心虚地移开了视线。

见秦矜没回答，钱佳妍冷笑道："许迟不会喜欢你的，我认识他多少年了，怎么着都不会轮到你，你不用白费心思……而且，你以为我会相信你们发生了什么吗？"

秦矜听到这话，的确是被激怒了，但这感觉马上就被理智取代了，秦矜学着她冷笑的声音回应说："你认识他这么多年，也没见你们有什么结果，可见他对你是真的不感兴趣。"

秦矜说中了。这么多年来，许迟连她的手都没牵过，毕业晚会上他们间连个拥抱都没有，钱佳妍不甘心。

"好，那我就当作你们在一起了。可你们又能好多久？三天？还是三个月？他不喜欢你这个类型的，你不用……"

"钱小姐，你这么大年龄了，着急是应该的，这我能理解，"秦矜不给她留余地，"但你这么大人了，还用怕黑这种烂借口接近别人？灯坏了你该找物业，许迟可不是修灯的！再说了，我是刚认识他不久，但那又怎么了？我们情投意合，爱情来了挡都挡不住，你不懂就别说个没完。还有，现在我俩在一起，就不准你大半夜给他打电话！没事平日里也不准打。再见！"说完秦矜就直接挂断了电话。

秦矜喘着粗气，把手机塞给他，嘟囔了一句："我现在更讨厌她了。"

许迟随手将手机放在茶几上，伸手揉了揉她的短发，就像揉生气了爹毛后的小猫。

“还饿吗？”

秦矜叉着腰深吸一口气，她都气饱了。抬头看着他，憋出一句：“你也觉得她很讨厌吗？”

许迟抿起嘴角笑着点头，刚才她那么一通说，估计钱佳妍明天就会给他妈打电话了，不过他觉得无所谓。

客厅里突然安静了，秦矜抬头看了他一眼，忍不住问他：“你喜欢什么类型的女人？”

许迟看着她，好一会儿没说话。

秦矜咽了咽口水，不想自讨没趣，干脆摆摆手说：“算了，我不饿了，我去睡觉。”说完秦矜绕过他快步走进了房间。

关上门，秦矜把脑袋抵在门板上，叹了一口气，纳闷地说了句：“他到底喜不喜欢我啊？”

她刚才故意对钱佳妍说那些话，也是想看看许迟到底会有什么反应。但他既没否认，也没打断她，可他的样子又不像是默认……

“好烦！”

秦矜闭了闭眼睛，只想早点儿搞明白他的心思。

客厅里，许迟拿起手机，直接把钱佳妍的电话号码拉入了黑名单。

以前没有这么做，是顾及于钰琴的感受，毕竟钱佳妍很会讨于钰琴开心，他不想因为钱佳妍而与自己的母亲产生矛盾。

但现在不同了，钱佳妍把矛头指向了秦矜，触及了他的底线。即便是言语上的挑衅，也是他不允许的。

这一晚，秦矜彻底失眠了。

早上七点半，秦矜终于从床上爬了起来。她悄悄走出房间，见许迟的房门还是关着的，不由得松了一口气。

来到浴室，看着自己那一对大大的黑眼圈，秦矜又是叹气又是摇头。

就在秦矜洗漱完，刚把脸上的水珠擦尽时，清脆的门铃声响起。

秦矜以为自己出现了幻听，放下毛巾，又竖着耳朵听了听。

叮咚——

真的有人按门铃。

秦矜走到客厅，看看许迟的房门，再看看门口，还是决定先去开门。

透过猫眼朝门外看，只见一个很有韵味的中年女人站在门口。秦矜初步判断，这人不是坏人。

秦矜打开一道门缝，轻声问门外的人："您找谁？"

于钰琴站在门外，看到开门的人，不禁愣了一下："我找许迟。"

秦矜抿着下唇，好好打量了这个女人一番，最后才打开门说："您先进来吧，他还没起。"

于钰琴走进去，顺手把带来的东西放在了玄关柜上。

"你是秦矜？"于钰琴试探地问道。

秦矜显然有些惊讶，点了点头说："是，我是秦矜。"

于钰琴没有换鞋，径直走到客厅，瞥见沙发上歪七扭八的抱枕，还有那个没有叠起来的小毛毯。

她转过身毫不避讳地将秦矜从头到脚打量了一番，看到她穿着许迟的家居服，再看看有些凌乱的沙发……

"你们在一起多久了？"于钰琴看着她问。

秦矜眨了眨眼睛，她还没搞清楚这人是谁，这人怎么上来就问这个？

"妈？"

闻声，秦矜和于钰琴同时转头望过去。许迟从卧室出来，直接走到了秦矜身旁。

“这是我妈，”许迟伸手搭上秦矜的肩，示意她说，“叫阿姨。”

“许阿姨好……”秦矜迷迷糊糊地叫着。

于钰琴看看两人的“亲密举动”，说：“我不姓许。”

秦矜觉得许迟妈妈的气场很强，而且好像有点儿不喜欢她。秦矜低下头大气都不敢出。

于钰琴倒也不是不讲理的人，抬了抬手对许迟说：“你先去洗漱，我想和秦矜单独聊几句。”

秦矜下意识地抓住许迟的衣角。许迟揉了揉她的头顶，视线却是对着于钰琴，低声说：“没事儿，我妈问什么你就说什么，就像昨晚那样说。”

昨晚？他的意思是，让她撒谎说他们在一起了？

秦矜目送他走进浴室，硬着头皮独自面对于钰琴。她在于钰琴对面坐下，手心全是汗。

“我知道你是秦放的妹妹，对你不能说很了解，但多少也知道一些，”于钰琴一边说着，一边扫了眼沙发上的毛毯，“有些事儿，我还是要提前和你说一说。”

秦矜赶忙点头应和：“阿姨您说。”

“我听说你开了间酒吧？我们家是书香门第，那种场所我不是很喜欢。我还听说你有骑机车的习惯？女孩子有个爱好是好事儿，但机车这种东西毕竟是皮包铁，除了有安全隐患外也不够优雅。还有，我平时喜欢弹琴、下棋、写字、画画……琴、棋、书、画你对哪一项比较精通？”

秦矜舔了舔下唇，早知道小时候就多报几个兴趣班了。

“大学那会儿弹过钢琴，谈不上精通……五子棋我还可以，也算不上精通……画画我不会，但我挺喜欢看漫画的……”秦矜回答得过于诚实。

“你大学是什么专业？”

“K大的音乐剧和编导专业。”秦矜昂起首挺起胸，K大是数一数二的大学，她还是双学位。这下总挑不出刺儿了吧！

谁知，于钰琴只是点了点头：“学校不错，只不过出于对你这专业的考量，我更希望你做幕后，至少不在酒吧……”

许迟从浴室出来，直接切入主题，反驳了于钰琴一句：“妈，您别一口一个您不喜欢行吗？我喜欢就够了。”

秦矜见他来了，像小鸡崽赶忙躲在他身后。

“秦矜，你别怨阿姨说话直。优秀的女孩，阿姨见多了，难免会对你要求高一些。”

许迟牵过她的手，看着于钰琴说：“妈，差不多就可以了。”

他知道于钰琴过来的目的是什么，无非就是给秦矜一个下马威，想让她知难而退。说完，就看了眼墙上的时钟，说：“我上午还有病人，有话改天我去您那儿再说。”

话音还没落全，秦矜就被他带到了他的卧室。许迟关上门，转身想对秦矜说声“对不起”，却发现她在笑。

“在笑什么？”许迟不自觉地也跟着她笑了起来。

秦矜仰头看他，毫不遮掩嘴角的笑意：“你刚才说，你喜欢什么？”

秦矜听见了，一清二楚。但那话的真假，她不知道。

“你说你喜欢我，对不对？”秦矜靠近一步，伸手轻推他的肩膀，将手抵在门板边。

许迟微微张开嘴，还没说出话来，秦矜就慌乱地捂了上去。

“我不管，反正你是那么说的，我信了。”秦矜眨着眼睛，生怕他张嘴说一句“不是”。

许迟靠在门上，看她仰着头，眼里写满了“不安心”。

秦矜松开手，此时两人的距离，早就在不知不觉中从二十厘米变成了五厘米。

秦矜踮着脚尖，视线和他的唇瓣刚好齐平。

轻轻咽了口口水后，秦矜伸手钩住了他的脖颈，将他的身子拉低几分，亲吻上了他的唇。

许迟下意识地扶住她的腰，秦矜本以为他会推开自己，没承想却被他搂紧了腰身。一分心，秦矜就乱了套，赶忙向后退了半步。

一时之间，房间里只剩两人的呼吸声。

墙上的时钟嘀嗒作响，秦矜抬头看向许迟。

“我把你给亲了，你没拒绝我，”秦矜深吸一口气，不容他反驳，说道，“所以你，喜欢我。”

许迟还没来得及说话，秦矜就开门跑了。

唇间还残留着她的香气，许迟不禁低头笑了。“被动”的感觉，还不错。

秦矜跑出他的卧室，直接躲进了客房。

坐在沙发上的于钰琴，看秦矜小脸通红地躲进了另一间房，不由得挑了挑眉。看来他们的进展，比她想象中的要快不少。

许迟跟着走出卧室，想趁着秦矜换衣服的时间，和于钰琴聊两句。他刚在沙发上坐下，就听到房间里传来秦矜兴奋尖叫的声音。

许迟和于钰琴互相看了彼此一眼，许迟没解释，任由于钰琴“多想”。

“妈，您不是电视剧里的恶婆婆，不用为了刁难而刁难。”许迟说着顺手拿过毛毯，一边叠着一边说，“现在我有秦矜了，您可以把钱佳妍放一边了。秦矜有很多优点，你多了解她就知道她是什么样的女孩了。”

于钰琴叹了一声：“秦矜这丫头长得是不错，看着也机灵，但我也担心她年龄太小……”

许迟马上三十岁了，而秦矜还不满二十五岁，于钰琴担心秦矜没有打算奔着结婚去，而许迟在感情上又特别专一，认定了她，恐怕是不会再变了。

秦矜穿好衣服，躲在房间不敢出来。这时，许迟来敲门了。

“走吧，我送你去拿钥匙。”

闻声，秦矜打开门走了出来，朝客厅瞅了两眼，小声问他：“你妈妈走了？”

“嗯，刚走。”许迟见她毛衣领子没有翻好，伸手帮她翻了过来，“路上再买早餐吧，我十点有个会议，得出门了。”

秦矜看着他，突然冒出一句：“我今天亲了你，你不能忘。”

许迟手上的动作顿了顿，轻轻拍了她的小脑袋两下，笑道：“知道了。”

秦矜看着他的笑容，还是没明白他的态度。

九点半，许迟把车子停到徐斐娜公司楼下，顺手把在路上买的三明治和热咖啡递给她。

秦矜解开安全带，接过来后想说什么，但又忍住了。

推开车门，秦矜站在车旁，没有着急上楼，琢磨着该怎么开口。

“想说什么？”许迟探过身去，看着她，示意她说出来。不然这一整天他都会惦记着。

秦矜咽了咽口水，弯下腰对他说：“我知道，你今天说喜欢我……只是为了应付你妈妈。”

“但我是真的喜欢你，你别应付我，”顿了顿，她又补充了一句，“我是说真的。”

秦矜把这些话说出来后，感觉痛快极了！不等许迟回答，她马上用轻松的语气说道：“这个周末酒吧有活动，你来吗？”

许迟甚至都没问是哪天，直接点头答应：“好。”

秦矜拿着三明治和咖啡后退几步，刚想说“周末见”，突然又想起什么，问他：“那个钱佳妍……”

秦矜又走上前，皱着眉头说：“如果钱佳妍再去找你，你能不能不搭理她，毕竟昨晚我在电话里对她说了那些……”

许迟本想答应，但还是装作不懂，问她：“为什么？”

秦矜咬着下唇，很诚实地说：“因为我眉心窄，心眼小。”见不得他靠近她一步。

这后半句，秦矜吞在了肚子里，没好意思说出口。

“你就答应我吧，快点！”秦矜拉着门把，开始耍无赖，“你不答应我，我就不让你走了。”

“好，我答应你。”

最后，秦矜心满意足地目送他开车离开。可惜的是，她没看到许迟那扬起的嘴角。

许迟的心思，很深，很深。

他想得很远，所以他不能急。

在徐斐娜的办公室里，秦矜一边吃着许迟买的早餐，一边把早上的事讲给她听。徐斐娜因为宿醉，这会儿什么胃口都没有，只能喝着蜂蜜水醒酒。优哉游哉地听了半天，徐斐娜突然出声打断了秦矜的话——

“等等，你刚才说你亲了他？”

秦矜就知道徐斐娜会揪着这事儿问，她红着脸说：“是啊。”

徐斐娜端着蜂蜜水走过来，在秦矜那还沾着面包屑的小嘴上来回打量。

“干吗？瞧你那眼神……”秦矜一边擦着嘴角，一边说她。

徐斐娜坏笑一声，凑到她耳边低声问了一句。

秦矜听完她问的，小脸唰地一下就红透了，磕巴地说："你……你怎么知道……"

徐斐娜捂着肚子笑了半天。就在秦矜马上要躲进沙发缝里时，她包里的手机突然响了起来。

徐斐娜忍不住拉着长音哦了一声："不会是许医生吧？"

秦矜回过神来，赶忙拿出手机。看到来电显示上的陌生号码，秦矜垂下肩膀说："不是他。"肯定又是广告电话。

秦矜接起来，没好气地对电话那头的人说："不买保险、不借钱，没有孩子、不报班！"说完就想把电话挂了。

"我是许迟的妈妈。"于钰琴的声音从听筒里跑了出来。

闻言，秦矜不禁站起身来，结结巴巴地回道："阿……阿姨好！"

"你下午有事情吗？我想逛一逛，可惜没人陪我！"于钰琴试探性地问。

秦矜没想到会接到许迟妈妈的电话，更没想到他妈妈竟然会约自己出去。

"有，我有时间。"

"那就好，下午两点半在南风路上有个画展，你陪我去？"于钰琴说道。

秦矜哪里敢拒绝，连连点头说好。

挂断电话后，秦矜还有些发愣，徐斐娜推推她的肩膀，好奇地问："谁？看你都没魂儿了。"

"许迟的妈妈。"秦矜把手机放在胸口处，声音都有些发颤了。说完，秦矜就没胃口再吃东西了，她拿着手机在徐斐娜办公室里来回踱步，嘴里还念叨着："他……他妈妈约我去看画展……我竟然就这么答应了！"

"你慌什么，反正你都答应了，那就去好了。"

秦矜深吸一口气，转身坐到徐斐娜的办公椅上，一边操作着电脑一边说：“对，我不能怕！我现在就查查那画展是什么名堂。”

徐斐娜忍不住笑了，耸着肩说：“看许医生家教蛮好的，他妈妈应该不会很难对付。”

秦矜撇了撇嘴，难不难对付她不知道。她只知道，许迟的妈妈现在对她不是很满意。

在搜索引擎上输入那场画展的相关信息，秦矜认真地看起了网上的资料，她一定要让许迟的妈妈改变对她的看法！

第四章

如果刚好他也喜欢我，那不就是满分了吗

下午两点，秦矜和徐斐娜一起吃了午饭，之后秦矜就让徐斐娜送自己去画展。还差一个路口到达，秦矜示意徐斐娜靠边停车。

“还没到。”徐斐娜靠边停下，不解地看着她。

秦矜一边解着安全带，一边说：“你这红色小轿车太显眼了，许迟他妈妈不喜欢。”

徐斐娜忍不住翻了个白眼：“我说，见家长归见家长，你别为了她把自己的个性给磨掉了，不值当。”

秦矜明白徐斐娜的意思，点头说了句“知道了”，就推开车门下了车。

秦矜还是穿着昨天那身衣服，好在勉强达到了于钰琴的审美标准。

走过路口，秦矜满脑子都是中午背的资料。从画展的创办人和一共收录了哪些画家的作品等，秦矜都一一背熟了。

这也算是她的一个优点。大学背台词那会儿，就数她最快。

还没走到画展中心的门口，秦矜就看到于钰琴已经在那里等她了。她赶忙小跑过去，不好意思地说道："阿姨，我来晚了。"

于钰琴抬手看了看时间，说："是我来早了。"

距离两点半还有十五分钟，秦矜在时间观念上，没有丢分。

两人一前一后地走进画展中心，秦矜跟在后面不禁有些忐忑。

"走在后面干吗？过来，我们说说话。"于钰琴冲她招了招手，她并不想把两人的关系搞得太僵。

闻声，秦矜马上跟了过去。

"以前看过画展吗？"于钰琴主动找着话题。

秦矜慢慢地走在她身旁，看着周围一幅幅水墨字画，轻轻点了点头说："看过一两次，不过这样的水墨画展，是第一次看。"

这还多亏了路寄秋，秦矜身边最喜欢看画展的就是路寄秋了，因为路寄秋的弟弟就是搞艺术设计的，经常会叫她一起去看画展。

两人走到一幅山水画前，于钰琴驻足欣赏着，秦矜见她喜欢，于是上前主动介绍："这是宋先生的作品，听说画的是他在一处山脚下小歇时看到的景色，他作画时正值清晨，山间云雾缭绕……"

于钰琴转过头看她，笑着问："你这是从网上查的吧？"

秦矜先是一愣，随即伸手挠了挠耳朵，说："是……"

"不用那么紧张，"于钰琴拍了拍她的手，继续朝前走，又说，"许迟说你有很多优点，我也不想只凭'只言片语'去了解你……"

秦矜认真地听着，隐约听懂了些什么。这个"只言片语"看来和钱佳妍有关系。

于钰琴在左侧走着，秦矜就在右侧跟着。搁在以前，如果有谁让她专门陪长辈逛画展，秦矜肯定会笑出声来。但现在不同——她是在陪许迟的母亲逛画展。

她这是爱屋及乌。也许她还能从许迟的妈妈这里了解到许迟更多的事情，这样挺好的。

尽管不懂画，但只要于钰琴停下脚步，秦矜也必定会跟着停下，顺着她的视线好好看上半天。

“早上我说的话有些冲了。”于钰琴侧过身看着秦矜，问，“你没放在心上吧？”

秦矜不禁愣了一下，随即摇了摇头笑着说：“阿姨，其实您早上说的那些，我妈以前也老说。”

骑车危险、进出酒吧的人里鱼龙混杂、大学毕业以后如何就业等，这些都是她听了好多年的话。

两人继续朝前走，于钰琴对她渐渐有了兴趣，随口提起秦放：“你哥还没结婚吗？”

“没，不过已经在谈恋爱了。”秦矜如实回答，生怕秦放给许妈妈留下什么坏印象。

于钰琴抿着嘴笑了，她开口道：“其实，我在很多年前就知道你了。”

秦矜对上了于钰琴带笑的目光，问道：“您知道我？”

“他俩高中那会儿是同学，秦放经常来我们家，两个小子一起打打电子游戏什么的，”于钰琴说到一半，停下来看了看秦矜，又说，“那时候，秦放刚有手机，只要他一拿起手机，电话那头就准有个小丫头嚷嚷着叫他回家吃饭，他每次听到都起身背着包就走。”

秦矜怔住了，那时候她上小学，有一个学期，她爸妈去外地干活。她借住在秦放家里，每天定时打电话叫秦放回家吃饭。她万万没想到，在那个时候她和许迟就仅仅隔着一通电话而已！

于钰琴见她在发愣，便问道：“怎么了？”

“没事儿，我去下洗手间。”

秦矜转身去了洗手间，于钰琴看着她离开的背影微微一笑，或许是因为大家闺秀见多了，遇上秦矜这样藏不住事的女孩，她竟产生了几分好感。

洗手间里，秦矜忍不住原地转了两圈，拿起手机给许迟拨打了过去。

电话嘟了两声就被接了起来。秦矜听到听筒里传来他的声音，又忘了自己要说什么，只好问他："你猜，我现在在哪里？"

"在哪里？"许迟配合着反问道。

秦矜赶忙捂着嘴，悄悄对他说："我和你妈妈在看画展！"

听到这儿，许迟并没有惊讶。他知道肯定是他妈主动约的秦矜，因为早上于钰琴离开之前，特意问他要了秦矜的联系方式。

"看完画展你们准备去哪里？"

"不知道，可能去吃点儿东西？对了，阿姨喜欢吃什么？是否忌口？"秦矜现在一门心思想要和于钰琴拉近关系。

两人聊了几句，秦矜怕于钰琴在外面等她太久，只能匆忙地挂断了电话。

而另一边，许迟笑着把手机收起来，转身对会议上的众人说："继续吧。"

一旁的苗护士和刘护士咬着耳朵："莉莉姐，你说刚才是谁给许医生打电话？"

"我看，许医生肯定是谈恋爱了！"王护士掩着嘴说。

刘护士没说话，因为她和许迟离得最近，听出了电话那头的人就是秦矜！

看来他们的大老板要摆脱单身了！

于钰琴在洗手间附近等秦矜，没把秦矜等来，却遇见了一位不太想碰到的熟人。

“钰琴？”宋岚叫着于钰琴，两三步就走了过来，“怎么这么巧？”

这个宋岚和于钰琴认识三十多年了，两人一直把对方当作假想敌。从工作到家庭，从老公到孩子，总要比一比。

“钰琴阿姨，许迟没陪您来吗？”宋岚的儿子肖冬琛四下看了看，没发现许迟的身影。

于钰琴点点头，刚要说话，宋岚就接了话过去：“我刚才看见你带了个小姑娘，那是谁？”

“一个朋友的女儿。”于钰琴说道。

这秦矜还不知道是不是奔着和许迟谈婚论嫁去的，她介绍的时候难免谨慎些。

三人正聊着，秦矜就从洗手间里走了出来。于钰琴为秦矜简单介绍了一下宋岚和肖冬琛，想寒暄几句就走，但却被宋岚拉住了。

“钰琴，咱们也有好一阵子没聚了，不如一起找个地方聊聊天？我知道这附近有家茶室不错。”宋岚热情地说。

于钰琴想要拒绝，却不料宋岚又转身拉住了秦矜的手：“秦矜，阿姨和你有缘，你可不要拒绝阿姨。”

秦矜下意识地看向于钰琴。没办法了，于钰琴碍于面子，也只好点头应下。

四人一起又在画展里逛了半天，这肖冬琛一直挨着秦矜，不断找话题想和她说话。秦矜没什么戒备心，说着说着就聊起了自己的酒吧。

“那间酒吧是你和朋友开的？我去过几次，怎么没看到你？”肖冬琛的话匣子一下子就打开了。

秦矜不太喜欢话这么多的人，聊了几句就躲到于钰琴旁边去看画了。

四点钟一过，四人便离开了画展中心，一同前往那家茶室。也不知道怎的，这宋岚特喜欢秦矜，拉着秦矜问东问西的。于钰琴走在一旁硬是插不上半句话。

肖冬琛故意走慢了几步，接着他掏出手机给许迟发了条短信。

“你和秦矜熟吗？”

没一会儿，许迟的电话就回了过来。

“你怎么知道秦矜的？”许迟直入主题，问肖冬琛。

肖冬琛压低声音，神秘兮兮地和他说：“我陪我妈来看画展，正好遇见你妈带着秦矜……对了，她是单身吧？”

“她有男朋友。”许迟低声说。

肖冬琛忍不住追问道：“谁？”

“我。”

茶室。秦矜挨着于钰琴坐着，对面的宋岚不停地和于钰琴聊着近况。

反倒是这个肖冬琛，一进到茶室后就像变了个人似的，不像刚才在画展上那样热络了。不过这样也好，秦矜正好松了一口气。

聊了两盏茶的时间，宋岚的话匣子越聊越开，旁边的肖冬琛暗示了她几次，宋岚都没注意到。

秦矜第三次起身给几人斟茶，她脸都笑僵了，忍不住在心里嘀咕：当个大家闺秀好累。

肖冬琛防了半天，终于，宋岚还是把话题扯到了秦矜身上。

“秦矜，你和冬琛是同龄人，肯定话题多，你们要不要留个联系方式？这样方便你们以后……”

“妈……”肖冬琛赶忙伸手去拉宋岚。心想要是许迟知道自己敢勾搭他的人，说不定明天就拿着手术刀上门了。

叮——

茶室的玻璃门被人推开，铃铛碰到门板发出清脆的声响，四人都不禁望了过去。

肖冬琛看清门口的人，噌地一下站了起来，咽了咽口水。大白天的真不能念叨人，这念着念着人就来了……

许迟抬起手示意工作人员不用招呼他，大步走到四人桌旁。

秦矜反应慢了半拍，许迟都站到身边了她才反应过来："你怎么来了？"

于钰琴尴尬地轻轻咳了两声："你看我都忘了，你俩有事，对吧？快去吧。"

秦矜不解地眨了眨眼，看看于钰琴，再看看表情有些不对劲的许迟。刚想问"怎么了"，就被许迟牵住了手。

"不好意思，宋阿姨，我得带秦矜走了。"许迟说完就看了肖冬琛一眼，又笑着对于钰琴说，"妈，冬琛和宋阿姨最近刚回国，你多陪他们聊会儿。"

秦矜还没完全明白发生了什么，就被他拉走了。

走出茶室，秦矜忍不住拉了拉他的胳膊："我们就这么走了，不好吧？"

许迟只好放慢脚步，侧过身问她："你想回去陪他们喝茶？"

秦矜摇了摇头，但又觉得把两位长辈放在那里不礼貌，说："可是宋阿姨……"

许迟停下来，抬起手揉了揉她的头发，解释说："那个宋阿姨，只要遇到单身的适婚女子，就想让别人给她儿子当女朋友，你还想回去吗？"

"女……女朋友？"秦矜傻傻地重复着，明白过来，马上摇头说，"我才不要。"说完就拉着他大步朝前走，生怕那个宋岚从茶室里追出来。

走到许迟车旁，秦矜突然意识到不对劲。

“你怎么会来？”

一个小时前，秦矜给他打电话那会儿，他应该还在诊所。

许迟怔住了，胡乱解释说：“肖冬琛约我晚上吃饭，聊到你们和宋阿姨在一起，我就过来了。”

秦矜听得云里雾里，只能点点头道：“你别说，那个宋阿姨真的对我蛮热情的，原来是因为这个……”

许迟送秦矜回家，但也因为自己随口编的瞎话，失去了今晚和秦矜一起吃饭的机会。

没一会儿，车子就停到了秦矜家楼下。秦矜解开安全带，善解人意地说道：“你快去找肖冬琛吧，我自己上去就行。”

秦矜推开车门，下车前不忘提醒他说：“那个……酒吧的活动是周六晚上七点半开始……”

“好，周六我直接从诊所赶过去。”

秦矜满足了，关上车门，一步三回头地看他。

她第一次尝到这种舍不得的感觉。

秦矜哼着小曲从电梯里走出来，心情非常好。她刚打开家门，就听到身后的那扇门被人打开了。

她转过身去，看见徐斐娜正穿着一身缎面的睡裙靠在门框上，忍不住打趣道：“徐大小姐，今晚没约人？”

徐斐娜笑了一声，扬着下巴说：“别耍贫嘴，我是特意在家等你的。”

秦矜眨着眼睛，张开双手上前抱住她：“你不会是担心我被许迟的妈妈欺负，特意等在这儿准备安慰我吧？”

徐斐娜推开她，撇着嘴说：“我担心你？我应该担心许医生的妈妈有没有被你吓到，瞧你一惊一乍的。”

“那要让你失望了，”秦矜故意装深沉，“他妈妈对我挺好的，她带我去看了画展，我还陪着她和她朋友喝了茶。”

秦矜想到许迟出现在茶室的那一幕，又忍不住将它讲给徐斐娜听。

“又是许医生送你回来的？”徐斐娜问。

“对，已经第三次了。”秦矜抱着徐斐娜的胳膊，边蹭边说，“把我家‘黑仔’打入冷宫有一阵子了，但能换来许迟送我到家，好像还不错？”

“你之前还说什么有了老公也绝不会忘了‘黑仔’，看你现在……”徐斐娜笑着伸手点了点秦矜的脑门。

闹了一会儿后，徐斐娜不禁想要提醒她。

“秦矜。”

“嗯？”秦矜看她有话要说，只好站直身子，“怎么了？”

“你有多喜欢这个许医生？一到一百，你打几分？”

秦矜咬着下唇想了想，认真地回答说：“九十九分。”

“为什么不是满分？”

“那一分在他吧，我到现在还不确定他是不是……是不是和我想的一样。”秦矜说到这儿，突然有些沮丧。转身倚在墙上，秦矜鼓着腮帮子长呼了一口气，说，“斐娜，有几次我觉得他对我是有感觉的，但我又不确定……”

“例如我亲他的时候，他没拒绝我，还搂我来着……”

“还有，今天他突然出现在茶室，我总觉得他是专门来找我的……”

说到最后，秦矜抬起头看着徐斐娜，说：“我已经很认真地告诉他我喜欢他了。”

“秦矜，作为你的好朋友，我特别支持你追许医生。但我忘了告诉你，主动追求的那一方，会很辛苦。”

徐斐娜勾着她的肩，说着其中的道理：“你会为了他委曲求全。会迫不得已改掉自己的习惯，从穿衣打扮的风格到兴趣爱好，这些你都要去改变或舍去，再回头来看，你还觉得这样值得吗？”

秦矜低头看着手里的钥匙，不禁愣了愣。

好一会儿她才回过神，笑着对徐斐娜说：“如果刚好他也喜欢我，那不就是满分了吗？”

尽管秦矜没有直接回答她，但徐斐娜也算看出来她是真的喜欢许迟了。徐斐娜耸耸肩，适当地给她泼了泼冷水，也就不再这么严肃了。

“这周六你们约好了？”

“约好了。”秦矜掂着钥匙，很是期待。

“那作为姐妹，姐姐我就祝你旗开得胜，早日拿下许医生！”徐斐娜说完摸了摸胳膊，刚要转身回家，又对秦矜说了句，“女人追男人，这个度要把握好，不然男人会不懂得珍惜的。还有，现在你都明说了，如果他周六那天还不跟你表态……”

秦矜马上接过话说：“我懂，我周六就跟他摊牌！”

另一边，许迟刚把车子开上主路，就接到了于钰琴的电话。他靠边把车停下，于钰琴的声音从听筒里传来——

“许迟，改天你带秦矜来家里一趟吧。”

距离陪于钰琴看画展那天已经有两天了。

这两天秦矜克制住了想要去找许迟的冲动，就连电话也没有打。但这一闲下来，心里就更加想他了。

她甚至想要编个理由，比如“牙又疼了”之类的。不过，还没等她编好理由，酒吧的一堆事就把她拉住了。

秦矜趴在办公桌上，偏过头看了看有一阵子没戴的头盔。想起徐斐娜说的话，不禁抿了抿嘴唇。她低声对自己说：“秦矜啊秦矜，这才两天而已，你别搞得跟患了相思病似的。”

尽管嘴上是这么对自己说的，但秦矜还是好想马上拨通他的电话，问问他在干吗？有没有想她？有没有……喜欢她？

想到这儿，秦矜忍不住抬起手拍了拍自己的脑袋——拜托你秦矜，矜持点好不好？

别看秦矜平日里大大咧咧，但从上学那会儿开始她就有不少追求者了。或许是她那直爽的性子惹人喜欢吧。

她印象最深的有两个。一个是上高中那会儿的同班同学，那男生在学校里耀武扬威，张扬得很。偷偷跟踪秦矜，听说他是想充当“护花使者”。不过这位“护花使者”被秦放逮个正着，当场把他暴揍了一顿，他的追求也就不了了之了。

再后来，秦矜在大学里又被一个人给盯上了，对方是一个理科状元，还加入了学生会。每天定时给秦矜送早餐，秦矜起初觉得这个学霸人不错，好言好语地对人家说：“我不喜欢你，你别送了。”

怎奈那学霸不领情，还是连续送了一周的早餐。最后秦矜受不了了，早上六点半在宿舍门口和他讲了一个小时的道理，最后甚至说：“我真不喜欢你，也真起不来，你别再送了，再送我就不活了。”

回想到这儿，秦矜不禁托着腮帮子沉思起来。

徐斐娜说的是对的，追求也要有尺度，追得太紧，适得其反了也不好。

咚咚——

秦矜听到敲门声，赶忙说：“进来。”

英子推门进去，手上端着秦矜今晚的晚饭——一份玉米浓汤，外加一份意大利面。

秦矜随手把桌上的文件推到一旁，接过餐盘，笑着说了声："好香。"

英子看着秦矜办公桌上的一堆舞台美术布景的选图，多嘴问道："贺惟哥确定哪天回来了吗？"

这些文件原本都是贺惟负责的，秦矜面对这些只觉得头痛。

"他还没说。"秦矜一边喝着汤，一边说，"一会儿我跟贺惟视频聊天的时候问一下，估计这周末能回来。"

贺惟前不久去了A国旅游，这一走就是二十多天。

英子前脚刚走，贺惟的视频通话邀请就发过来了。秦矜动了动鼠标，接通了。

在大洋彼岸的贺惟看到屏幕上秦矜正低头吃饭，忍不住念叨："现在国内快九点了吧？你这夜宵够早的！"

秦矜没心情和他闹，伸手拿过那沓资料，冲着镜头抖了抖，说："贺老板，我下午给你发的资料，你看了吗？是你定还是我定？"

贺惟也不开玩笑了，快速浏览了一遍资料。

他们计划过些天把酒吧重新装修一下。

秦矜对此没什么想法，索性问他："你哪天回来？你回来直接和他们谈吧，我哥给我们介绍了一家装修公司，咱们定了设计样式就行，其他不用顾虑那么多。"

"我周六回，"贺惟说完收起了平板，抬头看着电脑屏幕上的秦矜，顿了顿，问道，"我听阿辉说，你最近……"

贺惟的话还没说完，就被秦矜的手机铃声打断了。

秦矜往嘴里塞了口意大利面，拿过手机，看到是许迟打来的，差点儿呛到。

皇天不负有心人，想什么来什么！

秦矜拿着手机，激动不已，对电脑那边的贺惟说："我接个电话，先不说了。”

贺惟看着屏幕上通话结束的提醒，还有因为网络延时而定格的秦矜那按捺不住的高兴模样，不由得愣了愣。

他对秦矜有超过友情的感情，但秦矜不懂。他们现在只聊工作，更多的时候他会把心思花在友情上，不然以秦矜的性子，一定会远远地躲开他。有时候，能用朋友的身份去相处，对贺惟来说，也会轻松一些。

另一边，秦矜清了清嗓子，在许迟的电话挂断前按下了接听键。

“喂……”秦矜一本正经地坐着，尽量让自己声音轻柔。

电话那头半天没有声音，秦矜不自觉地挑起眉——他怎么不说话？

“喂？”秦矜又试探性地叫着他，“许迟？”

只听电话那头扑哧响了一声。秦矜愣了一下，接着就认出了这个笑声，嚷道：“秦放！”

“你还挺机灵。”秦放一边打趣，一边看向还在诊室外面忙的许迟，“怎么，我听你刚才那声音，你不会是在等许迟的电话吧？”

秦矜没好气地翻了个白眼，没搭理他，直接问道：“许迟呢？你怎么拿他的手机给我打电话？你出差回来了？”

秦放靠着许迟的办公桌，笑着说：“我这当哥的再不回来，你都要跟他私定终身了。”

别说，秦矜还真有这想法。

“我听说，前几天你住到许迟家里了？”秦放摆出大哥的姿态，“许迟那家伙儿对你怎么样？我给你说他那家伙儿蔫儿坏，你别以为他……”

就在秦矜感到疑惑的时候，秦放的声音突然断了。

诊所那边，许迟忙完手上的工作，一回到诊室就看到秦放正拿着他的手机在给秦矜打电话。

许迟抢过手机，就听到秦矜不停地问：“你继续说！许迟他怎么了？”

秦放摊着手，转身坐到沙发上，摆出一副“我什么也没说”的无辜样子。

许迟拿着手机走到窗边，轻轻咳了两声，说：“刚才我在忙。”

听到电话那头的人变成了许迟，秦矜马上收敛了起来，小声应道：“哦……”

一时之间，两人拿着手机都没了声音。

“你最近没来复查。”许迟主动找话题说。

秦矜抓着转椅扶手，装淡定：“是，最近酒吧有点儿忙。”说完又忍不住多说了句，“下周，下周我就不忙了。”

周六贺惟回来，她就可以不在酒吧守着了。

秦放坐在诊室的沙发上，竖着耳朵偷听两人打电话。只见两人没聊几句，许迟应了几声就把电话挂断了。

秦放觉得不可思议，他赶忙走过去，问道：“聊完了？”

“嗯。”许迟点了点头。

“就这么聊完了？你俩才聊了三分钟。”秦放指着表给他看。

许迟转身走到桌旁，岔开话题问他：“秦矜说周六她的酒吧有活动，你去吗？”

秦放想了一下，摇头说：“周六我有应酬，去不了。”说完，秦放又没好气地问他，“我说，你以后要是跟秦矜谈恋爱了，还加班到这么晚？”

许迟换上外套，一边朝外走，一边说：“今天有特殊情况。”

他很少这样加班，今天加班到现在，有一部分原因也在秦矜。

这两天，他一直在想该如何让两人的关系明了化。

秦放跟着他走出诊所，提醒他说：“秦矜性子急，我刚才用你的手机打给她，你都不知道她有多兴奋，一听就是在等着你。”

“我可告诉你，你的动作最好快点儿，不然秦矜那丫头可能说放下就放下了。”

秦放故意这么说，看到许迟的表情变了变，他不由得勾着嘴角笑了。

他没告诉许迟，秦矜除了性子急之外，还特别固执，是不撞南墙不回头的性子。

他们一个有情，一个有意。秦放不推一把，心里过意不去。看到许迟打开了车门，秦放赶忙上前问道：“你去哪儿？”

“去找秦矜。”

许迟开车独自来到酒吧，进到内场，却没有看到秦矜的身影。许迟刚想要拿出手机给她打电话，就听到有人叫他。

“许医生？”

许迟转过身去，眼前的酒保有些眼熟。

“许医生，真的是你！”阿辉端着要送上二楼的酒走了过来，好奇地问道，“你来找秦矜姐吗？”

许迟收起手机，点了点头问：“她在吗？”

“她刚走，走了有一刻钟了吧。”阿辉回想着说。

闻言，许迟又问：“你知道她去哪儿了吗？”

“秦矜姐她回家了，说要早点儿睡，养成好习惯什么的。”

许迟听后不禁笑了，原来她这么听他的话。

走出酒吧，许迟本想给她打通电话，但又觉得有些事情，还是需要当面说才好。后天就是周六，他想那天见面再说。

转眼到了两人挂念了好几天的“周六”。

今晚酒吧的活动每个月都会举行一次，秦矜会在今天推出一款新酒，并且这种酒今晚是全场免费的。

酒吧活动还是次要的，见许迟是头等重要的事。

从下午开始秦矜就坐立不安。她早早地从家里出发，出门前还不忘给徐斐娜打电话说："成或不成，就看今晚了。"

其实只有她自己知道，就算今晚不成……还有明晚。

晚上七点钟，距离活动开始还有半个小时。秦矜站在吧台内，一边擦着玻璃杯，一边走神想着许迟。

一个小时前，秦矜特意发了个信息给他，提醒他要早点儿出发，不然会堵车，可他没有回复。

英子感觉秦矜今天状态不对，忍不住凑过来说："秦矜姐，这个杯子你都擦了五遍了。"

秦矜回过神来，放下杯子，有气无力地应了声："哦。"

"秦矜姐，你是在等许医生？"

"嗯。"

秦矜拿过手机看了看，还是没有他的信息。

英子调了杯秦矜喜欢的长岛冰茶，推到她面前："那你为什么不给他打电话？发短信有时候是会错过的。"

秦矜靠在吧台上，端起长岛冰茶喝了一口。舌面起初尝到的是一丝甜味儿，甚至是混着一点儿酸的清甜，最后烈酒的味道才慢慢散发出来，半分辛辣半分苦涩——和她现在的心情一样。

放下酒杯，秦矜拨通了这几天迟迟没敢拨的号码。

嘟声响起，一声，两声……直到冰冷的女声说"您拨打的电话暂时无人接听，请稍后再拨"，秦矜才挂断电话。

有那么一刹那，秦矜很怕他是因为自己追得太紧，而故意疏远她。

就在秦矜发呆的时候，路寄秋一行人来了，还带着一个拍摄组。

秦矜马上收起脸上不开心的表情，挥手叫道：“寄秋——”

今天路寄秋还在拍摄真人秀的节目，她身边是真人秀里的“男朋友”陆一衡。前阵子秦矜已经见过陆一衡了，路寄秋来之前也特意说了会带拍摄组过来。

一起来的还有路寄秋的弟弟路锦宇和他的女朋友。

他们两对往吧台边上一坐，秦矜忍不住撇嘴嘟囔道：“有必要这么成双成对吗？”

路寄秋四下看了看，问道：“许医生呢？你不是说今天许医生会来？”

秦矜调酒的手顿了一下，耸耸肩，故作轻松地说：“他没来。”

听出秦矜的不对劲，路寄秋凑近了问她：“怎么了？吵架了？”

“没，”秦矜端给她一杯酒，抬头笑着说，“注意形象，你现在可是在录制中。”

秦矜看了眼旁边的陆一衡，转开话题说：“别说我了，说说你俩。”

路寄秋摸摸耳朵，低头说：“我俩是模拟情侣，你别乱说。”

“哪有乱说，锦宇你说，你姐是不是那什么了——”秦矜笑着拉上路锦宇帮腔。

“是啊，我姐她就是……”

“就是什么就是，喝你的东西别说话！”

“瞧，你姐还害羞了！”

“秦矜！”

就在几个人嬉闹的时候，贺惟回来了。

“大老板终于回来了，”秦矜从吧台里面走出来，没和他过多寒暄，“你回来就好了，明天起我要休假。”

贺惟脱掉外套，走进吧台，笑着问：“行，休多久？”

秦矜坐到路寄秋身边，伸了伸懒腰说：“怎么着也得十天半个月吧，我也学你当一回甩手掌柜。”前阵子贺惟说走就走了，把她气得够呛。

路寄秋用胳膊肘碰碰她，轻声问：“你干吗休假？你要去哪儿？不会是躲许医生吧？”

秦矜抿了口酒，嘀咕着说：“谁躲谁还不知道呢……我就宅在家里半个月，醒了吃，吃了睡，想想就美。”

“你俩聊什么呢？”路锦宇凑过来问。

秦矜和路寄秋互看一眼，异口同声地对他说：“多管闲事！”

因为有路寄秋和陆一衡在，又有路锦宇这个活宝，气氛一下就热闹了起来。

路寄秋因为有“男朋友”在身旁，尽管看得出秦矜心情不好，但也没办法立马安慰她。

几个回合的游戏过去，每个人都喝了几杯酒。

到了新款酒揭晓的时间点，许迟还没有出现。秦矜只能暂时把对他的情绪放在一旁，强装高兴地拿起话筒，对全场的人说：“这杯全场免费！”

事先调好的新酒，在几分钟内全被领光。忙完这件正事，秦矜也没了心情，便带着路寄秋去了酒吧后巷。

秦矜蹲下身子，也不管是不是踩到裙边，表情颓然得很。

路寄秋弯腰帮她拎起裙子，悄声问她：“到底怎么了？”

秦矜没说话。没一会儿路寄秋就听到她在哭，赶忙绕到她的另一边：“怎么哭了？是不是许医生欺负你了？”

秦矜很少会哭，上一次哭还是因为骑车摔了，生怕自己会死才放声大哭。

“我倒是想他欺负我，可是他都不接我电话。”秦矜抬起脸，抹着脸上的泪水，委屈得很，“既然他不想来，干吗要答应我？”

秦矜越说越委屈，指着自己身上的裙子说：“我今天还特意换了新风格的裙子，我今天……我今天本来打算跟他表白的。”

“现在好了，他不出现，我还在这儿跟个傻子似的哭，烦透了！”

路寄秋听她说了一通才明白，原来秦矜不是在生许医生的气，而是感到委屈和着急。

秦矜站起身，眼圈红红地问路寄秋：“寄秋，你说他会不会是因为诊所看病的人太多，所以才拖到了现在？”

路寄秋递给她一张纸巾：“这有可能，许医生很忙的，或许是忘了。”

秦矜没意识到，她已经在帮许迟找理由了。秦矜不由得开始多想，有些慌张地说：“那……那他会不会出了什么……”

还没说完，秦矜就连呸几声，她宁愿许迟是故意放她鸽子的，也不希望他出任何不好的事。

两人刚聊了几句，贺惟就从酒吧后门走了出来。

“寄秋，你‘男朋友’在找你。”

路寄秋应了一声，又不放心地看看秦矜。

“别管我了，我就是最近变矫情了，一会儿我就‘杀’到他家去！”秦矜把捏皱了的纸巾扔进垃圾桶，示意路寄秋自己没事，“你去吧，别让陆一衡等你。”

看着路寄秋进去，秦矜这才呼了一口气。路寄秋的感情生活最近也处在一个暧昧的阶段，还是别让她操心自己的事了。

酒吧后巷。贺惟点了根烟，深吸一口，还是开口问了：“那个医生违背约定了？”

秦矜故意啧了一声，转头打趣道：“你消息这么灵通！”

贺惟笑着吐了口烟，开玩笑似的说：“这么多年了，难得见你喜欢一个人，稀奇。”

秦矜耸耸肩，低声说：“我喜欢有什么用……”

“那你……” 贺惟的话还没说完，就看到一个男人出现在酒吧后巷的那头。直觉告诉他，那就是许迟。

秦矜顺着贺惟的视线望过去，看见许迟正朝她走来，刚咽下去的委屈一瞬间又涌了上来。

他终于肯出现了。

秦矜大步迎上去，红着眼圈说：“你为什么不回我信息？为什么不接我电话？为什么答应我要来，却又迟迟不出现？”

秦矜憋了一晚上的话一股脑儿全说了出来，眼泪像剪不断的线似的落下。

许迟看她小脸上满是泪痕，心里不由得揪了一下。

秦矜只想要一个答案，这会儿顾不上形象：“你说话！你为什么——”话还没说完，她就被许迟搂到了怀里，鼻尖碰到他的衬衫，秦矜才发现他没有穿外套，上身只有一件单薄的白色衬衫。

秦矜在他怀里没抬头，声音闷闷地问：“你干吗……”

“对不起。”许迟沉声说。

他那低沉的声音落在秦矜头顶，秦矜先是一愣，随即说道：“对不起有用吗……你要是不想来，现在你就不该来！来了还抱我，你别以为我……”

许迟低头对上她那红了一圈的眼睛，轻声说：“秦矜。”

后巷的路灯不算明亮，却是格外柔和。

秦矜不知道他下一句要说什么，但还是下意识伸手抱紧了他，抓着他的衬衫说：“你如果抱着我，还说些我不想听的，那你最好别说了。”

许迟笑了，一边帮她擦眼泪，一边解释说："我是想说，来晚了是我不对，但我没有想要违背约定，自始至终都没有想过。反倒是这两天，你一下子没了电话没了消息，我变得有些患得患失……"

听他这么说，秦矜抓着他衬衫的手不禁松了松，小心翼翼地抬头看向他："你……"

许迟轻轻握住她的手，认真地说道："这些天我想了很多，也许我不该把主动权塞给你……表白这种事，还是我来比较好。"

秦矜看着他，那颗下坠的心似乎又飞了起来，回到了云朵上。

许迟直视着她的眼眸，一字一句地说："我喜欢你，秦矜。"

当秦矜听到那最为重要的四个字时，她一瞬间忘了回应。

许迟说出心里想说的话后，不自觉地松了口气。

他见秦矜还没回过神来，索性直接牵上她的手："走吧。"

秦矜任他牵着，问道："去哪儿？"

"我家。"

"啊？"秦矜有点儿蒙了。

许迟停下脚步，抬起手来，给她看手腕上挂着的手牌。

南风医院。

秦矜愣了一下，随即反应过来，抓着他的手就问："你怎么了？你去医院干吗？你为什么去医院？"

许迟轻揉她的小脑袋，故意说道："为了来见你，我特意从医院逃出来的，你是不是要为我负责？"说完许迟就牵着她的手朝巷口走去。

秦矜跟在他身旁，一边走一边问："你快告诉我，你到底怎么了？为什么你从医院来？你不是说从诊所直接过来吗？"

许迟看她这么担心自己，不由得想要逗逗她，将胳膊搭在她肩上，用搂的方式把自己的重量匀给她几分："出了点儿意外。"

秦矜以为他得了什么病，会有现在这样四肢无力之类的症状……吓得赶紧搀扶着他，生怕他倒下。

“你要是生病了，就必须去医院！”秦矜双手抱着他的腰，不小心碰到一个折起来的小本。

从他兜里抽出小本子，是上面写着“南风医院”的个人病历本。翻开一看，是他今天晚上七点在急诊部的诊断记录。

秦矜眯着眼睛，实在是看不懂那医生龙飞凤舞的字体，只能挑看得懂的字，拼凑着念道：“什么车辆，这个是撞击……撞击……脑……脑震荡！”

秦矜的声音不自觉地提高了几倍，拿着病历本问他：“你出车祸了？你脑震荡了？”

“是车祸，但脑震荡……”

许迟还没说完，两人就走到了巷口。

秦矜四下看了看：“你的车呢？撞得严重吗？你除了脑震荡还有哪里伤着了？你都出车祸了，干吗还跑过来！你这样很让人担心知不知道！你还是医生呢，你怎么可以——”

许迟见她急坏了，赶忙按住她解释说：“我只是被追尾，前后夹击了一下，安全气囊意外弹出来把我撞晕了，我只是晕了一会儿，其他一点儿事没有。”

“所以，你就是脑震荡了！”秦矜没忍住又酸了鼻子，一边扶着他一边说，“我是着急见你，但我也不是那种不懂事的小女孩，你给我打个电话说你在医院，我就……”

秦矜顿了顿，又说：“也不对，你被撞晕了……你醒了干吗直接跑过来？脑震荡需要卧床休息，这种常识我都知道！”

许迟见她刚收回去的眼泪又掉了下来，赶紧拿过病历本，指着后面的字念给她听。

“这里写的诊断结果是——仅是轻微头晕，无明显头痛，无恶心呕吐反应，无意识障碍，醒后可清晰回忆意外过程，非脑震荡反应。”

秦矜又看了一遍，虽然还是看不懂，但看他的状态好像确实不像脑震荡。

“那你不需要住院观察吗？”

“暂时不需要，如果明天头痛、耳鸣、呕吐的话，可能就需要了。”话音一落，许迟就抬手招来了一辆出租车。

出租车稳稳地停到两人面前，许迟拉开车门，对秦矜说：“医生说，今晚最好有家属陪我。”

秦矜没上车，而是站在他面前，扶着车门说：“那你先告诉我，你刚才说的那个……那个，是什么意思？”

许迟说喜欢她，这意思不弄明白，她是不会上车的！

司机师傅见两人不上车，忍不住降下车窗问：“还走吗？”

秦矜看着许迟，眼神坚定得很，轻声对司机师傅说：“走，马上。”

“小两口吵架了？”司机凭借多年的经验，笑着对许迟说，“兄弟，别试图跟老婆讲道理，赶紧抱抱，这大冷天的哄一哄抓紧回家。”

司机师傅的话音刚落，秦矜原本还绷着的小脸一下子就红了。

许迟上前一步将她抱在怀里，用下巴轻蹭她的发顶，轻声问：“要不要跟我回家？”

秦矜仰头看他，脸颊上的红晕在路灯下显得格外好看。

出租车上，司机师傅自认为是他的“劝说”两人才“和好”的。这一路上，一直在给两人传授爱情经。下了车，司机还不忘冲两人说：“回家可不准吵了啊！”

出租车驶远了，秦矜跟着他上了楼，直到站在他家门口，才忍不住问道："我们现在……是什么关系？"

许迟眯了眯眼睛，故意说："上次你亲我的事，我还没忘。"

"嗯？"秦矜怔住了，这两件事有什么关系？

许迟趁她皱眉思考的时候，弯腰在她唇上轻吻一下，勾着笑说："现在我们的关系清楚了吗？"

秦矜彻底蒙了，伸手摸摸唇瓣，感受了一下上面残留的温度，不禁傻笑出声。

清楚了，很清楚了。

在许迟打开门之前，秦矜红着耳根拉住他说："你可想好了……我特别黏人，到时候你要是受不了了，你可不能……"

"怎么个黏法？"许迟故意问她。

秦矜顿了一下，马上举例给他听："到时候我每天都想见到你，工作之外的时间我都要跟着你，就是你甩都甩不掉的那种！"

秦矜是想把"丑话"说在前面，让他有个心理准备！即便她并不会这么夸张，但也基本差不多了。

许迟笑着揉了揉她的头发，很认真地说："我不怕。"

这是秦矜第二次踏入许迟家，身份已然不同。

秦矜站在玄关处，像上次一样，乖乖穿上他拿出来的男士拖鞋，小声提醒着说："男朋友家都没有女朋友的拖鞋……"

许迟低头笑了，关上鞋柜的门："明天去买。"

"好。"秦矜眯着眼笑，昂首阔步地走进他家。

刚走到客厅，秦矜想起来他刚从医院出来，又赶忙折回去挽着他。

"你放心吧，我肯定是个称职的女朋友！你要睡觉吗？还是先洗澡？”秦矜挽着他的手臂，一路走到他的卧室门口。

“你今晚还是别洗了，万一你在浴室晕了就麻烦了。”秦矜设身处地地帮他想着，伸手想要摸灯的开关，却没找到。

许迟抬手按下开关，卧室里一下子就明亮了起来。

秦矜看到落地窗的窗帘没有拉上，走过去，一边拉窗帘一边问他：“你确定你不用去医院吗？”

“不用，明天如果有不舒服的感觉再过去。”许迟轻声解释着。

秦矜虽然不放心，但还是哦了一声。今晚她还是多观察观察他，毕竟安全气囊撞到头也不是小事情。

秦矜转过身，突然想起今天打他电话时一直没有人接：“你的手机呢？”

许迟随手把病历本放到床头柜上，想了想说：“应该还在车里，车在车管所。”

被撞之后，许迟晕了大概二十多分钟，醒来的时候他已经在急诊部了。

这次的事故许迟并无责任，他是在等红灯时被后车追尾，导致他直接撞上了前方车辆的防撞保险杠，安全气囊意外弹出才把他撞晕的。

秦矜走过来，踮着脚把他的脑袋看了一圈又一圈。

“你要是有任何不舒服的感觉，千万别忍着！”秦矜说这话时认真得不像话。

“嗯。”许迟笑着点头，一边解着衬衫纽扣，一边对她说，“帮我把灯关上吧。”

“你现在是需要多休息。”秦矜走到门口把灯关了。瞬间，卧室里又没了灯光，只剩客厅里透过来的光。

秦矜刚想帮他关门，就听到他说：“过来。”

“嗯？”

秦矜下意识又走了进去，不解地问：“怎么了？”

就在秦矜以为他是纽扣解不开的时候，她的腰上突然多了一只手，还没等她反应过来，就被他抱着倒在了床上。

床垫软硬适中，他的呼吸不急不慢。

秦矜被他抱在身下，一时之间竟忘了呼吸，几秒钟后恢复过来，两人的心跳声清晰可听。

许迟没说话，秦矜也不敢说话。她悄悄伸手环上他的腰，恨不得时间就此停止。

房间里，时钟的嘀嗒声打破了两人之间安静的气氛。许迟抬手揉着她的发顶，沉声说：“这两天，我闭上眼、睁开眼都是你。”

就连听到有病人要拔智齿，许迟也会想到她，甚至会愣上片刻。

秦矜抿着嘴角，在心底默默说：“我也是。”

许迟埋头在她的肩窝，低语道：“秦矜……”

“嗯。”

秦矜声音很轻地应着，过了一会儿，没有听到他再说话。耳边只剩他平稳的呼吸声，她感到很是安心。

闻着他身上的味道，尽管掺杂着一丝医院消毒水的味道，但秦矜还是忍不住扬起了嘴角。

秦矜的视线落在卧室的天花板上，猜想他应该已经睡着了，于是悄声说道：“你放心……我肯定不会‘乘人之危’的。”

话音一落，秦矜就听到他笑了。

第五章

秦矜觉得他有点儿凶，而且，凶得有点儿可爱

这一晚，秦矜的睡眠质量格外好。早上八点，不用闹钟叫，秦矜就醒了。她从床上坐起身来，看见床边那件有些皱了的白色衬衫。

卧室里没有他的身影，秦矜愣了愣，下意识叫道：“许迟？”

没人应。但秦矜听到浴室里有水声。

担心他在浴室晕倒，秦矜掀开被子，顾不上穿拖鞋就跑出了卧室。

“许迟？许迟！”秦矜敲着浴室的门，生怕他不回答。

突然，水声停了。接着就传来他的声音：“怎么了？”

秦矜听到他没事，赶忙说道：“没……没事，我就是叫叫你。”说完就红着脸溜回了卧室。

她一定是被电视剧荼毒太久，起来看不到他就胡思乱想。

躲进卧室，秦矜听到浴室的水声又响了起来，悄悄呼了一口气。第一次真正共居一室，没有经验，可以理解……可以理解。

叮咚——听到门铃声，秦矜又探出头来，确定真的是有人在按门铃，这才快步走过去。

在猫眼上看了一眼，发现是一个穿着像快递小哥的大男孩站在门口，看模样十七八岁的样子。

秦矜一打开门，大男孩就把手里抱着的小箱子递到她面前。

“请问这是许迟许先生家吗？”男孩脆生生地问，很有礼貌。

“是，”秦矜点头应着，但不敢接过来，“这是什么？”

“我是南风创意花店的。”男孩说着就掏出一张精致的名片，和一张订单小票，解释道，“昨天许先生没来取花，所以我们就给您送上门来了。”

花？

秦矜下意识接过那个精致小箱。

“您签收一下吧。”男孩递给她一支笔。

“好。”秦矜稀里糊涂地在那收据单上签下了自己的名字。

男孩看见她签的名字，笑着说：“您就是秦矜啊！”

秦矜愣了愣，有些疑惑这男孩是怎么知道她名字的。

男孩指了指收据单上的时间：“本来许先生说七点来取，不过我们七点半就关门，所以跟许先生说如果他赶不过来我们可以送货到您手里，但是当时许先生写下您的名字后说不用了，他想自己取。”

秦矜张了张嘴，低头看着手里那精致的小箱子。迟疑了一下，还是打开了。

粉白玫瑰相簇在一起，色泽温润。

秦矜笑了，伸手轻碰花瓣，问：“这个的花语是什么？”

男孩见客人喜欢，马上背出这箱永生花的花语：“我们采用了小皮箱的外观，一共 27 朵粉白玫瑰永生花，寓意是想要呵护对方一世，甚至想拎上小皮箱，带对方回家……”

回家……

秦矜不禁愣住了，就连男孩和她说再见，她都没反应过来。

正巧，许迟从浴室走出来，看她背对着自己站在门口。于是一边擦头发一边问她：“怎么站在门口？”

秦矜回过神来，顺手关上门，抱着那一小箱花转身，冲他笑道：“这个……你计划很久了？”

许迟没想到这花这么早就送上门来了，他低头在她唇瓣上轻啄一下说：“那天去酒吧没找到你，就开始计划了。”

秦矜一下子就涨红了脸，捂嘴说：“我还没刷牙！”

“我不介意。”许迟一边说着一边搂着她的腰不准她躲。他额前的碎发上有水珠滴下来，滴落在两人中间的永生花上。

秦矜赶忙盖上箱子，说道：“我要把这花带回家，摆在床头，天天看！”话音刚落，门铃声又响了。

两人互看一眼，许迟耸肩表示不知道是谁。

秦矜离得最近，顺手将门打开，却看见她最讨厌的人正站在门口。

面对钱佳妍，秦矜身上的刺一下子就“立正”了，挡在许迟前面，对钱佳妍说：“钱小姐，这大白天的，你家灯又坏了？”

钱佳妍没料到秦矜会在，愣了一下说：“我是来找许迟的。”说着，钱佳妍又开始装无辜，盯着许迟不动。

秦矜生怕许迟会让她进来，转身抱着他，着急地说：“不准她进！”

许迟单手搂着她，抬头冲站在门口的钱佳妍说：“你听见了，不准你进。”说完，许迟就把门关上了。

秦矜看许迟直接把门关了，心里痛快极了！可门外的钱佳妍不仅没有因此离开，甚至变本加厉地叨叨了起来。

“许迟，我知道你出车祸了，我过来就是想看看你！我很担心你。”

“许迟，我是医生，我知道该怎么照顾你，秦矜她不懂这个，你让我进去好不好？”

“车祸撞到头这种事儿是很严重的，搞不好以后会有后遗症！我特别担心你——”

钱佳妍说到一半，就看到门打开了。

“许迟……”钱佳妍叫着许迟的名字就想要进去。

秦矜从里面走出来，双手叉腰，眯着眼看着她，说：“你咒谁呢？你才有后遗症呢！”

钱佳妍没看到许迟，索性收起脸上要哭不哭的假表情，站直身子对秦矜说：“我说的是事实，有很多案例就是因为病人回家后，照顾不周而出现一系列的状况，严重的甚至……”

秦矜走近一步，一边撸着袖子，一边抬起下巴说：“来，你再说一句试试。”

“我就说了，你想怎么样？”钱佳妍眼神晃了晃，感觉到秦矜不好惹，但又不想占下风，“我告诉你秦矜，我是医生，我知道怎么照顾病人！”

话音一落，许迟就从门内走了过来。揽上秦矜的肩，表情冷淡地对钱佳妍说：“我也是医生，我知道怎么照顾自己。”说完，许迟就带着还气呼呼的秦矜转身进了家门。在关门前，许迟停下来又说道：“我不仅是个医生，还是有女朋友的医生，麻烦你自重。”

砰——这一次的关门声，格外响。

钱佳妍在门口站了一会儿，就踩着高跟鞋离开了。离开的时候，表情难看得很。

秦矜踮脚透过猫眼确定她走了，这才转过身继续生气。

许迟看她生闷气，又心疼又好笑，伸手把她拉到怀里，揉乱她的发丝。

“人都走了，还气呢？”

秦矜抓着他的T恤，抬头说：“虽然我特别讨厌她，但她说的也不是没有道理……咱们还是去医院检查检查吧？或者住院观察一下！”秦矜越说越急，生怕被钱佳妍那张乌鸦嘴说中了。

许迟赶忙拉住她，很确定地告诉她：“我真的没事儿，不然医院昨晚不会放我出来。”

“那……那我去网上查查，看需要注意什么！”秦矜不敢掉以轻心。

钱佳妍从许迟家离开后，并没有放弃。而是坐在车里，拨通了于钰琴的电话。

电话嘟了几声，才被人接了起来。

“喂？哪位？”是珍姨接的电话。

钱佳妍笑着说：“珍姨，我是佳妍。钰琴阿姨在吗？”

珍姨对钱佳妍自然是不陌生，毕竟她隔三岔五就去看于钰琴。

“佳妍啊，你稍等一下。”

电话被搁在了一旁，钱佳妍照着车内的小镜子，她得意地笑了笑，认为自己这步棋走得很稳。没一会儿，于钰琴便接起了电话。

钱佳妍赶忙叫着：“钰琴阿姨！佳妍好一阵子没去看您了！”

“是啊，”于钰琴轻声应着，接过珍姨端来的茶，抿了一口，说，“打电话来有什么事吗？”

“钰琴阿姨，今天真的是有事才找您！”钱佳妍装出一副有些难以启齿的样子，继续说，“我不清楚您是不是知道许迟昨天晚上出车祸的事儿？好巧不巧的就送到我们医院了，我是今天早上才知道这事儿的……”

于钰琴放下茶杯，语气不紧不慢地说着："你说许迟被撞的事儿啊，这事儿昨晚我就知道了。"

钱佳妍对于钰琴知道这事儿并不感到意外，接着说道："钰琴阿姨，您知道我对许迟一直没放下……听说他出了这事儿，不仅没住院观察，晚上还跑去酒吧找秦矜……"

钱佳妍一边说一边仔细听电话那头于钰琴的反应。

"钰琴阿姨，我知道感情的事儿强求不得，但我放心不下。所以刚才就去许迟家找他，但那个秦矜对我态度特别恶劣，不准许迟去医院，也不准我进去……"

听到这儿，于钰琴不由得挑了挑眉，以她对秦矜的了解，她认为秦矜不会这样做。

"是吗？真是没想到。"于钰琴声音冷淡了几分。

钱佳妍以为于钰琴信了，马上添油加醋地说："是啊，如果许迟真的和那样的女生在一起……"

"佳妍，"于钰琴忍不住打断她的话，轻笑一声说，"我是在说，没想到你是这样的女孩。"

闻言，钱佳妍愣了。

"佳妍，之前我还老觉得许迟不喜欢你，是因为他和你接触得少，但我现在倒觉得，问题在你。"于钰琴向来不喜欢兜圈子，直接说了出来。

"钰琴阿姨，您这是在说什么……"钱佳妍有些慌了，赶忙解释说，"我是真的担心许迟。"

于钰琴笑了笑，直白地说道："一直以来，我都觉得你还不错，至少在品德上我自以为没看错人。但你不是急诊科的医生，你是怎么知道许迟被撞的？又是怎么知道他家地址的？我记得我从来没有和你提过许迟住在哪里。"

钱佳妍不说话了。她是请同事帮她偷拍下病人登记信息上许迟家的地址的……这种窥探病人隐私的行为确实令人不齿。

“你担心他我可以理解，但你可能不知道，昨晚他的主治医师是我的老朋友……包括他去酒吧找秦矜，这些都是我默许的，并且是检查过所有事项才让他走的。”说到最后，于钰琴不禁又笑了，“你既然能拿到许迟家的地址，那你一定看过病历备份了。你不会不知道他一切都正常。”

“钰琴阿姨，我……”钱佳妍试图解释。

“佳妍，前几天我已经和你说过，许迟已经有恋爱对象了，有些不必要的‘关心’，你必须要收起来。”于钰琴说完就把电话挂了。

钱佳妍坐在车里，握紧手机，被拆穿后的难堪感在车厢里蔓延着。

珍姨站在一旁，听得是一知半解。她俯身给于钰琴又斟了一杯茶，好奇地问道：“钰琴姐，这个钱佳妍之前不是……”

“阿珍，昨晚我一直在想一件事。”

“什么事？”

“当年许迟他爸爸一家也很反对我们在一起，那时候我心灰意冷，甚至觉得要不就算了。但那天他爸爸发着高烧翻墙跑到我家，他那手都在发烫……”

于钰琴起身望着院内的花草，笑着说：“那墙特别高，是那种围墙。我见到他时是又兴奋又生气，我问他干吗不好好养病？”

说到这儿，于钰琴笑了笑：“他特别严肃地跟我讲，‘有些话、有些事不当下做，会后悔一辈子的’。”

查了半个小时的资料，秦矜终于放心了。在家吃过早饭后，许迟用秦矜的手机给车管所打了电话，问清楚需要带什么证件过去，就带着秦矜出门了。

两人并肩朝小区门口走去。今天是周日，小区的小花园附近人不少，有一家三口，也有老夫老妻。不是散步，就是准备出门买东西。

秦矜偷瞄了一眼前面走着的一对老夫妇。只见他们手牵着手，步伐缓慢地走在前面。

憋不住事的秦矜，悄声嘟囔一句：“我也想牵。”

许迟没听清她说的话，低头问她：“你说什么？”

秦矜抿着唇，把左手从兜里拿出来，接着快速握上他的右手，然后又嘴硬地说：“我不认路，牵着可以防止走丢。”

闻声，许迟不禁笑了，回握着她的小手说：“想牵手就直说。”

秦矜轻轻咳了一声，故意看向另一旁，压着笑说：“好。”

两人一同走出小区时，门卫室的两三个保安人员忍不住低声私语道：“那个是许医生吗？”

“是啊！”高个保安点头说道。

“那旁边是他女朋友吗？”矮个保安凑过来好奇地问，“他们这是住一起了吗？”

“不知道，”高个保安挠了挠头，又算算时间说，“不过我见过这女孩两次了，一起早出晚归的倒像是住一起了……”

一旁的保安队长抖着手上的报纸说：“就算现在没有住一起，那也快了。”

“为啥？”高个保安和矮个保安异口同声地问道。

“你们想想，那许医生多严谨一人啊！谈恋爱肯定是奔着结婚去的，都要结婚了，离住一起还远吗？”

好像是有点儿道理。

出了小区，两人拦了辆出租车直奔车管所。

上午十点整，许迟在车管所拿到了自己车内的手机和其他物件。办事大厅的工作人员递给许迟一张单子，让他确认签名。

许迟低头签名字时，戴着一副茶色眼镜的工作人员一个劲儿盯着秦矜看。

“您老看我干吗……”秦矜有些不自在地朝许迟身后躲了躲。

许迟把签好名的单子递回，就听到那工作人员笑着说道：“对不起，昨晚我去事故现场拖车时，正好看到这位许先生被送上救护车。他被撞得迷迷糊糊的，嘴里还念叨着什么，我猜会不会是女朋友的名字，所以才……”

“昨晚？”

就在秦矜不解的时候，许迟拿过回执单，说了声谢谢，就牵着秦矜走出了办事大厅。

“你昨晚……”

许迟耸了耸肩，有些无奈，说：“好吧，我承认，我那时脑子里全是你的身影……真没想到这车管所的工作人员这么多嘴。”

秦矜一听他承认了那工作人员的话，咧着嘴笑道：“原来昨晚你这么着急见我啊——”

向前走了两步，秦矜又停下来，收起笑认真地对他说：“不过许医生，拜托你以后有话直说！想见我，你就打电话给我，反正我随时都有空，只要你主动那么一点点，我肯定跑着来。”秦矜牵着他的手，说的时候很郑重地握紧了几分。

许迟弯了下唇，笑着说：“好，你说的。”

车管所斜对面就是保险公司合作的车行，许迟早上和他们通过电话。刚走到车行的院内，秦矜就透过大大的玻璃幕墙，看见许迟的车正摆在中间等待维修。

前后的保险杠都受损了，尤其是后方的保险杠部分，直接掉了一半。不过车身两侧并无大碍。

秦矜跟着许迟见到了车行的李经理。

“许先生，您的车除了更换保险杠之外，我们还需要重新喷漆、复原凹陷处等……不知道您最近着急用车吗？”

“平常还是需要用车的，不然上班不太方便。”许迟一边说着，一边牵着秦矜来到车行的后面。

李经理走在前面，说：“因为许先生您的车是全进口的，保险杠换原装的话，时间上要更久一些。最快一周，慢的话可能要二十天左右。”

许迟点头表示明白：“你们早先在电话里跟我说过我可以暂时开你们提供的车，是吗？”

“是的，因为您的车本身就在我们这儿做的保养，我们肯定要尽可能地让您方便。”

李经理说完就带着两人走到了一排车前，从左到右指了四五辆车，转头对好一会儿没说话的秦矜问道：“秦小姐是吗？您选一辆吧，今天就可以开走，车修好了再换回来。”

秦矜正走神，被点名后愣愣地看着许迟，疑惑地问道：“我选？”

“医生建议我最近不要开车，你来开。”许迟轻声说。

秦矜犹豫了一下，还是硬着头皮应下了。虽然时不时会给徐斐娜充当代驾，但那基本上都是晚上接近十二点了，路上车少人少，而且就一条道到她家，她胆子会比较大一点儿。

可现在许迟会坐在她身边，她有些紧张，而且她还不认路。

办好所有手续，秦矜坐在驾驶座上，先预测了一下旁边几辆车的车距，生怕剐蹭到。

许迟看她太紧张，忍不住笑了，轻声说：“一会儿去超市吧？家里没有菜了。”

“好，你帮我开一下导航。”秦矜握着方向盘，缓缓将车子开出车行的停车场。

许迟帮她调了导航，看车速从三十码慢慢升到五十码，才对她说道：“一会儿记得给你买拖鞋。”

“好。”秦矜正襟危坐，随口说着好，反正他安排的肯定没错。

“一会儿再去一趟你家，带点儿衣服过来。”

“好……”秦矜应了一声，慢了半拍才反应过来，问道，“带衣服？为什么要带衣服？”

许迟看着她，帮她回忆着说：“昨晚是你说要黏着我的，还说工作之外的时间都要跟着我。现在反悔了？”

秦矜红着脸，有些结巴地说道：“我……我才不反悔……”

“那就搬过来。”许迟把话接了过去。

秦矜下意识踩了一脚刹车，好在这一片施工地，后面没车。

秦矜红着耳根趴在方向盘上，磕巴地说：“我们……我们才第一天……第一天就住一起，是不是太快了？”

许迟偏头看着车窗外，顿了顿说：“那算了。”

话音还没落全，秦矜就啧了一声，着急地说道：“你就不能再坚持一下吗！”

她马上就要答应他了！只需要他再坚持一秒。

许迟转过头，弯起嘴角说：“就算你不答应也没关系，我可以搬到你那儿去。”

秦矜一听，立马说：“不行！还是我搬到你家比较好……”

她家对面住着徐斐娜，想想就不安全！谁知道徐斐娜会不会给许迟说她的坏话！

许迟笑着点了点头："好，那就搬到我那儿。"

秦矜轻踩油门，车子继续向前行驶，但她还是没忍住出声解释道："你最近在特殊时期，我身为你女朋友，的确应该就近照顾你。"

"嗯。"许迟点头附和着。

秦矜坐直身子，继续讲："我们都是成年人，感情需要慢慢培养，所以那个……我还是住上次的房间吧。"

"好，你说了算。"

两人来到超市，一下车秦矜就问他："你刚才不是开玩笑的，对吧？"

"我很少开玩笑。"许迟很认真地说。

秦矜眯着眼睛看他，像是发现了什么似的，凑近了说道："我怎么觉得，这是你预谋了很久的……"

许迟拉过一辆手推车，笑着对她说："换个词，预谋不好听。"

秦矜站在原地，看他推着车向前走，忍不住笑了。其实，好像快一点儿也没什么不好的。

许迟走到超市入口处，见她没跟上来，便停下来转身看她。

秦矜赶忙收起笑，小跑过去，一把抱住他的胳膊，故意说："许医生，你不怕我乘人之危吗？比如趁你晚上不注意的时候，撬开你的房门，然后……"

"我从不锁门。"

"哦。"

推着车子来到这上下三层的超市，秦矜四下看了看指示牌，说："咱们先去日用品那边吧……"

走过一片专卖洗漱用品的货柜，秦矜不禁放慢脚步，一边看一边说：“其实也不需要买什么东西，我可以回家把一些日常用的直接带过去。”

秦矜只顾着低头看东西，没注意到货柜旁还站了个导购员。

“两位需要点儿什么？”

“我们先看一下。”秦矜应了一声，拿起一套精致的漱口杯对许迟说，“这个很好看！”

秦矜的话音刚落，一旁的导购员马上接过话说：“这套我们有专门的情侣款。”说着就从旁边的货柜上拿了套情侣款的漱口杯给秦矜，还不忘补充一句，“很多新婚的小两口都买回去用的！”

闻言，秦矜拿着套装的手不自觉地抖了两抖。她轻咳一声，问他：“那咱买吗？”

许迟笑着说：“咱们情况类似，的确需要买。”

新婚和刚确定关系明明就差很远！

秦矜伸手摸摸发烫的耳垂，转身问导购：“这套情侣款的还有别的样式吗？”

“姑娘，咱这儿就这一款情侣漱口杯。”

“那您帮我拿套新的吧。”秦矜说着就把手里那套有些积灰的套盒递还给导购大姐。

看导购大姐转身去拿新的漱口杯套装，秦矜不由得愣了愣，这导购有点儿眼熟……

“来，这套我拆开你检查一下。”导购大姐说着就帮她拆开了套盒。

秦矜忍不住问道：“我好像在哪儿见过你……”

导购大姐一听，抬头对上秦矜的视线，打量了一下，先秦矜一步想了起来。

“我记得你！上次在那家超市，你买过我搞促销的情侣浴巾！我没记错吧？”

导购大姐记性格外好。每天见无数的顾客，却还记得她！秦矜有点儿惊讶。

“是我，您记性可真好……”秦矜笑着拿起漱口杯检查。

突然，身后传来许迟的声音：“情侣浴巾？”

秦矜先是一愣，然后马上转身解释道：“不是……不是……”

“对啊，我肯定没记错！那浴巾我也买回家了，我老公还说质量不错呢！”导购大姐热情地说着。

秦矜的直觉告诉她，此地不宜久留！

“您先忙，我们再去逛逛别的……”秦矜说着就把那套漱口杯放进了手推车里。

“走吧走吧。”秦矜生怕他误会，拉着他就朝另一个货柜走。

走到一个没什么人的货柜处，秦矜才放慢脚步，偷看他一眼说：“那个情侣浴巾是促销商品，就是打着情侣款的名做买一送一的优惠活动……”

许迟故意拉着长音哦了一声。

“真的！我买了都还没用过呢。”秦矜站到他前面，不死心地解释着。

许迟俯身靠在手推车上，眯着眼睛问她：“原本你打算和谁用？”

秦矜想到那天买浴巾的时候，她满脑子都是许迟……便有些不好意思。

“咳……咳……我还没想过。”秦矜回答得并不诚实。

闻言，许迟直起身子，伸手揉了揉她的头顶说：“刚好我缺条浴巾，带来给我用吧。”

秦矜眨着眼睛看他，迟疑地应了声：“好。”这似乎又是一种暗示……

秦矜抬手捋着自己的短发，忽然对他的喜好感到好奇。

“你喜欢短发的女人，还是长发的女人？”

许迟刚要回答，突然瞥见货柜上的商品，顿了一下说：“咱们先去二楼。”

秦矜看他眼神有些闪躲，拉着他不让走：“你躲什么？难道你喜欢长头发的女人？”

“不是……”许迟轻咳一声，试图先带她离开。

“你要是喜欢长头发，我可以留长的，虽然我不是特别喜欢，但也没关系……”秦矜很认真地说，却发现他听得不是很认真。

秦矜按住手推车，一定要他表明态度：“你说，你是喜欢长的，还是短的？”

秦矜的话音一落，货柜旁就冒出一个导购来，笑眯眯地说道：“现在有进口的，可以选尺寸。”

秦矜被突然冒出来的导购吓了一跳，不解地皱了皱眉，顺着那导购的视线朝身后看了一眼。

“最新超薄款！才是最好的！”导购仍是笑眯眯的。

“不用了……不用了。”秦矜小脸通红，二话不说就跟着许迟上了楼。

站在手扶梯上，秦矜伸手捂着脸，想起刚才那导购的表情，她就恨不得赶紧躲起来。怪不得许迟刚才急着要上楼。

秦矜低头闭了闭眼睛，早知道就不问了。

“你什么样我都喜欢，不用刻意为我改变。”许迟说着就牵住了她的手。

秦矜任他牵着走下扶梯，虽然她不像徐斐娜那样有恋爱经验，但她多少也知道——很多情侣在谈恋爱的初期都是被甜言蜜语包围着，热恋期一过，马上现原形。

秦矜脚步慢下来，握紧他的手说：“你还记得上次你在我家门口见到的那个女的吗？徐斐娜。”

“有印象。”许迟说。

“她说，热恋期通常只有三个月，三个月一过，双方就会藏不住自己的那些小缺点，那些缺点甚至还会被放大，然后两人就会开始吵架，严重的还会分手，不严重的就将就着，过后再爆发……所以她和每一个约会对象都只交往三个月……”

秦矜说到这儿，不自觉地偏头看向许迟。

许迟不禁挑眉，伸手将她拉到怀里，一字一顿地说：“她是她，你是你，你敢学一个试试？”

秦矜下意识舔了舔唇，模样特别乖巧地说：“我不学，保证不学。”

这是第一次，秦矜觉得他有点儿凶。而且，凶得有点儿可爱。

就在两人说话时，秦矜突然听到有人叫她。一转身，便看到大学校友吕传磊。

“这么巧啊——”秦矜和吕传磊打招呼。

吕传磊走近，看见秦矜身旁的男人不是贺惟，先是一愣，随即笑着问道：“男朋友？”

秦矜第一次和朋友介绍许迟，笑着点头说：“嗯，我男朋友，许迟。”

天知道，秦矜说这句话的时候，心里有多得意！

吕传磊私下和贺惟交往比较密切，知道秦矜和贺惟一起合伙开酒吧。也知道贺惟对秦矜有超越朋友的感情，但万万没想到今天会遇见秦矜和她的男朋友。

吕传磊和许迟简单地打了个招呼，就和秦矜说：“我和你佳佳姐周末组了个局，贺惟那边我还没通知，你帮我告诉他吧。以前咱学校那伙人都来，到时候你带着你男朋友一块儿过来！”

秦矜下意识看向许迟，要是放在以前，她肯定就应下了。

“你想去吗？”秦矜小声问他。他要是不想去，她就不去了。

许迟轻握她的小手，冲吕传磊点了点头说：“好，那周末见。”

又聊了几句，吕传磊有事儿就先离开了。秦矜以为他是勉强答应的，很贴心地说：“你要是不想去也没事儿，就是一帮人吃饭、聊天，没什么正事儿的。”

许迟推着手推车向前走了几步，还是没忍住，开口问她：“那个贺惟，是昨晚在酒吧后巷的那个吗？”

秦矜愣了一下，接着就想起昨晚她跟着许迟走的时候，贺惟还在后巷，还没进酒吧。

“对，是他。你们认识吗？”秦矜好奇地问。

许迟先是摇头，然后又轻声说：“应该要认识一下了。”

昨晚秦矜太激动，以至于完全忽略了当时还在后巷抽烟的贺惟。但是，许迟注意到了，并且直觉告诉他——那个叫贺惟的男人，对他有敌意。

逛超市的时候，秦矜的肚子已经饿得咕咕叫了。尽管买了些食材，但从这里回许迟家不算近，而且中途还要去她那拿衣服……这么一算，至少要两个小时后才能吃上午饭。

收银员将最后一袋东西推到两人面前：“小票给您放到袋子里了。”

秦矜刚摸上袋子，就被许迟抢先了一步。

许迟一手拎着三个购物袋，用空出的另一只手牵着她向停车场走。秦矜低头看了看两人牵在一起的手，脸上不由得爬上一抹红晕。

走到车旁，秦矜赶忙把后备厢打开，问：“要不去酒吧吃午饭吧？这会儿后厨的彭哥应该在了，他做的意大利面特好吃。”

许迟知道她饿了，从这到酒吧用不了二十分钟，正好去她家也顺路。

“好，那就去酒吧。”

路痴的秦矜在绕错两次路之后，终于把车停到了酒吧门口。

现在是中午十二点半，酒吧最早的下午场也要三点钟才开始。这会儿酒吧不对外营业，所以门口的灯牌也没有亮。

两人并肩走进去，秦矜想起刚才他在超市里说的话，不禁说道："不知道贺惟在不在，要是在的话，可以介绍你们认识一下。"

贺惟平时主要忙自己公司的事，虽说不需要在一线见客户什么的，但每天也忙得很。有时候他会在酒吧待到天黑才离开，因为白天酒吧里还是很安静的。

刚说完，秦矜就在内场的一号吧台那儿看到了贺惟。同时，几个在擦拭柜台的员工看见秦矜，都和她打着招呼："秦矜姐——"

秦矜点头应着，不忘牵紧许迟的手，一边朝吧台走一边对他说："那个就是贺惟。"

就在秦矜伸手指向一号吧台的时候，贺惟正巧抬起头来，对上了许迟望过来的目光。

走近后，贺惟停下了手上敲键盘的动作，侧过身对秦矜说："难得能在上午见你出现，真稀奇——"

语气中带着几分玩笑的意味，但视线却扎实地落在许迟身上："你就是许医生吧？我听说你把我们秦矜给收了。"

"去去去，"秦矜摆摆手，打断他的玩笑话，站在许迟身旁一本正经地说，"我正式介绍一下！"

秦矜顿了一下，抬头看着许迟，忍不住弯起嘴角说："这是我男朋友，许迟。"话音还没落全，贺惟就伸出手，笑着对许迟说："叫我贺惟就行。"

秦矜看两人握手，突然觉得他们看对方的眼神有点儿奇怪，不禁嘀咕道："你俩能不能别这么看着对方……"

贺惟把电脑合起来，笑着打趣道："怎么，你还怕我一个大男人跟你抢吗？"

"是啊，你在酒吧坐一晚营业额都能翻一倍，我可不得防着你。"

秦矜开完玩笑，四下看了看，问："彭哥来了吗？我和许迟都没吃午饭，想吃彭哥做的意大利面。"

阿辉正好回来，走进吧台就说："秦矜姐，彭哥在后厨。"

秦矜点点头，刚要朝后厨走，又折回来眨着眼睛问许迟："你还想吃什么？"

许迟背靠着吧台边，抬手帮她把额前的碎发向两边拨了拨，说："你帮我定吧。"

"好，那你在这儿等我。"

秦矜说完还不忘冲贺惟低声说："你别乱说话！"

吧台边，三人目送秦矜进了后厨。阿辉一边擦着酒杯，一边暗自打量着两人。阿辉在酒吧也工作了一两年了，在他看来，贺惟即便没有特别明显地追求过秦矜，但肯定对秦矜有超越朋友的那种感情。

不过秦矜一直比较直来直去，几次员工聚餐的时候，她都表过态说和贺惟是好朋友、合作伙伴，两人从不做暧昧的行为。起初有一些不懂事的员工，时不时地开一下两人的玩笑，甚至有熟客开玩笑说他俩是老板和老板娘。

但这一类的玩笑，凡是秦矜听见了，一定会马上出来澄清。坦白讲，秦矜是个很简单的人，他们都看得出秦矜对贺惟没有半点想法。

想到这儿，阿辉不自觉地打量起许迟来。这许医生遇上贺惟……不知道会是明争还是暗斗！

就在阿辉还在想些有的没的时，一旁的贺惟说话了。

"阿辉，你和小勇一起把仓库的啤酒搬出来几箱，啤酒架空了。"

阿辉赶忙放下手里的酒杯："好，我这就去。"

看着阿辉离开，贺惟这才起身走进吧台，一边洗着手一边问他："许医生喝点儿什么？咖啡还是酒？"

许迟坐在高脚凳上，随口说道："一杯美式咖啡，谢谢。"

许迟的直觉没错，见到贺惟之后更加确定了他的猜测。

贺惟打开咖啡机，在等待机器预热的时候，轻声说："秦矜喜欢喝摩卡。她说摩卡没那么苦。"贺惟说这后半句的时候，视线是看向他的。话音落下，便是咖啡机磨咖啡豆的声音。

此刻，许迟闻到的不仅是咖啡豆的香味儿，更多的是和昨晚相同的味道——敌意的味道。

许迟看着他，淡淡地问道："你想说什么？"他的问题很直接。

贺惟把咖啡粉压实，抬头看着他说："我只是好奇，你有多了解秦矜？"

"所以你是想告诉我，你比我更了解秦矜？"许迟反问。

贺惟先是一愣，随后耸肩承认道："我和秦矜认识那么多年，你们不过认识一周？我应该没记错吧？"

闻言，许迟不由得眯眼看他。

贺惟把做好的咖啡推到他面前，双手搭着吧台边笑着问："怎么，你担心我和秦矜？"

贺惟毫不掩饰地挑衅着。原以为许迟会因此失态，可许迟只是轻抿一口咖啡，说："既然你说你们认识那么多年，我也就没什么可担心的了。"

这言外之意就是——认识那么多年也不过是朋友而已，所以他并不放在心上。

贺惟怎会听不懂？

许迟放下咖啡杯，手指在杯壁上轻点几下，淡淡地说："秦放有和我提起过你。”

秦放在很久以前跟他说起过贺惟，不过只有那一次。

那时候许迟还在国外，当时正计划要在国内开建诊所，原本和秦放约好晚上视频聊天，却得知秦矜骑车摔了。秦放急着赶去医院看秦矜，顺口和他提了一句：“肯定是贺惟那小子给秦矜改装了车！”

那次的摔车事件，使得秦矜打了小一个月的石膏。

听到许迟说起秦放，贺惟这才想起来他们认识。两个大男人，隔着一个吧台，静默了许久。

酒吧后厨。秦矜和彭哥说要两份拿手的意大利面，又惹起了后厨几人的好奇心。

“我们刚才看见那个许医生和你一起来的。”彭哥让助手去烧水，拉着秦矜聊了起来。

秦矜摸摸发烫的耳垂，装作没好气地说道：“彭哥你怎么也这么爱管闲事……”

“哥这哪是管闲事，”彭哥一边说一边戴上厨师帽，“咱们秦矜谈恋爱了，那必须得重视起来！今天的意大利面一定多加料！”

秦矜正和彭哥闲聊，看见英子进来了，突然想起什么似的，扬声叫道：“英子！你来！”

英子以为有什么大事，急忙走过来问：“秦矜姐，怎么了？”

秦矜刚要说话，瞥见一旁竖着耳朵偷听的彭哥，还是把英子带到后面去了。

找到一个没人的角落，秦矜才拉着英子的手问：“英子，你和阿辉住一起快一年了吧？”

英子愣了愣，点头说：“还不到一年，不过也快了。”

“快给我传授传授，你们在一起都是怎么生活的？”秦矜着急地问着，怕英子不明白，她补充，“比如你们怎么相处？会不会吵架？”

英子歪着头想了想，突然觉得不对劲，盯着秦矜问：“秦矜姐，你和许医生打算住一起吗？”

话一出，秦矜赶忙捂上她的嘴，挤眉弄眼地说：“小点儿声！”

英子马上明白地点点头，秦矜放下手解释道：“许迟昨晚撞车了，虽然现在没什么事儿，但我这几天还是得陪着他……”

“所以你们真的要住一起了！”英子压低声音说。

秦矜轻咳两声，红着脸说：“是，我们要住一起了。”

英子面上难掩惊讶，刚准备再说点什么，秦矜就拉回了主题：“总之我今晚就搬过去了，你快告诉我你和阿辉平时是怎么相处的？有什么心得可以和我分享？”

这下换英子不好意思了，支支吾吾地说：“我们……我们就一起吃、一起睡，反正上班也是在一起，基本就二十四小时不分开。”

秦矜瞬间就抓到关键词——一起睡！

她和许迟，貌似昨晚就是一起……

英子看到秦矜在发愣，忍不住问：“秦矜姐，你在想什么？”

“没什么！没什么！”秦矜胡乱地摆了摆手。

秦矜问了半天，也没从英子那儿问出什么有用的心得。毕竟英子和阿辉交往了近半年才搬到一起住，她和许迟完全就是“跳级生”。

咖啡机进入自动休眠模式，酒吧里只剩下轻音乐的声音，贺惟终究是先打破了这份安静。

“自从秦矜认识了你，她最爱的摩托车也没再动过了。”

许迟抬头看他，没有急着说话。

“你是真的喜欢她吗？”

贺惟问这话时，语气里有一种审判的味道。

许迟把咖啡杯朝前推了几分，开口问：“那你呢？”

就在两人有些许相持不下的时候，秦矜从后面走了出来。见两人不说话，忍不住好奇地问：“怎么了？气氛好像怪怪的……”

秦矜来了，许迟和贺惟互看一眼，默契地移开视线，没有再继续刚才的话题。

许迟端起咖啡杯，淡淡地说：“没，我和贺惟在说你不喜欢喝美式咖啡的事。”

秦矜凑近闻了闻那满是咖啡香的美式咖啡，问许迟：“你喜欢美式？我总觉得太苦了。”

“尝一口？”许迟端给她。

秦矜下意识喝了一口，先是微微皱眉，然后又舒展开来，有些惊讶地说：“好像没有想象中的苦！”

话音一落，许迟就抬头看向贺惟，轻声说：“什么事都要尝试一下才行。”

贺惟抿着唇，他听懂了许迟的暗示。秦矜以前喜欢摩卡，那是因为很少尝试美式咖啡，才觉得美式咖啡苦，不敢碰。

嘭的一声响起，三人一同转身望过去。

“是啤酒……啤酒瓶爆了。”小勇手上提着两打啤酒，其中一打里面有一个啤酒瓶已经碎了。

地面上的啤酒不断蔓延，秦矜下意识拉着许迟站到一旁，却发现许迟的西装外套上已经被溅上了啤酒。

阿辉从后面拎着啤酒赶过来，见小勇出了错，又不安地看了看许迟的外套。

"这啤酒在仓库压太久了，温度一变，就容易爆掉。"阿辉说完就让小勇去拿拖把拖地："许医生，你赶紧去擦擦吧！"

"去我办公室吧，我上次把你的外套和围巾都带过来了。"秦矜说完就拉他去了办公室。

贺惟站在吧台内，没有多说话，只是让阿辉帮着小勇把地拖了，不要让客人摔跤。

小勇年纪轻，生怕被两个老板责怪，拖地也小心翼翼的。

"你去三号吧台擦杯子吧，这里我来收拾。"阿辉示意小勇去另一边忙。

小勇前脚刚走，英子后脚就过来了。四下看看，没看到蹲在吧台里找调酒器的贺惟，直接冲阿辉问道："秦矜姐和许医生呢？"

"去办公室了，"阿辉一边拖着地，一边问英子，"你怎么了？这么兴奋？"

英子挽着阿辉的胳膊，压低声音说："他俩要住一起了！"

"谁？谁要住一起了？"阿辉诧异地问。

英子啧了一声，认真地说："秦矜姐刚才在后厨问我，咱们平时是怎么相处，然后告诉我她和许医生要住一起了！"

英子越说越兴奋，说到最后还不忘扯着阿辉的袖子说："他们进展真的好快！不过也好浪漫！许医生昨天迟到，是因为路上出了事故，差点儿脑震荡！真爱的力量果然强大！"

英子说这话的时候，满眼都是羡慕之情。

阿辉听后也跟着点了点头，低声说道："我也觉得许医生不错，前几天他特意跑来找秦矜姐，不过那天秦矜姐先走了。"

"是吗？那真的……"

英子和阿辉的对话，一字不落地被贺惟听了去。贺惟不禁握了握拳，没一会儿又松开了。

秦矜带着许迟进了办公室。一进去，秦矜就直奔小床旁边的衣柜而去，打开小衣柜，把里面熨烫过的西装外套和围巾拿了出来。

“给，我都送去干洗过了。”秦矜将外套和围巾递给许迟。

许迟接过来放到床边，一边脱着外套，一边问她：“想知道为什么刚才的美式咖啡不苦吗？”

秦矜愣了一下，好奇地问：“为什么？”

许迟随手把脏了的西装外套挂在衣帽架上，衬衫领口的纽扣解开一颗，笑着对她说：“因为我放了半包糖。”

在他和贺惟说话时，他随手放了半包糖，这是他的习惯。

话音一落，许迟便转身在床尾坐了下来，还叹了口气。

秦矜看他有些不对劲，下意识以为是因为昨晚撞车了，他还有些不舒服。赶忙站在他身前，伸手探着他的额头问：“你头晕吗？想吐吗？”

没听到他的回答，手却被他握住了。许迟稍稍用力将她拉近几分，秦矜站在他两个膝盖之间，姿势有些暧昧。

“你怎么了……”秦矜轻声问。

闻言，许迟那刚被陈醋浸泡过的心，又软了。拇指轻蹭了两下她的手背，出声叫她：“秦矜。”

“嗯？”秦矜屏着呼吸等他说话。

“告诉我你所有喜好的事物和讨厌的事物，我想知道，就现在。”许迟沉声说。

秦矜不知道脑袋里哪根筋没搭对，条件反射地回答说——

“我喜欢你，讨厌钱佳妍！”

闻言，许迟先是一愣，接着就笑了。

秦矜没搞懂，一头雾水地看着他。

许迟笑着起身将她拥到怀里，揉揉她的头顶说：“你啊，认真审题，好好回答。”

秦矜仰头对上他的眼眸。

许迟轻叹一声，伸手拥着她，抵着她的额头将话题转开。

“我饿了。”

秦矜小脸红得不得了。

“我去后厨看看，马上回来！”说完，秦矜就溜出他的怀抱，迅速离开了满是暧昧气味的办公室。

关上办公室的门，秦矜靠在走廊的墙壁上，悄悄吐了口气，又忍不住笑了。

阿辉正巧从隔壁储物间出来，看到秦矜靠着墙傻笑，疑惑地叫道：“秦矜姐？”

闻声，秦矜回过神来，赶忙咳嗽几声掩饰住自己的情绪。

“你在这儿干吗？”秦矜不自然地转开话题。

“贺惟哥让我把前阵子进的杯垫摆出来，就是这个。”阿辉一边说着，一边拿出一个杯垫给秦矜看。

秦矜接过来，看到上面有酒吧的标志，点头说：“蛮好看的，需要帮忙吗？”

阿辉拎着手里的小箱子，笑着摇头说：“不用不用，这没多少。”

“再说了，今天难得许医生过来了，秦矜姐当然是要多陪陪男朋友！”阿辉打趣道。

秦矜笑着点头，以前都是她吐槽徐斐娜“见色忘友”，现在她有了许迟，就把什么都抛到脑后了。

走了几步，阿辉突然拉着秦矜停下。

“怎么了？”秦矜不解地问。

“秦矜姐，刚才你在后厨的时候，许医生和贺惟哥在吧台聊天，我听了几句，感觉有点儿酸味……”

“酸味儿？”

“是啊，我们几个都觉得贺惟哥对你……你知道的，虽然我们几个老是贫嘴，但刚才我真的感觉到有那么一些不对劲。”

阿辉的话音一落，秦矜就看到贺惟正朝他们走来。

“我先去忙了。”阿辉先溜了。

秦矜等到贺惟走近，没和他绕圈子，直接问道：“我说，你和许迟说什么了？”

贺惟先是一愣，随即笑着说：“随便聊了聊。”

“随便聊了聊？”秦矜明显是不信。

贺惟没办法，只好解释：“我是想试试他，没想到你这个许医生，好像当真了。”

秦矜叉腰瞪了他一眼，撇着小嘴嘀咕道：“我说呢……”说着，秦矜就假装打了他一下，一副很护着许迟的样子，说：“干吗试他！你怎么不试试我？没劲！”

贺惟嘴角的笑没有收起，而是顺着她的话问：“好，那我问你，怎么就跟他在一起了？你真的喜欢他？”

这好像是秦矜第一次被问到这样的问题，但她还是很认真地想了一下，才回答说：“感情这种东西，真的很难解释。就是迫切地想和他在一起，特别迫切……甚至迫切到夜不能寐……你谈个恋爱就都明白了！”

秦矜想到她和许迟飞速的发展速度，就不自觉地脸红，索性摆摆手不再和他讲。

“以后不准试他！更不准让他以为咱俩有什么事儿！你不知道阿辉

他们都以为咱们有事儿，这样不好！非常不好！”秦矜义正词严地说，说完就又去后厨催菜了。

贺惟站在走廊上，这是他第一次听秦矜聊起关于感情的看法。

那种迫切，他曾经有过，但在种种情况下，他没有迈出那一步，或许这就是这么多年来，他和她的关系一直没有突破的问题所在。

看着秦矜离开时的背影，贺惟心里的某种情感正慢慢收起。

第六章

看来没有他在，半包糖根本不够

吃过午饭，秦矜和许迟从酒吧离开的时候已经下午四点多了。酒吧开始进客人，他们就走了。

两人一同去秦矜家拿了些简单的衣物和日用品，将手提行李袋装得满满的。

秦矜刚要锁门，想起还没和徐斐娜说最近要搬去许迟家住的事儿，于是又从屋里拿了张便利贴，写下几句话，贴在她家门上，趁许迟还没看清，赶紧拉着他进了电梯。

“你写了什么？”许迟拎着行李袋，好奇地问她。

秦矜按下楼层键，故作神秘地说：“我们女人之间的秘密，不能告诉你。”

许迟见她笑得很贼，便没再追问，而是揉乱她的头发，笑着问：“医生让我后天去医院复查，你陪我吗？”

“陪，当然要陪！”秦矜抓着他的手，牵紧了些，带着几分醋味说，“那个钱佳妍也在那家医院，我怕她对你‘图谋不轨’……”

许迟低头笑了。这时的秦矜还不知道，除了她之外，没人有机会对他“图谋不轨”。

在许迟这里，所有能让人趁机而入的成功因素，都是因为他自愿。不过这项特权，只有秦矜有行使权。

晚上，秦矜正式入驻许迟家。吃过晚饭，为了避免气氛尴尬，秦矜先去浴室洗澡。

洗完澡，秦矜放在洗手台上的手机响了一声，是许迟的短信。

“记得吹头发，吹风机在右边第一个抽屉。”秦矜拉开抽屉，看到一个淡粉色的吹风机正安静地躺在里面。

淡粉色……难道他这里以前有其他女人……

手机又响了一声。

“前天买的。”

秦矜忍不住扑哧一下笑出了声来。所谓“男友的求生欲”，就是这样的吗？

秦矜拿起手机，刚想给他回复一条，就看到手机屏幕上显示着徐斐娜的来电。

在铃声响起前，秦矜先一步接了起来。秦矜还没说话，徐斐娜就在电话那头一顿吐槽。

“你这个人真可以，什么叫‘姐妹心在，身不在’？还什么‘进展太顺，见色忘友乃常事，勿挂念’，跑去和许医生住，还给我写这破诗！咱俩的姐妹情今天就算是尽了！”

秦矜捂嘴偷笑，听她念叨了一通，这才接过话说：“之前都是你说走就走，我难得这样一回，你应该祝福我！”

徐斐娜拿着手机在自家客厅一阵笑：“我说，你这进展会不会太顺了点儿？是不是马上就要……嘿嘿，你懂的。”

秦矜翻了个白眼，很严肃地说：“徐斐娜同志，我和许迟是认真的，我才住进来第一天，这是不可能的！”

闻言，徐斐娜一下子就乐了，赶忙扬声对她说道：“姐姐作为过来人，也很认真地告诉你，没什么是不可能的。”

说着，徐斐娜突然顿了一下，压低声音问她：“你和许医生现在是睡不同的房间吗？”

“对啊，”秦矜红着脸，摸摸发烫的耳根，小声说，“这还是我要求的……你前几天不是还说——女人在恋爱中得矜持点儿。”

徐斐娜啧了一声，纠正道：“‘矜持’这东西，适度是讨人喜欢，太‘矜持’可就是‘矫情’了。”

秦矜不禁愣了愣，好像是这样没错。

两人煲了半个多小时的电话粥，在挂断电话前，徐斐娜好奇地问：“现在才九点钟，你们一会儿打算做什么？”

秦矜拿着吹风机，没想太多，说：“我还没吹头发，吹完可能就回房了吧。”

徐斐娜一听，马上低声骂道：“笨蛋！”

“干吗骂我！”秦矜鼓着腮帮子委屈巴巴地反驳道。

“一整晚的大好时光，你就打算躲屋里看天花板？”

“那不然呢……”

“主动些，找点儿你俩能一起做的事。”徐斐娜说得很含糊。

挂断电话，秦矜一边吹头发，一边思考这个问题。

晚上九点半，秦矜从浴室悄悄溜出来。在客厅里没看到许迟的身影，于是轻迈着步子走到沙发旁，抱起小毛毯，又朝书房的方向望了望。心里默念：大好时光不可辜负……

一番自我洗脑后，秦矜起身走到书房门口。书房的门没有关严，秦矜靠着墙边，伸手敲了敲门板。

闻声，许迟抬头望向门口。只见秦矜探出小脑袋，问他：“你忙完了吗？”

许迟放下签字笔，马上应道：“忙完了。”

秦矜两只手背在身后，紧抓着小毛毯，柔声问：“你想不想看纪录片？”

秦矜对天发誓，这个烂借口，她足足想了快半个小时。

许迟自然是懂她的，起身弯起唇说：“我记得家里有几部电影。”

秦矜看他走到门口，不自觉地向后退了一步，点头说：“好，看什么都行。”

反正，能和他亲热一会儿是一会儿。大好时光，不用来亲热，不合适。太不合适了。

秦矜偷笑着跟在他身后，一起蹲在电视柜那挑选影片。有两三部很老的恐怖片夹在最后，许迟拿出来给她看：“敢看吗？”

秦矜虽然不经常看恐怖片，但她自认为自己胆子还是比较大的。

“敢啊，这有什么不敢的？”秦矜随手抽出一张，一边拿出光碟，一边嘀咕，“情侣就该看恐怖片，不然怎么抱抱……”

秦矜把光碟推进去，就听到许迟笑着说：“我听到了。”

像被逮到小辫子，秦矜装作没听见他说的，咳嗽了两声，转身小跑去关灯。

片头曲响起，秦矜已经坐到沙发上，抱着小毛毯招呼他坐下：“快来，快来！”

许迟走过去，挨着她坐下，又主动拉过小毛毯盖在两人身上，压着笑意问她：“不是要抱吗？”

闻言，秦矜赶忙把脚缩进小毛毯里，乖巧地朝他怀里靠了靠，一副“我是因为你要求我这么做，我才这么做的”的得意模样。

电视屏幕很暗，女主角身处一个空无一人的古宅之中，每走一步就响起一声水滴声。她在寻找着什么。

听着让人听了毛骨悚然的背景音乐，看着女主角那疑神疑鬼的表情，秦矜不由得咽了咽口水。

许迟低头看见秦矜小手紧抓着两人身上的毛毯，不禁抿起嘴角——她明明就很怕。

就在秦矜眯着眼睛不敢仔细看电视屏幕的时候，一个温暖的手掌突然包裹住她的手。

秦矜靠在他怀里抬头看他，有些逞强地说：“我不是怕，真的……”就是有点儿瘆得慌。

许迟点了点头，忍住笑意，说：“是我怕。”

秦矜无语。

“所以千万别松手。”

秦矜红着耳根，故意握紧几分，这才收回视线继续看电影。

只见戏中的女主角扶着积了灰的扶手缓缓走上了旋转楼梯，来到了更为阴森的二楼。

古宅二楼布置得很奇怪，整个二楼的大厅只有一个雕花的矮木柜，上面摆了个旋转拨号式的电话机。不过那听筒上并没有什么灰尘。

秦矜下意识朝他怀里偏了偏头，总感觉这样不会直面恐惧。

“一定会有人打电话来……”秦矜忍不住猜测道。话音刚落，单调的电话铃声就响了起来，吓得秦矜一个激灵就把眼睛给闭上了。

突然，头顶传来了许迟的低笑声："是你的手机的。"

许迟拿过遥控器，把电影暂停，秦矜这才从毛毯里摸出自己的手机，还真是她的手机在响……

是秦放的妈妈，也就是秦矜的舅妈高淑芝打来的。

秦矜怕高淑芝着急，赶忙按下接听键，脆声叫道："舅妈。"

高淑芝听到她接了电话，松了口气说："秦矜你怎么这么久才接电话？是不是还在酒吧？"

要是放在以前，秦矜这会儿的确还在酒吧忙。

"没，我在家。"秦矜脱口回道。

"你在家啊，那太好了，我一会儿直接过去。"

秦矜突然反应过来自己现在是在许迟家，急忙改口说："不是！不是！舅妈，我现在不在家。"

"啊？"高淑芝被搞蒙了，问道，"那你现在到底在哪里？我给你炖了排骨，今晚不放冰箱里可是存不住的。"

秦矜下意识看向许迟，咬了咬下唇说："舅妈，排骨你给秦放和小绵好了，我今晚真不在家。"

"他俩今晚在家吃完走的，就你天天瞎忙活，不回家来吃饭，我这不就给你送过去嘛。"高淑芝埋怨起秦矜好久没回去吃饭的事。

说到最后，秦矜还是支支吾吾的，高淑芝也察觉到了不对劲。

"秦矜，你给舅妈说实话，你到底在哪儿？"

秦矜从不对家人撒谎，更何况是待她如亲闺女的高淑芝。

秦矜低着头，一只手抓着许迟的手掌，含糊不清地说了句："我在男朋友家……"

高淑芝没听清，追问道："谁？谁男朋友家？"

秦矜压低声音，对着手机收音口又说了一遍："我说，我在我的男朋友家。"

果不其然，秦矜的话音一出，没两秒钟，高淑芝就在电话里追问了起来。

秦矜把手机拿远几分，有些尴尬地偷看许迟，生怕他听见高淑芝的话。

"秦矜，你什么时候交的男朋友？你哥知道吗？"

"你这个男朋友是做什么的？怎么认识的？认识多久了？"

"你们现在交往多长时间了？为什么你会在他家？你有没有了解透这个人的道德品质？"

说到最后，高淑芝深吸一口气，说："他是不是在你旁边？把电话给他，我要和他说话。"

秦矜再次看向许迟，不自觉地把手机握紧了几分。

虽说许迟和秦放认识很多年了，但许迟应该是不认识高淑芝的……而且现在高淑芝显然是在气头上，这会儿让他接电话肯定不妥！

就在秦矜万分纠结的时候，许迟伸手把电话接了过去。

"高阿姨，我是许迟。"

秦矜愣愣地看着许迟和电话那头的高淑芝交谈，甚至还隐约听到高淑芝在笑？

"嗯，回来有小半年了……秦矜前阵子牙疼来着，对……"

"您放心吧，我们挺好的……好，改天一定带她回去。"

许迟和高淑芝聊了几分钟，秦矜就挨着他听了几分钟。

"好，那您早点儿休息吧。"许迟说完改天见，就动作自然地挂断了电话。

秦矜眨着眼睛看他，迟疑地问："你们说了什么？"

“高阿姨说，要你乖一点儿，听我的话。”

秦矜撇了撇嘴，这话的确像是她舅妈说的。

“我以为你们不熟……”秦矜耸了耸肩，小声说。毕竟秦放有那么多叫得上名号的朋友，也没见秦放把他们带回家过。

许迟顺手把她的手机放到茶几上，解释说：“我和秦放算是发小，高中同班，大学也是在国外一起读的，近几年我没回来，和高阿姨联系就少了。”

秦矜这才想起来，之前于钰琴也说起过他们高中那会儿关系很好的事。

“那……你妈妈和我舅妈熟吗？”秦矜突然很好奇。

“应该也是很多年没见过了，见面自然就熟了。”

许迟说着就按下了遥控器，秦矜把视线放到电视屏幕上，这会儿完全顾不上看什么恐怖片，一心琢磨着他刚才和高淑芝说的那些话。

“你哪天有时间？”许迟冷不丁地问道。

秦矜愣了一下，不自觉地反问他：“有事儿吗？”

许迟习惯性抬手轻拍两下她的小脑袋，轻声问：“见家长，算不算有事儿？”

“算，算……”

秦矜想了想就跟他说哪天都行，毕竟贺惟在酒吧盯着，她完全可以当甩手掌柜。

“明天再决定吧，看看哪天诊所预约的病人少，”许迟一边说着，一边揉了揉秦矜洗完之后蓬蓬的发丝，“继续看吧。”

这部电影总共两个多小时，到后面只剩枯燥的剧情，吓人的点都是靠背景音乐烘托出来的，没一会儿秦矜就不怕了。

尽管心里不怕，但秦矜还是没松开他的手。她悄悄闭上眼睛，努力压着笑意。

秦矜原本想装睡，没想到却真的睡了过去，睡得还特别香。

许迟听到怀里的她渐渐发出平稳的呼吸声，电影里出现瘆人的画面时，她也没有反应。

许迟低头看她，只见她眉心平坦，双唇微启，甚至嘴角还有些上扬。

她这次没流口水。

许迟想到这儿，不禁轻声笑了。

这一笑，秦矜就在他怀里动了动，还嘟囔了一声。许迟这才收起笑，又怕她听不到电影对白会醒来，所以只是把电视声音调小了点儿。

就在许迟生怕把秦矜吵醒的时候，秦矜的电话又响了。

手机铃声刚响一声，许迟就赶忙拿了过来。看到是秦放打来的，趁着第二声铃声响起之前按下了接听键。

许迟把听筒声音调小，说："说。"

秦放一听，忍不住调侃道："接得这么快，秦矜睡了？"

"嗯，没事挂了。"许迟压低声音，回答得极其简短。

"你别挂，"秦放急忙叫住许迟，也不绕圈子了，直接说，"刚才我妈给我打电话，问我你和秦矜什么时候好上的，又问你们什么时候住到一起的……"

"嗯。"许迟轻声应着。

"还嗯？你什么时候和秦矜确定关系的？还住一起了！你是不是该事先和我说一声？害得我刚才在电话里都结巴了。"

许迟低头看了眼怀里的秦矜，弯起嘴角说："我说，你能不能别搞得像是咱俩在谈恋爱。"

秦放忍不住呸了一声："滚，既然你俩确定关系了，你就得叫我一声大舅哥！快，叫一声我听听。"

话音刚落，那头的许迟就挂断了电话。

第二天一大早，阳光明媚。温度逐渐回暖，就连阳光照在人身上都是暖洋洋的。

秦矜微微皱眉，下意识抬手想要挡住阳光。谁知手臂有些发麻，试着翻身，却又动弹不得。

愣了一下后，秦矜似乎意识到自己现在并不是趴在床上。身下是有温度的，仔细听，头顶还有浅浅的呼吸声……

秦矜睁开眼睛，发现自己正趴在许迟身上，他的手还搭在她的腰上，像是担心她会掉下去。

秦矜不由得咽了咽口水，动作尽量轻地从他身上爬下去，拎着拖鞋赤脚回了自己房间。

关上房门，秦矜抱着拖鞋庆幸道："还好还好，没被发现。"

许迟躺在沙发上，在听到她关房门的声音后，不禁抿着唇笑了。

早在半个小时前他就醒了，看她睡得一脸香甜，就没忍心叫她起来。更何况，他也想多抱她一会儿。

许迟从沙发上坐起身来，心里做了个决定——是时候换个沙发床了。

秦矜在房间换好衣服，一直磨蹭到快八点才走出来。

她蹑手蹑脚地走到客厅，看到沙发上的小毛毯正挨着抱枕整齐地叠放着。

许迟去哪里了？

秦矜在客厅和厨房找了找，还是没找到他。一转身，秦矜就看到许迟从浴室探身出来。

"早。"

"早，"秦矜下意识摸摸耳朵，闪躲他的视线说，"那个……我昨晚……”

“昨晚我在沙发上睡着了。”许迟手上拿着牙刷，先她一步说道，“一会儿路上买了早餐，去诊所吃吧？”

“好。”

秦矜看着他又进了浴室，她用手压着胸口，悄悄吐了一口气。

浴室里，许迟弯起嘴角，对两人正式住在一起的第一天感觉很满意。如果沙发再软点儿的话，可能感觉会更好。

八点一刻，两人一起出门。秦矜乐意当他的专车司机，尽管等红灯的时候不停地打哈欠，但还是坚持说：“早睡早起，挺好！”

路过咖啡店，他们买了两杯咖啡和三明治。到诊所的时候刚好八点四十分。

秦矜锁上车，接过其中一杯咖啡，小声问他：“你早上没有病人吗？”

记得上次她就是约了他周一早上复查。

“预约的病人一般都是早上九点半以后才会来。”许迟一边说着，一边推开诊所的玻璃门。

秦矜侧身走进去，故意问道：“那上次你干吗约我八点半……”

“你不一样。”

“哪里不一样？”秦矜追问。

许迟抬手按了按她的小脑袋，带着她朝里走，说：“私人时间，约的能一样吗？”

言外之意就是他在那个时候就已经没把她当作普通的病人了？

两人路过前台，刘护士正巧在整理今天的预约表，抬头看见秦矜跟在许迟身边，下意识就说：“许医生，秦小姐好像预约的是周四……”如果秦矜要预约的话，预约表就要重新排了。

秦矜端着咖啡刚要说话，就听见许迟说：“她以后不用预约了。”

“啊？不用预约是什么意思？”刘护士没懂。难不成秦矜的智齿自然痊愈了？

许迟牵着秦矜的手，说：“以后我加班给她看牙，自己人就不占用预约名额了。”说完，就牵着秦矜进了办公室，留下刘护士一人在前台发愣。

在关门之前，许迟不忘敲了敲门板提醒刘护士：“九点前把今天的预约表给我。”

秦矜看许迟关上门，忍不住问他：“这个刘护士每次都来好早！”

“刘护士经验相对丰富一些，平时也是我的助手，上班时间会比其他人都要提前，因为几个诊室的药品和器材每天早上都要检查、补充。”

许迟把外套脱掉，拉开百叶窗，继续说道：“不过上周刘护士说要辞职，我给了她两周的时间考虑，这两周也要面试新的助手，可能要忙一阵子了。”

“她为什么辞职？”秦矜拉开椅子在他对面坐下，好奇地问。

秦矜几次过来，都觉得刘护士很敬业，不明白她为什么突然要离职。

许迟从抽屉里拿出免洗洗手液，轻轻拉过她的手，仔细帮她搓了搓，说：“刘护士说她要备孕，先生不想她太劳累，所以提前和我说要离职。”

秦矜这才明白地点点头，红着耳根收回手。

两人面对面吃早餐，桌上是他昨天没来得及看的病人资料。

“一会儿你去哪里？”许迟问，他看了眼手表，现在还不到九点。

“还没想好。”秦矜咬着三明治，含糊地说着。

咚咚——敲门声响起，许迟说了句进来，刘护士才推门进来。

“这是今天的预约表。”刘护士把一份夹满资料的文件夹递到许迟面前。她站在一旁，对秦矜笑着点了点头。

许迟翻开文件夹，粗略地扫了几眼，问：“这位郭先生，为什么约在下午五点钟？”

“郭先生原本约的是上午十点半，但他刚才打电话说上午有个会要开，所以就顺次排到下午五点了。”刘护士解释着。

许迟微微皱了皱眉头，想了一下还是把那位郭先生的预约抽了出来。

“下午五点以后我有事情，让他改约其他时间。”许迟把郭先生的资料本递还给刘护士，补充了一句说，“顺便打电话问问葛医生什么时候回来。”

“好，我这就去。”刘护士转身离开了办公室，还不忘贴心地给两人关上了门。

秦矜凑头看了看他今天的时间表，从九点半开始，除了中午那一个小时的休息时间之外，一直到四点半都是满约的。

许迟有些无奈，他耸耸肩：“明天要去医院复查，所以今明两天的预约都压在今天了。”

秦矜抬头对上他的眼眸，这才明白他刚才为什么要问她一会儿去哪里。

“你不用管我的，我一会儿直接去酒吧待着，下午四点半我再来找你……不对，你刚才说你五点有事情，那我……”

“我说的事情，就是和你一起吃饭。”许迟喝了口咖啡，继续说道，“你把车开走吧，下午再来找我，五点带你去个地方。”说着，许迟就把车钥匙推到她面前。

秦矜拿过车钥匙，不免好奇地问他：“要去哪里？”

“暂时保密。”

九点十分，秦矜喝光咖啡，看他一桌子的资料还没看完，决定先走，不在这儿妨碍他工作。

俗话说得好，明事理的女朋友，才是优秀的女朋友！

“我走了……”

许迟看她一步三回头的可怜模样，忍不住笑了：“我送你到门口。”

“好。”秦矜马上挂上笑脸，乖巧地跟着他走出办公室，甚至还主动牵上了他的手。

原本在前台聊天的几个护士，一看到两人从办公室里走出来，一下子就没了声音。

“许医生早。”苗护士带头打着招呼。

“嗯。”许迟轻轻点了点头，就自顾自地牵着秦矜走出了诊所大门。

“那不是之前长了颗智齿的秦小姐吗？怎么他们……”

“我就说许医生和秦小姐有情况，你们还不信。现在信了吧！”

“嘘！小点儿声！”

诊所外。秦矜拉开驾驶座的车门，没着急上车，而是偷瞄了一眼他身后那几个趴在玻璃门上的护士。

“你这儿的护士都是单身吗？”

这是“醋味十足”的一道“送分题”！

“不清楚。”许迟很诚实地回答，他的确不太了解。

秦矜哦了一声，说：“那我走了，下午再来找你。”话音一落，秦矜就坐到了车里，想要关门，却被他挡住了。

“怎么了？”

秦矜疑惑地抬头，却看到他正俯身靠近，她还没反应过来，就被他吻了个正着。

这一个绝对超过了三秒。

秦矜回过神来，他已经起身了。而她搭在方向盘上的手早已经变得酥麻。

许迟轻刮一下她的鼻尖，嘴角带着笑，说："慢点儿开。"

"嗯。"

"中午按时吃饭。"

"知……知道了！"

诊所内，几个目睹了全过程的护士纷纷捂着脸。

"你们看到了吧？都看到了吧？"

"嗯！看到了！亲了亲了！"

"真的亲了！还是许医生主动的！我以前怎么就没发现许医生这么有型……"

"你这就不懂了，这男人的好，往往只对另一半展现！"

"这好男人都是别人的……不过也好，明天上班可以不用早起化妆了……"

几声哀叹后，许迟推门进来，众人散去。

秦矜到酒吧的时候才上午十点钟，酒吧门口招牌都还没亮，上午不营业所以显得有些冷清。不过十点钟阿辉和英子他们应该已经到了。

秦矜下车，确定锁好了车子后，就抬腿朝酒吧大门走去。

刚走了两步，就看到一个戴着黑色鸭舌帽的男人从酒吧里走出来，脚步有些急促。

这人不知道下午三点才营业吗？

秦矜走进酒吧，正巧碰上阿辉在朝外搬东西。

"刚才那人是谁？"

阿辉愣了一下，随即才回答道："哦！你说那个戴帽子的人啊，他可能是想买酒，他一进来我就给他说了，咱下午三点才营业，我一说完他就走了。”

秦羚应了一声，猜想可能是第一次来酒吧，不知道营业时间也正常。

“你搬这个桌子干吗？”秦羚疑惑地问阿辉。

阿辉放下桌子，一边卷着袖子一边说：“贺惟哥说收起来几个桌子，方便过阵子装修师傅来测量尺寸。”

“贺惟来了？”秦羚有些惊讶。

“没，他是昨晚给我打电话说的，”阿辉挠了挠头，“昨晚我把这事儿给忘了，就拖到现在才来搬……”

秦羚假装警告他，道：“你小心点儿，一会儿贺惟来了见你还没搞定，一准要说你！”说完，秦羚就进了酒吧内场。

除了英子之外，还有两个保洁阿姨在打扫卫生。

内场这会儿黑漆漆的，保洁阿姨像是在摸黑打扫，秦羚忍不住啧了一声，走过去把内场的一圈壁灯打开，整个酒吧瞬间亮了。

原本蹲在吧台内打扫的英子被光亮吓了一跳，一站起身来就看到秦羚趴在吧台上。

“不用这么省！以后阿姨来打扫的话，就这样把灯都打开，费不了几个电。”

英子点头说好，又好奇地问她：“秦羚姐，你今天怎么来这么早？”

闻言，秦羚忍不住笑了，晃着手上的车钥匙说：“我最近是许迟的贴身司机，许迟早上要上班，我就跟着出来了。”

“那咱们‘黑仔’可是要在小仓库多待一阵子了？”英子调侃道。

秦羚耸耸肩，拍了拍吧台说：“帮我做杯咖啡吧，好困——”

英子马上放下手里的活儿，转身就按开了咖啡机的电源键：“还是摩卡吗？”

秦羚刚想说是，话到嘴边又改了：“今天试试美式吧。”

"美式？"英子拿巧克力酱的动作顿了顿，转过头问道，"秦矜姐，你之前不是打死不喝美式吗？你说美式特苦。"

秦矜掂了掂手里的车钥匙，嘴角带着笑说："许迟喜欢喝。"

英子扑哧一笑，赶忙给她做了杯美式咖啡。秦矜自己加了半包糖，就端着咖啡去了办公室。

进屋在转椅上坐下来，这才正经八百地喝了口咖啡。舌尖是有甜味的，随即咖啡的苦味在舌根扩散开来，秦矜不禁皱了皱眉头。

看来没有他在，半包糖根本不够……

一个许迟，约等于两包半的黄糖。

秦矜看了看这周的账目表，发现上周的新品相较以往都要受欢迎一些。

翻看了一会儿，又想起之前遇见吕传磊的事儿，上次好像忘记和贺惟说了。想到这儿，秦矜拨通了贺惟的电话。

电话很快就被接了起来，秦矜用肩膀夹着手机："早啊，贺老板。"

贺惟这会儿才刚起来，看看时间，忍不住打趣道："难得能在白天接到你的电话，你是通宵打游戏没睡，还是起了个大早？"

秦矜笑了一声："巧了，都不是。"

"对了，我想起来了。你现在和许迟一起，他早上要上班……"贺惟开玩笑似的细数着秦矜的变化，"你现在是什么情况？'黑仔'不骑了？还开始养生了？"

"是啊，过阵子我可能还会去公园打太极——"

秦矜自我调侃着，但她觉得这样没什么不好。至少能和许迟同步生活，以后早睡早起，过健康的生活。

开了几句玩笑，秦矜就开始聊正事了。

“前几天我遇见磊哥了，他和佳佳姐一起组了个局，让我顺便给你说一声，就约在这个周末。”

说完，秦矜又好奇地问：“这次又是什么局？”

上个月是他们谁家孩子满月，一帮大人在那把酒言欢。上上个月是吕传磊开的那家会所开业一周年。再往前数三个月，是有个朋友在会所求婚……

总之，凡是他们那帮人谁家有点儿事，一准要去吕传磊那里组局，最离谱的一个聚餐理由是——隔壁街新开一家茶室，为了庆祝那家茶室新开张，他们也凑了一局。反正就是闲着没事儿就凑一块儿喝酒聊天。

贺惟一听秦矜那语气，就猜到她不想去了。

“这次说是要给我接风，但应该是有别的事儿吧，前阵子我跟传磊通电话的时候，就感觉他神神秘秘的。”说完，贺惟就主动说道，“你要是不想去就别去了，估计不是什么大事儿。

“别啊，”秦矜赶忙打断他，接过话说，“我都答应了，而且磊哥还叫了许迟一起去。”

闻言，贺惟不由得愣了一下：“许迟也去？”

“嗯，那天许迟也在，磊哥就说想让我带着许迟一起去，”秦矜说到一半，突然很认真地和贺惟说，“周末那天，你可得帮我，别让磊哥乱说话……”

秦矜总觉得那样的场合，许迟不会喜欢，所以她必须跟贺惟通个气，到时候要是那帮浑球发难，她也好带着许迟先溜。

“知道了，瞧你那紧张样儿。”

贺惟又调侃了她一句，突然想起下午要忙的事，又说：“秦矜，我下午三点去看灯光布景，你去吗？”

“三点……在哪里？”秦矜没忘记五点约了许迟。

"在市北开发区的一家创意装修公司，开车过去大概四十分钟吧……怎么？你下午有事儿吗？"

秦矜转着手上的圆珠笔，应声说道："我四点半就得去找许迟，从开发区到他诊所那儿可能来不及了。"

"你们有什么事儿吗？"其实看灯光布景并不需要秦矜过去，贺惟只是有些私心罢了。

"他没说，"秦矜低头看了看桌上的文件，没绕圈子，她直接说道，"要不我今天就不去了吧，最近我想多和他待在一起……热恋期，贺老板理解一下。"

秦矜都这么说了，贺惟也只能点头说好。

挂断电话后，秦矜翻看着月历，之前计划要休假一段时间，看来真的要考虑一下了。

秦矜一上午都待在酒吧里，直到中午接到许迟的电话，才把面前的文件推开。

"喂。"秦矜趴在桌子上，声音软软的。她等这一通电话，等了好久了！

"在干吗？"许迟靠在办公椅的椅背上，一边问一边伸手捏了捏酸痛的肩膀。

秦矜点开免提，让他的声音在办公室里回荡。

"在想你。"秦矜说完就把嘴巴捂上了。

人一定要勇于尝试！时不时撩拨他一下，生活才能进步。

秦矜听到电话那头的他在笑，忍不住抿着嘴角也跟着傻乐了起来。

许迟靠在椅背上，低笑着说："我下午三点那个病人临时改约了，我们提前出发吧。"

“好，那我争取三点到诊所。”

秦矜满脑子只记着三点就可以见到他了，压根儿没问要去哪里？要去做什么？

许迟提醒她要记得吃午饭，聊了一会儿就挂断了电话。

秦矜拿着手机，坐在转椅上脚蹬地转着圈圈，突然瞥见摆在柜子上的头盔。

秦矜有些想骑，但一想到许迟，就只好放弃了。

下午三点，秦矜准时到达诊所。

把车子停在诊所门口的车位上，秦矜大步走上台阶，刚一推开门，几道目光就齐刷刷地望了过来。

秦矜差点儿不敢动了，站在原地，轻咳两声，问：“那个……我是来找许医生的，请问他在……”

话音一出，几个有些眼生的护士就迎过来说：“秦小姐你别这么客气，许医生在办公室等你，需要我们帮你叫他吗？”

“不……不用……”

秦矜还没说完，就已经有动作快的护士跑到许迟的办公室门口，一边敲门一边说：“许医生，秦小姐来了——”

有那么一瞬间，秦矜真的觉得自己是被簇拥着的皇亲贵族……

而许迟走出办公室的那一刻，这种感觉更强烈了！

秦矜一看到许迟从办公室里走出来，像是找到了亲人一样，迅速小跑过去，拉着他就进办公室了。

许迟看她把门关上，一副紧张兮兮的模样，不禁笑出了声。

秦矜背靠在门板上，吐了一口气，有些尴尬地说：“你没看见，外面那几个护士好热情……”

“她们对‘未来老板娘’的热情可能过头了点儿，理解一下。”许迟边笑边说。

闻言，秦矜直接红了脸，走到办公桌旁，磕磕巴巴地说：“什……什么老板娘，你可别乱说。”

许迟一听，马上摆出一副明白的表情，点头附和说：“这样啊……那我去和他们解释一下，说咱们只是普通朋友。”

许迟说着就要开门。

“不要！不要！”秦矜瞬间害怕了，快步走过去用身体挡住门板，顾不上矜持那一套，“我现在理解了，十分理解！”

许迟压着嘴角的笑，耸着肩说：“听起来，你有点儿勉强。”

秦矜背抵在门板上，一脸假正经地说：“未来老板娘就是这样的！刚开始还需要适应！”

“好，”许迟点头应着，转身穿上西装外套，“走吧，老板娘，差不多可以过去了。”

许迟一边说着，一边把自己的围巾给她戴上。

秦矜从围巾里露出半张脸，问道：“我们去哪里？”

“到了就知道了。”许迟揉乱她的头发，直接接过车钥匙。

“你可以开吗？”秦矜担心他还不能开车。

许迟换上外套，牵着她就朝外走：“差不多了。”

这烂借口用半天就够了。

两人一走出办公室，秦矜明显注意到几个在附近的护士马上把视线移开了。

许迟牵着秦矜走到前台，对还在忙的刘护士交代道：“明天我只有上午有时间，记得协调一下预约时间。”

秦矜安静地跟在他身后，猜想他明天下午应该要去复查了。

“好，我知道了。”刘护士点头应下。接着，诊所里的众人目送他们两人出了诊所大门。

“莉莉姐，我记得秦小姐一开始也是来看牙的吧？”戴眼镜的护士悄声问道。

刘莉莉一边拿出明天的预约表，一边回答说：“是啊，怎么了？”

苗护士马上凑过来，神神道道地说：“这到底是冥冥之中注定了，还是水到渠成的缘分呢……”

刘莉莉笑了，把下一位洗牙的病人资料塞到苗护士怀里：“别在这念叨了，快把资料给张医生送去！”

苗护士抱着资料就笑，边笑边捂着脸：“莉莉姐，你说我怎么就不牙疼呢。”

刘莉莉低头继续忙着手里的活儿，笑着说：“你牙疼有什么用？许医生顶多送给你一盒止痛药，外加看诊费给你打个八折。”

车内，秦矜坐在副驾驶座上，看着车子驶向了郊区的方向。想了半天，秦矜终于想起这个方向是……

“我好像听你妈妈说她住在北郊，对吧？”

“对。”许迟没否认。

秦矜摸着下巴，小心翼翼地问道：“那我们现在是去阿姨那儿吗？”

“是。”

秦矜眨巴着眼睛，好半天没消化他说的话。

路口正巧是红灯，秦矜紧张地问他：“你为什么不提前告诉我……我今天没化妆，没换衣服，没准备好……”

许迟偏头看她，轻声问着：“提前告诉你，你还会跟我去吗？”

秦矜被问住了，这有点儿正式上门见家长的味道，说不准她真的会临阵脱逃。

车子继续前行，秦矜一本正经地坐直身子说："你……你别小瞧我，我又不是没和阿姨见过面，我们还一起看过画展呢，还喝了下午茶！"

她告诉自己底气一定要足！

"那就好。"许迟弯起嘴角笑了，没拆穿她。

一路上，秦矜都在给自己做心理建设，在她第十次照镜子的时候，车子停下了。

秦矜咽了咽口水，小声问他："到了吗？"

"嗯，到了，"许迟先熄了火，然后拿着钥匙看她，"下车吧？"

说完，许迟就要开车门，秦矜眼疾手快地拉住他："等等！"

"怎么了？"

"你看我，头发乱吗？"秦矜说着用手压了压头发。

"不乱。"许迟很认真地回答。

"那我脸上没有脏东西吧？这里，这里……"秦矜把脸凑过去让他看。

许迟不由得笑了，伸手轻捏她的下巴，一本正经地左右看看："好像缺点儿什么。"

"缺什么？"秦矜一下子就紧张了起来，说着便把头偏向挡板镜子那儿，"是不是缺了口红？可是我没带……"

果然徐斐娜说得没错，女人缺了什么都不能缺了口红，没涂口红就没有好气色！

就在秦矜自我反省的时候，许迟倾过身子，抬手把挡板收了起来。

秦矜疑惑地转头看他，不料却被他拖着后脑勺，吻了个正着。

两只手不自觉地搭上他的肩，秦矜看到他好看的睫毛，赶忙闭上眼睛。

一个慌神，没闭紧的贝齿被他用舌尖撬开，紧接着唇瓣被他轻咬了两下，酥麻感瞬间到了她的舌尖，秦矜忍不住嗯了一声。

许迟稍稍起身，低头看她，弯起嘴角笑着说："好了。"

秦矜背倚在车门上，呼吸有些急促，刚被他吻过的唇瓣红润得过分好看。

咚咚——车窗玻璃突然被敲响。

秦矜有种不好的预感……这车窗防窥视吗？

车外有人，许迟转过身推开车门，先一步下了车。

秦矜以为敲车窗的人是于钰琴，偷偷瞄了一眼，发现不是。

"珍姨，我妈呢？"许迟掩上车门，轻声问。

珍姨朝车内看了看，笑着说："钰琴姐在厨房忙活儿，知道你带女朋友回家来，她今天早上就开始准备了。"

许迟笑着点头，他妈妈就是刀子嘴豆腐心。见秦矜之前极力反对，见了秦矜反倒放心了。

珍姨知道车内的姑娘有些害羞，给了许迟一个眼神，就转身进去了。

秦矜看着那个叫"珍姨"的女人走进门，这才悄声下车。

"走吧。"许迟关上车门，冲她伸手，示意让她过来牵他的手。

秦矜三步并做两步，绕过车头牵上他的手，刚想要提问，他就主动回答了。

"那是珍姨，小时候照顾我，现在照顾我妈，"许迟一边说一边带秦矜走到门口，"除了雇佣关系之外，也是家人。"

秦矜轻轻点头，跟着踏上台阶。

“等、等一下！”秦矜突然拉住他。

许迟停下来，看着她说：“都走到门口了，想反悔可不行。”

“不是……我是想说，我什么也没带，伴手礼啊什么的……”秦矜有些语无伦次地说着。

印象中，登门见家长，总要精心打扮一番，而且还要准备小礼物吧！

“把你带来，就够了。”许迟温声说着，牵握的手不由得紧了紧，示意她其他的都不重要。话音一落，有着精致雕刻的门板突然被打开了，秦矜赶忙噤了声。

开门的是于钰琴。

秦矜脸上迅速挂起笑容，欠了欠身子说：“阿姨好——”

“阿珍说你们到了，我等了半天也没见你们进来，聊什么呢？”于钰琴故意问道。

“没……没聊什么，”秦矜说，她悄悄把拉着许迟的手收了回来，脑袋转得飞快，“阿姨，我来得太匆忙了，没给您带伴手礼……”

于钰琴倒不介意这个，让开身子说：“没关系，赶紧进来。我煲了汤，不知道你们爱不爱喝。”

“好，站门口都闻到香味了。”秦矜乖巧地说。

许迟走在最后面，顺手将门关上，看着秦矜换了鞋就跟着于钰琴进了厨房。

看来他的担心是多余的。

秦矜虽然心里发怵，但她的应变能力和拍马屁的能力还是挺强的。

砂锅里炖的是山药板栗鸡汤，于钰琴一掀开砂锅盖，香味瞬间跑了出来，秦矜下意识地说道：“好香啊……”

于钰琴笑着看了她一眼，一边摘下围裙，一边说：“还没加盐调味呢，你来加吧，我去回个电话。”说完于钰琴就给秦矜指了指盐罐。

于钰琴一走出厨房，许迟就进来了。

秦矜呼了一口气，还好她机灵，表现得还不错！

许迟站在她身旁，低笑道："进门前还说很怕，现在不怕了？"

秦矜红着耳根不理他，一边拿着盐勺一边问："这么多够吗？"

许迟靠近几分，握着她的手加了小半勺盐："这些差不多。"

砂锅里的汤咕嘟咕嘟地响，秦矜心里扑通扑通地跳，想起方才在车里的那个吻，她就忍不住想偷笑。

秦矜拿过汤勺，搅拌几下后，悄声问他："你妈妈……好像比上一次见面时对我更热情了？"

许迟从后面环抱着她的腰，下巴轻压在她的肩窝，轻声问道："上次不够热情吗？"

"也不是，上次是比较平淡吧……"秦矜被他搞得脖子发痒，不自觉地缩了缩脖子说，"看起来，阿姨今天的心情比较好。"

闻言，许迟不禁笑了。

"据我所知，上次我们从茶室离开后，我妈和宋阿姨聊了一下午，聊的都是关于你的事儿。"

秦矜一听，赶忙从他怀里转了个身，抬头问他："真的？都聊我什么了？"

许迟故意卖关子，双手撑在流理台沿上，将她圈在怀里，不紧不慢地说："我妈夸你如何独立，如何有个性……"

"不会吧，我怎么没看出来阿姨这么……"

秦矜说这话时，笑得嘴角都要咧到耳朵上了。

"那你呢？你觉得我是不是像阿姨说的那样？"

秦矜说着就害羞了起来，掰着手指说："独立之外，我是不是还有其他优点？比如……"

“咳——”刻意的咳嗽声在厨房门口响起，两人下意识望过去。只见于钰琴和珍姨站在那儿，尽管没看他俩，但那表情也足够说明一切了。

于钰琴背过身，故意压着笑对珍姨说：“阿珍，你说今天的汤会不会过甜了？”

珍姨配合地点点头，随着于钰琴往客厅走，一边走一边说：“应该是的，不如再多炖会儿吧。”

两人一唱一和地离开，剩秦矜和许迟在厨房面面相觑。

晚饭在六点开始，因为秦矜是客人，所以于钰琴并没有让她在厨房帮忙，而是麻烦珍姨做些拿手好菜招待她。

“最近我又淘了些字画，秦矜你来陪我选一选，看哪幅适合摆在客厅。”

“好的！”秦矜脆声应着。

秦矜是第一次登门，多少还是有些胆怯的。她一个劲儿地给许迟使眼色，让许迟也跟着一起去。

走进于钰琴的书房，秦矜就被那几米长的实木书桌惊到了，上面铺满了字画。虽说看不懂，但那满到溢出来的书香气息还是让她有些感触的。

秦矜悄悄地拉了拉许迟的手，低声问他：“你是不是也喜欢收藏字画？”

“还好，”许迟也压着声音回她，忍不住补充一句，“我有其他的喜好。”

“什么爱好？”秦矜抬头看他，脸上写满了好奇。

对上他的视线，秦矜的“小脸”唰的一下就红了。

“秦矜，你来看看这幅——”于钰琴在前面叫她。闻声，秦矜马上撒开许迟的手，快步走了过去。

现在是未来婆婆比较重要！

“这幅画画的是鸾凤，寓意很好，我打算留给你和许迟。”于钰琴说着就把那幅画拿了起来。

秦矜下意识问道：“留给我们？”

于钰琴笑着点头，试探地说：“对啊，到时候你们结婚了，可以挂在……”

“妈，今天秦矜难得过来，先别聊这个了。”

许迟微皱着眉头走过去，一边帮于钰琴收着画，一边对秦矜说：“差不多可以吃饭了，你先去找珍姨吧。”

秦矜没察觉到许迟的不对劲，应声说好，就去找珍姨了。

书房内，许迟放下手里的画，对于钰琴说道：“妈，我和秦矜的事儿你就别管了，我们有自己的想法和计划。”

于钰琴轻叹一声，解释说：“我知道你们现在在热恋期，感情好，但未来的事儿还是要早考虑才行，不然谈了一阵子，秦矜突然说她压根儿没想结婚，怎么办？”

于钰琴还是有一丝顾虑的，毕竟秦矜还年轻，性格又够独立，并不像是会早早步入婚姻的女孩儿。

话音一落，书房门外突然传来一阵急促的脚步声。许迟认出来是秦矜的脚步声，快步走到门口。

一打开门，秦矜刚好到门口。

“怎么了？为什么跑得这么急？”许迟边问边拍着她的后背帮她顺气。

秦矜调整好呼吸，有些愤愤地说道：“钱佳妍来了！”

许迟先是一愣，接着就笑了，原来她是跑过来找他当“救兵”。

一旁的于钰琴自然也听到了，走上前，拢了拢肩上的披肩说：“你们先不要出去，我先和她聊一聊。”

秦矜站在原地看着于钰琴走去前厅的背影，忍不住悄声问许迟：“阿姨不是挺喜欢钱佳妍的……”

可于钰琴刚才的架势，显然是去帮她出气的！

秦矜越琢磨越糊涂。

钱佳妍站在玄关处等于钰琴，尽管珍姨没说什么，但她明显感觉到珍姨对她的态度和以往不一样。

以前怎么都会请她进去，甚至会请她在正厅坐上一会儿，还会泡茶给她喝。而今天，只是请她在玄关处稍作等待，就不见人了。

钱佳妍心里不由得开始多想，她朝外面望了一眼，瞧见不远处停着一辆轿车，那不是许迟的车。

难道是有客人？所以才不让她进去？还是说，于钰琴还在生她的气，毕竟上次她找同事拿到许迟家的地址，还贸然跑去……

就在钱佳妍胡思乱想的时候，于钰琴来了。

“钰琴阿姨——”钱佳妍笑着叫道。

于钰琴礼貌地笑了笑，倒没急着请她进来，而是问：“今天不是周末，你没上班吗？”

言外之意则是，今天她不该出现在这里。

钱佳妍装作没听懂的样子，笑着朝里走了两步，说：“今天我休息，正巧朋友从 R 国回来带了些东西给我，我想到您喜欢吃甜食，就赶过来了。”

钱佳妍一边说着，一边拎起手上的礼盒，是几盒包装精致的巧克力。

于钰琴看了眼，没说什么。既然钱佳妍都过来了，那有些话还是当面说清楚比较好。

“先进来吧。”

钱佳妍应了一声，就跟着于钰琴走到正厅，没看到有其他人在，忍不住问道：“钰琴阿姨，我看外面停了一辆车……家里是有客人吗？”

“不是。”

许迟和秦矜，确实不算客人。

钱佳妍见于钰琴今天话异常少，也就收敛了几分，在一旁的沙发上坐下。

于钰琴不想耽误时间，索性直接开口说道：“佳妍，可能上次在电话里是我说得不够清楚……”

“钰琴阿姨，您的意思我明白。”钱佳妍主动接过话来，摆出一副委屈的模样说，“我知道许迟和那个秦矜在一起了，但我喜欢许迟这么多年，我也……”

“佳妍。”于钰琴突然打断她的话。

“感情的事情，不是你一个人有意，另一个人就必须要有情的！”于钰琴的声音里有些怒意，她稍稍抑制了一下才说，“之前你隔三岔五来看我，你一直都没提及许迟对你的感觉如何，让我单方面以为你们的关系已经确定，你怎么给我解释？”

闻言，钱佳妍一时之间没了声音。

“许迟几次和我说，他跟你之间没有发生过任何事情，只是普通的同学，说朋友都牵强了。你又是怎么骗我的？你说你们只是吵架了？”

于钰琴说到后面不由得轻笑几声，又继续道：“再后来我也觉得无所谓，感情的事情你们年轻人自己决定，我也给你创造过机会，也并没有制止你做任何事情，对吧？”

钱佳妍被拆穿后，脸上写满了不甘心。

“那秦矜您不是也不喜欢吗？为什么现在您让我远离许迟呢？和秦矜相比，我要优秀得多，不是吗？”钱佳妍有些失态了。

“钰琴阿姨，我是为了许迟才回国的，不然我怎么会扔下Y国的一切，工作都不要了……”钱佳妍说着都要掉眼泪了。

“先前的事情我不管，那是因为许迟单身，你有追求的权利，”于钰琴说着就站起身来，语气严厉地说道，“现在许迟有稳定的交往对象，不论是谁，你都不可以再借着追求的借口做插足他人感情的事儿！”

原本在厨房忙活的珍姨，闻声也赶了过来。

“以后你来看我，我可以把你当晚辈招待，其他的你就不要再想了。”于钰琴说完就示意珍姨送客。

“钱小姐，这边请吧。”珍姨抬手示意钱佳妍朝玄关处走。

书房内，秦矜在屋里待得着急，想去正厅一探究竟，却被许迟拉住了。

“等一下再过去吧。”许迟轻声说。

秦矜抿了抿唇，说：“好吧。”

刚才她倒没和钱佳妍打照面，只是听到珍姨在玄关那说：“是佳妍啊，你稍等一下。”

碰巧秦矜在正厅，珍姨就麻烦她去叫于钰琴。

秦矜靠着书房的门框，心里有点儿别扭。一边拉着许迟的衣袖，一边“小心眼”地说道：“怎么哪儿都有那个钱佳妍啊……”

许迟牵过她的手，低笑着说：“之前我妈高血压进了医院，正巧进了钱佳妍供职的那家医院，一来二去地，就跟我妈熟了。”

秦矜撇撇嘴，捏着他的手说：“一来二去……肯定是经常来对你妈妈嘘寒问暖。”

吃醋，是这样没错了。

“以后你想来的话，住在这儿都行。”许迟说着便伸手抬起秦矜的下巴，看到她一脸醋意，忍不住笑了。

“你还笑！”秦矜涨红着脸，没好气地说道，“谁知道她今天来为的什么，兴许是‘送货上门’呢？巧了，你人就在这儿。”

许迟听她这一通胡说，笑着说：“你这心思就不能多放在我身上吗？以前我不在意她，现在也不会在意她，将来更不会。”话音一落，秦矜还没来得及乐，就突然听到什么东西摔在地上的声音。

秦矜先是一愣，随即握紧许迟的手问：“不会是打起来了吧？”

许迟也听到了正厅有东西摔碎的声音，秦矜要出去，这次他没再拦。

秦矜快步走到正厅，映入眼帘的是那碎了一地的陶瓷花瓶，还有恼红了脸的钱佳妍。

钱佳妍站在于钰琴面前，没看到秦矜出来，继续说道：“如果不是因为许迟，我怎么会连着半年每周过来几次，费尽心思想要讨你欢心……你以为所有人都喜欢琴棋书画吗？你以为你是谁？”

“钱小姐，你不可以这样！”珍姨绕过碎瓷片，试图让钱佳妍停下来。

钱佳妍抬手甩开珍姨的手，冷笑一声说道：“你还找院长投诉我，说我窃取病人隐私，上门骚扰？如果不是因为在你这半年都套不到信息，我何必要费周折去急诊部托关系！之前你口口声声说觉得我不错，现在呢？现在出来一个秦矜，就让我别插足？”

说到最后，钱佳妍近乎歇斯底里，于钰琴站在原地脸色有些难看。

秦矜回过神来，忍不住低骂一声，大步走过去直接挡在了于钰琴身前，用力推开她，骂道：“有你这么对长辈说话的吗？”

钱佳妍看到秦矜突然冒出来，不禁怔住了，刚要骂回去，许迟就过来了。

“是我投诉的你，有问题吗？”许迟的声音冷得很，尽管秦矜没看到他的眼神，但也感觉到他生气了。

钱佳妍不由得向后退了一步，收敛了几分说：“许迟，我和你一起读研，一起在医院实习……”

“够了，需要我和你细数吗？”许迟没兴趣听她说这些，眯着眼睛说，“读研的时候，你和辅导员说我们是情侣关系，进了我的公寓，我第二天就搬走了。在医院实习，你是外科，我是口腔科，教授几次提醒我不要因为恋爱而误了工作，后来我才知道是你隔三岔五和口腔科的医生、护士说些不该说的话。”

“今年我回国发展，你明明是被Y国的医院开除才回来的，你偏要和所有人说是为了我才回来……请问钱小姐，这就是你追求人的方式吗？”

站在许迟背后的秦矜，竖着耳朵听得一清二楚，越听越气。

她刚想说话，突然听到钱佳妍哭了。

秦矜忍不住翻了个白眼，走到许迟身前说：“钱佳妍，都这个时候了，能不能别演了？”

闻言，钱佳妍还真止住了眼泪，瞪着秦矜说：“真是有什么样的哥哥，就有什么样的妹妹！”

说完，钱佳妍又伸手拉着许迟的胳膊问：“许迟，你就喜欢她这样的吗？”

秦矜忍无可忍。

她撸起袖子狠狠地拍掉钱佳妍的手，抬着下巴说：“第一，我就这样！而且许迟就喜欢我这样的！第二，我哥怎么了？他要是也骂过你，那真是感谢天感谢地，是我哥没错了。第三——”秦矜一边说着，一边用食指抵着钱佳妍的肩，“我脾气不太好，你最好别碰我的人，一下都不行！”

说完，秦矜就把她推到了门外，关门前不忘嘲讽一句：“就你对于阿姨说话那态度，真够可以的，建议你留着以后跳广场舞的时候用，保准没人跟你抢地盘。”

第七章

放开她

砰的一声，秦矜利落地把门关上，胸口上下起伏着。要不是看在现在地点不合适，秦矜真想揍人了！

秦矜转过身，看到于钰琴脸色发白，身子有些摇晃。

她赶忙三步并做两步，走过去扶住了于钰琴的胳膊："阿姨，您别跟钱佳妍置气，和那种人没必要！真的！"

于钰琴点头握紧了秦矜的手，气息有些不稳地冲珍姨说："阿珍，把我的降压药拿来。"

闻言，珍姨急忙放下扫了一半的碎片，起身去找药。

许迟先珍姨一步，找到了放在茶几柜里的降压药，接过珍姨递来的温水，让于钰琴先吃了药。

秦矜坐在于钰琴旁边，大气不敢出一声，生怕于钰琴再有个好歹。毕竟她刚才对钱佳妍的态度，确实挺狠的。

想到这儿，秦矜不自觉地摸着沙发扶手，试图站起身来。

于钰琴按住秦矜的手，抬头对许迟说道：“你去帮你珍姨盛饭吧，都到饭点了。”

许迟放下水杯，特意看了秦矜一眼，这才转身朝厨房走去。

正厅就剩秦矜和于钰琴两个人了，秦矜心里直打鼓，眼睛都不敢看于钰琴。

“阿姨……我刚才是太着急了，我平时不这样的，真的……”秦矜索性先承认“错误”。

看着秦矜像只小绵羊似的认错，于钰琴反倒笑了。

听到她笑，秦矜更不敢出声了。

“许迟老说你和别的女孩儿不一样，我还经常琢磨，你哪里有如此大吸引力……”于钰琴侧身看向秦矜，笑着说，“直到刚才你撸袖子吓唬人，我大概知道许迟为什么会喜欢你了。”

秦矜眨着眼睛，不解地问道：“为什么？”

于钰琴轻轻咳了两声，靠在沙发椅背上柔声说：“因为你够真实、够无畏，我碍于面子不愿说难听的话，不想丢了身份，所以对她有些束手无策，而你却像个小辣椒，看着确实过瘾。”

或许是因为于钰琴出身于书香门第，她遵守一切标刻着“大家闺秀”的行为守则，而秦矜不同，她在没有丢了礼貌的情况下，可以随心地表达自己的情绪，这并非坏事。

秦矜这回算是听明白了，于钰琴对她有好感了！

“秦矜，我听许迟说你舅妈想约我一起吃顿饭，明天怎么样？”于钰琴冷不防提起这事儿。

“啊？”秦矜先是一愣，随即想起昨晚的电话，赶忙摆手说，“不……不着急，我舅妈就那么一说，她不着急的。”

于钰琴笑着拉过她的手："得着急了。"说着，于钰琴就把左手腕上的玉镯摘下来，直接给秦矜戴上了。

这画面，秦矜在电视里见过无数次，万万没想到自己会成为"主角"。她甚至都猜得到于钰琴下一句要说什么。

"阿……阿姨！这太贵重了！"秦矜抢先一步把台词给说了。

于钰琴不准她摘下来，装作很严肃地说："这不是什么祖传的宝贝，让你戴着是代表我认定你这个丫头了。"

秦矜不由得咽了咽口水，小声说："那……"

"阿姨就听一句，戴还是不戴？"于钰琴故作强硬。

"戴……我戴……"

秦矜说着就老老实实把手递过去，让于钰琴帮她戴好。

于钰琴低头掩着嘴角的笑，看来她算是摸透秦矜的脾性了。

秦矜的心情有点儿复杂。

吃完晚饭，秦矜坐在副驾驶座上，看着车外于钰琴正低声和许迟交代些什么。

刚才在饭桌上，于钰琴对她非常好，秦矜受宠若惊……

秦矜低头看了看手腕上的玉镯，戴了一晚，这会儿玉镯还是暖的，没有玉器那种冷冰冰的感觉。

虽然她不懂玉，但看这玉镯光泽柔和，猜想于钰琴应该是戴了很多年才对。

正想着，许迟就坐进了驾驶座，秦矜赶忙探身对于钰琴和珍姨说再见。

许迟启动车子，秦矜偷偷朝后望了一眼，小声问他："刚才你妈妈和你说什么了？"

“说她来约高姨，我们明天晚上直接过去就可以了。”许迟解释着。

“哦……”秦矜点了点头，视线又落在玉镯上，笑着抬手给他看，“看！知道这代表什么吗？”

秦矜问这话时，脸上的表情有几分得意。

许迟弯着唇，牵过她的手说：“代表我妈认可你这个儿媳妇。”

一听到“儿媳妇”这三个字，秦矜就控制不住地红了脸，咳嗽一声说：“什……什么儿媳妇，你又乱说……”说着，秦矜从脚垫上拿起了一盒包装精致的巧克力，这是刚才于钰琴让她带走的。

“钱佳妍没把这个带走？”许迟皱着眉头问道。

秦矜点头，一边拆着包装，一边嘀咕：“她明明知道阿姨高血压，还送夹心巧克力，不知道什么心……”秦矜说着就愤愤地吃了一块。

挺好吃的。

车子缓缓向前开去，许迟拉过她的小手，问道：“你知道明天一起吃饭，代表什么吗？”

“代表什么？”

红灯下，许迟轻踩刹车，看着她说：“代表……我们的关系，将不会只是情侣这么简单。”

秦矜直视着他深邃的眼眸，尽管路灯不够明亮，但她还是看懂了他眼里的意思。

秦矜下意识舔了舔下唇，回应道：“那你知不知道，闪婚的离婚率可是很高的……”

闻言，许迟不禁愣了一下，随即低头笑道：“闪婚有点儿快了，不过如果你想的话，我倒是不介意。”

看来，是她想太多了。

许迟牵起她的手，看着那玉镯轻声问她："你想结婚吗？"说着，许迟就对上了她的目光，补充道，"和我，结婚。"

秦矜轻咽口水，这个问题她真没认真思考过，但也丝毫没有想要拒绝的意思……

就在如此尴尬的时刻，秦矜的手机突然响了起来。

秦矜赶忙掏出手机，一边按下接听键，一边摸着发烫的耳根："喂？"

"秦矜姐，出大事儿了！"电话那头的阿辉语气有些慌乱。

"出什么事儿了？有人闹场吗？"秦矜也跟着急了起来。

阿辉站在后巷的仓库门口，急得出了一额头的汗，说："不是……是小仓库这边……小仓库的门被人撬了！"

小仓库？秦矜不禁皱起眉头，那仓库一直都是放酒的，难道有人偷酒？

"丢了几箱酒？报警了吗？"秦矜一边问一边对许迟说，"去酒吧！"

"还没报警，我粗略看了下应该是丢了三箱洋酒，还有就是——"阿辉突然顿了一下。

"还丢了什么？你快说！"

"'黑仔'不见了……"

听到阿辉这么说，秦矜一下子愣住了，好半天才缓过神来说了句："我马上到。"

秦矜挂了电话，神色显然是有些慌了。

"怎么了？酒吧丢东西了？"许迟一边问一边伸手握住她的手，试图安抚她的情绪。

秦矜转头看他，眼圈已经泛红了，她尽力让声音听着正常点说："'黑仔'被偷了。"

许迟有听秦放说起过，秦矜对"黑仔"的感情很深，在秦矜养父母离世的那年，秦矜所有好的、坏的事情，都是和“黑仔”一起经历的。

许迟没有过多安慰，而是踩着油门，朝着酒吧快速驶去。路上，秦矜一直在想是谁偷的“黑仔”……

车子停在酒吧门口，秦矜解开安全带，在推开车门前，她深吸了一口气。

下了车，秦矜站在车前等许迟锁车，手机又响了，是阿辉打来的。

“我已经在酒吧门口了，”秦矜说着，转身看向酒吧门口，担心地问道，“二楼的仓库没丢东西吧？”

酒吧一共有两个仓库，一楼仓库挨着酒吧后巷，方便搬运东西；二楼的仓库主要是存放一些包厢需要用的物品。

不知电话那头的阿辉说了什么，秦矜边说边皱眉：“这很难说，谁知道偷东西的人到底是为了偷什么……”话音一落，许迟就过来了。

“我马上进去，见了面再说。”秦矜说完就把电话挂断了。

两人并肩朝后巷走，没走几步，秦矜突然注意到酒吧门口有个奇怪的男人，站在酒吧门口来回打量着，却没有要进去的意思。

秦矜不由得放慢了脚步，眯着眼睛仔细看那男人的正脸。那男人戴着一顶黑色鸭舌帽，穿着一件黑色帽衫外套，甚至还戴了一副黑色墨镜。

“现在都晚上八点钟了，干吗还戴墨镜……”秦矜嘀咕着走上前，可她刚一走近，那人就要走。

“喂！”秦矜大喊一声，趁那人跑之前一把拉住！

许迟以为秦矜认识那人，走过来按住那人：“别动！”

“松开我！”黑衣男一边压着帽檐，一边挣扎着。

秦矜紧抓着那人的衣领，问：“说！你在这儿鬼鬼祟祟地干什么！”

黑衣男倒没用力挣脱，而是解释着说：“我路过不行吗？”

“我看你就像个小偷！小偷路过就是不行！”秦矜说着就要摘掉他的帽子。

一旁的许迟突然开口叫道：“等一下——”

“邹诚？”许迟念了个名字，接着就把那人的帽子摘了。

邹诚看见是许迟，诧异地问：“你怎么在这儿？”

“这话应该我问你。”许迟松开手。

秦矜有些发蒙，下意识说道：“你……你别以为是熟人，我就能放了你！”

闻言，许迟不禁笑了。他伸手拉过秦矜的手，将她搂在怀里，看看衣服被扯得有些狼狈的邹诚，解释说：“警察不会知法犯法，对吧邹诚？”

秦矜愣了一下，这才明白。原来这个神秘的黑衣男是个警察。

邹诚有些尴尬地整了整衣领，对秦矜点头道：“你好，我是邹诚。算是许迟这家伙儿的朋友吧。”

邹诚说完没好气地瞪了许迟一眼。

“能在酒吧门口碰见你，真是稀奇……”邹诚调侃道。

许迟没搭理他，搂着秦矜的肩，直白地介绍道：“我女朋友，秦矜。”

邹诚摸摸下巴，突然想起来：“哦！怪不得，女朋友开的酒吧，也难怪你在这儿了。”

秦矜看了看两人，知道是自己把好人认成小偷了，不好意思地说道：“对不起，我以为是你偷东西……”

邹诚耸耸肩，并不在意，但却抓到了秦矜话里的重点。

“你们店丢东西了？”

秦矜先是一愣，随即抓着许迟的手说：“巧了，正好你朋友是警察！我们仓库丢了酒，还有我的一辆摩托车，你能帮忙查一下吗？”秦矜很严肃地对邹诚说。

“失窃要先立案才行，不过我可以先跟你去看看。”话音刚落，邹诚戴着的蓝牙耳机就闪了一下。邹诚侧身和电话那头的人说了几句，眉头不由得皱了起来。

邹诚挂断了电话，有些抱歉地对两人说道：“我这边还有任务，暂时帮不了你们。你们先报案，然后再查查监控。一般像酒吧失窃的话，不排除店内有人动手脚的可能。”

秦矜见邹诚有正事要忙，点头应道：“好，那你快去忙吧，谢谢你了。”

邹诚冲许迟点了点头，没多说什么就快步离开了。

看见邹诚走远，秦矜小声问许迟：“这邹诚感觉有点儿神秘。”

“警察嘛，管的都是‘大事’。”

听到答案后，秦矜马上作出噤声状，乖巧地点了点头表示明白了。

回到店里，秦矜核对了一下丢失的货物，示意阿辉他们不要声张，对客人说今晚有人包场。等客人都走得差不多了，秦矜才让阿辉报警。

“先去看看监控，”秦矜一边朝监控室走，一边问英子，“刚才让你们查回放，找到了吗？”

英子快步走在前面：“找到了，就是不知道巷子里的监控有没有拍到人。”

秦矜带着一行人进了监控室。监控室里，负责库管的工作人员用八倍速看着今天的监控。所有人都屏住了呼吸，目不转睛地盯着显示屏，似乎下一秒就会逮住盗贼。

许迟走到秦矜身旁，握着她的手示意她不要急。

秦矜点点头，深呼吸了一下，调整了一下思绪，思路清晰了不少。

“下午是谁最后进的仓库？”

每天下午六点前，吧台的酒是需要码齐的，而全职加兼职的员工都是三点上班。所以三点到六点之间，工作人员进出仓库的频率是最高的。

“是我，”阿辉站在旁边抬手说道，“我很确定，我把门都锁好了，而且那时候‘黑仔’也是上了锁的。”

秦矜抿着唇，车钥匙在她这里，所以车是被人撬了锁，然后推走的？

“秦矜姐，好像是这两个人！”英子伸手按下暂停键，叫他们来看。

秦矜第一个凑了过去。

只见监控里出现一高一矮两个男人，他们前后脚进了后巷，甚至还特意戴上了外套的帽子。他们先是拿出扳手试图撬锁，但费了几分钟的工夫，还是撬不开，于是拿出斧子把锁砸烂了。

看他们猫着腰进去，先是搬了几箱酒离开，过了两分钟，又折回来，没一会儿就把“黑仔”推走了。那高个小偷卖力推车，那矮个小偷则是有些嚣张地甩着车锁，一摇一摆地走出了监控画面。

“等等——”秦矜点了两下后退键，“把这个矮个的脸放大。”

工作人员马上操作，虽然不算清晰，但那矮个小偷的五官也算是可以看清了。

秦矜眯着眼睛，刚想说话，就听到阿辉说：“我记得他！他是李乾的小弟！”

在阿辉说的同时，秦矜也认出来了。

李乾为什么要让他的手下来偷车？

就在秦矜满心疑惑的时候，许迟轻声说：“我想，他们偷车只是临时起意。”

闻言，秦矜赶忙看向他，反问道：“为什么这么说？”

“这两个笨贼，如果一开始就奔着车来的，那何必费劲儿搬那几箱酒呢？”

说的有道理。

秦矜："所以说，偷酒是目的，偷车是临时起意，顺便而为……"

许迟点了点头，看着秦矜，问："我记得上次遇见那个李乾，他身上有股机油味？"

秦矜皱着眉点头："李乾开了家修车行，他很懂车……"

听到这儿，许迟也就不好奇为什么那两个人撬车锁那么顺利了。

"你那车挺招眼的，估计他偷走也不敢随便停放……"许迟摸着下巴，琢磨着问，"那个叫李乾的，他的车行在哪里？"

秦矜摇头说不知道。李乾对她一直"贼心不死"，几次给她名片想带她去改车，她都当面撕了。

"我知道，就在昌禾街东头！叫乾来转车行！"阿辉说道。

乾来转车行。

李乾坐在一辆全尺寸的越野车前车盖上，嘴上叼着烟，眼神在秦矜那宝贝车"黑仔"身上来回打量。

"车是真不错！干得好！"李乾咧着嘴笑道。

"乾哥，这车不光外饰配得好，从发动机到碟刹片，全都是进口的！"高个男人蹲在车旁，对这车很是感兴趣。

李乾哼笑一声，弹了弹烟灰说："都知道秦矜将她这车看得重，那这车肯定不会差。"

矮个男人走上前，说："乾哥，这么多好东西，咱能搞不少钱。至少下不来这个数！"矮个男人伸手比了个"五"，笑得脸上的肉都跟着颤了。

李乾把烟一弹，摸摸鼻子，抖着肩笑了起来："那就拆！我要让秦矜知道，我是不好惹的！"

"好！"矮个男人附和着就去拿工具箱了。

李乾从车盖上跳下来，没好气地对高个男人说：“关门去！偷来的车，还光明正大地拆？没脑子！”李乾叫骂着进了里屋。

矮个男人是个马屁精，跟着李乾进去，笑嘻嘻地给李乾开了瓶下午刚偷来的酒。

“乾哥，你说这巧不巧，咱哥几个本来是想偷几瓶酒，谁知道那么大个宝贝就停在仓库里……”

李乾抬手给了他一巴掌，骂道：“什么偷，我这是‘拿’！”

“是是是，咱是顺便拿的！”矮个男人堆着笑，生怕把李乾惹怒了。

李乾靠着椅背，两只脚搭在桌子上，瞥了眼时间，不耐烦地问着：“他们几个怎么还不回来？叫他们买点儿下酒菜，这是跑到天上去买了？”

“我这就给他们打电话，估计是路上又上厕所去了！”矮个男人说着就掏出手机。

“等吃的到了再叫我！”

“好，我先去前面看看车拆得怎么样了。”说完，矮个男人就退了出去，还不忘把门给带上了。

李乾站起身，走到窗边把百叶窗拉了下来，然后端起桌上的烈酒，仰起头一口气喝了。

另一边，秦矜和许迟一行人也赶到了车行。秦矜率先下了车，看到那高高挂起的“乾来转”三个大字，忍不住想骂脏话。

阿辉跟在许迟和秦矜的身后，小声问：“秦矜姐，我们要不要等警察来了再行动？”

秦矜紧抿着唇，心里也没了主意，丢了几箱酒不算什么大事儿，可“黑仔”被他们偷走了，就保不齐李乾会做什么了。

就当秦矜还在琢磨是等警察来，还是直接去拍卷帘门的时候，门里传出“叮叮当当”的声响。

“秦矜姐！他们会不会把‘黑仔’给拆了？”英子低声道。

一听到这个，秦矜哪里还顾得上那么多，转身从墙角摸来一根棒球棍，就准备进去。

许迟紧跟在秦矜身后，一来是给她安全感，二来是担心里面的人会对秦矜不利。

秦矜回头和许迟对看一眼，握紧棒球棍，深吸一口气，没有抡起来砸门，而是叫来阿辉让他拍门。

阿辉抬手在卷帘门上猛拍几下，扯着脖子喊道：“开门——”

里面的两人互看一眼，以为是有人来修车，矮个男人没多想，走过去拉起了卷帘门。

“打烊了，明儿再来吧！”矮个没好气地说着。说完门也推了上去，矮个男人和秦矜他们一行人面对面站着。

“这……这不是秦老板吗？怎么今天……”矮个男人有些心虚，话都说不利索了。

矮个男人一边说着，一边伸手试图拦着他们，生怕他们闯进去看到“黑仔”。

秦矜拿起棒球棍，指着矮个男人说：“起开，听见没？”

矮个男人心里一合计，现在这车行里只有他、高个男人和李乾。秦矜这男女加一块，一共四个人，保不齐外面还有人，真起个什么冲突，怕不是他们的对手……

“秦老板，你怎么还拿上家伙儿了？秦老板今天火气有点儿大啊，”矮个男人后退几步，又笑着说，“进吧，我又没说不让进，千万别上火……”

闻声，一旁蹲着拆车的高个男人，看见秦矜带着人来了，一下子就慌了，赶忙扔开扳手。扳手落地的声音，清脆得很。

秦矜不禁皱眉，一把推开矮个男人，看到“黑仔”被拆成了一地零件。就连点火器他们都没放过！

秦矜怒极，平时“黑仔”剐着蹭着，她都能心疼好半天，更何况是这样不顾后果地被拆卸！

“谁准你拆的！”秦矜尽量压着火，却做不到语气友善，“是不是李乾！让他给我滚出来！”

一高一矮的两人靠墙站着，互相看了看，意识到事情暴露了。

阿辉一个箭步上前，捡起地上的扳手，故意吓唬着两人：“把你们老板叫出来！”

两人一看这架势，马上抱头蹲下：“我……我们什么都不知道……”

许迟站在秦矜身边，一边搂着她的肩，一边拿过她手里的棒球棍。

秦矜胸口上下起伏着，看着一地乱七八糟的零件，瞪着高个男人说：“你怎么拆下来的就给我怎么装回去！”

高个男人不敢动，咽了咽口水，往楼上瞄了一眼。

许迟顺着他的视线朝楼上看去，猜想李乾应该就在楼上。

“你们现在涉嫌盗窃，你不是想在盗窃罪上再多加一条故意损坏他人财产的罪名吧？”许迟一边说着，一边拿着棒球棍走上前，棒球棍在地面上摩擦出声，惹得两人有些发抖，“如果你俩就是主谋，那就等警察来，你俩一起把事情扛上身……无非就是被拘留，再严重不过是坐牢而已。”

“我……我们什么都不知道，你别乱说……”矮个男人结结巴巴地说着，眼睛四下乱瞥，显然是想编瞎话。

“监控拍到你们俩偷车、偷酒，如果你们供出来是谁指使的，罪行基本能减半，考虑一下？”许迟不冷不热地说着。

矮个男人只知道秦矜找了个医生男朋友，压根儿不晓得就是面前这个男人。看许迟说得头头是道，以为他是个警察，又或是个律师，慌乱之下就全招了。

矮个男人蹲在墙边，一边指着楼上一边小声说："他就在楼上的办公室里……"

秦矜前脚踏上楼梯，许迟后脚就跟上了，还不忘转头对阿辉使了个眼色。阿辉赶忙点头表示明白。

这修车行层高有五六米，一楼的人如果不扯着脖子喊上一阵，二楼办公室里的人压根儿听不见。所以当秦矜踹开门进去的时候，李乾吓了一跳，慌忙地把抽屉合上。

办公室里烟雾缭绕，不知道的还以为有很多人在此聚众抽烟。

秦矜连咳几声，抬手来回挥了挥，这才看清李乾那浑蛋。

"秦矜？稀客啊！"李乾手里转着打火机，咧着嘴笑了起来。

秦矜冷笑一声，走上前一抬手就把桌上的东西全都扫到了地上："是啊，你李乾大少爷现在居然做起了偷鸡摸狗的事儿，也是稀奇啊！"

看到秦矜找上门来，李乾倒没慌。他看了许迟一眼，轻笑着说："你说你的车？对，我是看到手下带回来辆机车，难怪看着那么眼熟……原来是你的？"

李乾开始装蒜了。秦矜的火一下子就冒了起来，冲过去说："少跟我在这儿装！你再动我东西试试看？"

李乾靠着柜子，双手举高，吹了声口哨，说："你可别激我，指不定这次是动你的车，下次就动你这个人……"

啪——不算清脆，但足够用力的一个巴掌甩在李乾左脸上。

李乾被打蒙了，抬手摸了摸瞬间肿起来的脸颊，刺痛感逐渐加重，李乾一把抓住秦矜的胳膊："你敢打我？！"

秦矜慌了，还没来得及挣开，就看到一根棒球棍指向李乾的下巴。

“放开她。”

李乾转头看见许迟冷着脸，眼里写满了警告。

“我再说一遍，放开她。”许迟说着抬了抬棒球棍。

李乾被迫仰着头，喉咙也被棒球棍杵得生疼。他瞥见桌上的水晶摆件，眯着眼冷笑一声，抓过摆件就朝许迟扔了过去。

趁着许迟躲开的空隙，李乾扯着秦矜的手腕，用力将秦矜甩到一旁。

秦矜被摔向桌角，侧腰被撞得酸疼，还没来得及喊疼，就听到李乾说：“秦矜，你可真是让我刮目相看，带了个医生来要车，他会不会打架？”

说着，李乾又抓过秦矜，嘴里烟酒混合的气味像是一股恶臭：“干吗不跟我？”

秦矜一脸厌恶，朝他脸上呸了一声：“你放开我！”

“放开你？你主动送上门来，我不得陪你玩玩吗？你想怎么玩……”李乾话还没说完，就被许迟用棒球棍狠狠勒住了脖子。

李乾下意识松开秦矜，对上许迟的双眼，说：“怎么？英雄救美？”

许迟没再给他废话的机会，扔下棒球棍，抓着李乾的衣领就把他摔到了办公桌上。办公桌上的酒杯和杂物摔落一地。

李乾愣了一下，整个人被按在了办公桌上，反抗不得。

“你去一楼等我。”许迟侧身对秦矜说道。

秦矜不放心许迟一个人，摇头说自己不走。

许迟紧抿着薄唇，又说：“那你……背过身去。”

在秦矜背过身后，许迟把领带缠在手上，抓着李乾的衣领，把他拎起来说：“你不是喜欢说吗？继续说，我听着。”

李乾缓过劲儿来，龇牙咧嘴地对许迟叫骂：“你有本事就打死我！打不死我，我就天天去酒吧骚扰秦矜！看你怎么……”

许迟一拳落在李乾的嘴角，血就那么顺着李乾的嘴角流了出来。

李乾嘴里发苦,吐了一口带着血丝的唾沫,反抓着许迟的衣领说:“你最好能二十四小时看紧秦矜，不然我一有机会，绝对不会放过她！”

话音一落，又是一拳。接着，许迟两只手抓着李乾，把他拖出办公室后，直接按在了二楼有些生锈的铁栏杆上。

李乾仰靠在铁栏杆上，半个身子空在外面，只要许迟松开手，他就得摔下去。

闻声，一楼的几人纷纷抬头望过来。

“许迟！你少吓唬我，有本事你就摔死我！”

许迟眯着眼睛，抬手又是一拳，打完之后低声说：“怕死，就别做坏事儿。”话音一落，车行外面就传来了警笛的声音。

李乾一听到警笛，紧皱着眉头低骂一声：“报警了？秦矜你有必要玩这么大吗？”

凌晨一点钟，秦放来保释他们。

“以后不要让你朋友这么冲动，即便是自卫才动的手，这打得也太过了，应该等我们警察到了再处理。”

“是的是的，我朋友太冲动了，肯定没下次了！谢谢警官，现在没事儿了吧？我能带他们走了吗？”秦放赶忙应着。

“没事儿，你们可以走了。”警官合起本子，又补充了一句，“不过涉嫌引导他人盗窃的那小子，态度还挺嚣张，不像是轻易罢手的主，你们以后要小心点儿……”

在和警官一番交涉后，秦放领着一行人走出了警察局，才松了一口气。

“没事儿吧？”秦放抬手拍了下许迟的胳膊，看着他略显红肿的右手关心地问道。

“没事儿，”许迟轻轻点了点头，牵紧了秦矜的手，“谢了。”

“拜托，秦矜是我妹，你跟我客气什么？我只是顺便捞一下我的‘妹夫’。”秦放笑着调侃两人。

阿辉和英子在一旁尴尬地咳嗽几声，小声说：“秦矜姐，酒吧现在一团乱，我们先回去了。”

“好，辛苦了。”秦矜说完，就目送他们离开了。

秦放看了眼腕表，忍不住打着哈欠说：“好了，我也该回去了。需不需要我送你们？”

“不用……”许迟的话还没说完，远处就驶来一辆车，秦矜下意识抬手去遮挡迎面照来的近光灯。

“贺惟来了，”秦放眯着眼优哉游哉地说，“那我先走了。”

车灯灭了，贺惟从车上走下来，径直走到秦矜面前。

贺惟远远地冲秦放点了点头，然后才问秦矜：“我听店里人说‘黑仔’被偷了？”

“嗯，李乾干的……不过现在已经没事儿了。”秦矜想起来在车行的事儿，不禁有些后怕。

“没事儿就好。”

秦矜叹了口气，接着说：“你来得正好，我想和你商量一下休假的事。”

前阵子秦矜一个人盯场，每天日夜颠倒，原本就想着要放假休息了……更何况出了今天这样的事情，她觉得是时候休息一阵子了。

贺惟没有马上答应她，而是看了看时间说：“今天太晚了，改天我们再聊这件事儿。”

秦矜没在意，反正她这也算是和贺惟打过招呼了：“也好，那你回酒吧处理一下，我就不回去了。”

她现在又累又困。以往这个时候，她都不会犯困的，一定是因为最近和许迟一起住作息变规律了。

就在秦矜坐进车里之后，贺惟突然拦住了许迟。

“还有事儿吗？”许迟问。

“周末我们有个聚会，你要陪秦矜一起去吗？”

许迟想了一下才记起上次在超市临时应下的饭局，皱着眉问他：“有问题吗？”

贺惟向后退了半步，轻声说：“当然没有，我只是想确定一下那天聚会的人数。”

许迟绕过他，打开车门，刚坐到驾驶座上，就察觉到有些不对劲。

秦矜见他没直接启动车子，不禁好奇地问道：“怎么了？”

许迟看着贺惟开车离开，不由得眯了眯眼睛。他感觉今晚的事儿有点儿奇怪，包括贺惟出现后的反应……

他摇头说：“没事儿，也许是我多虑了。”

回家路上，车子缓缓开上主路。秦矜一言不发，只是一直盯着许迟右手上红肿的地方，似乎她腰上的撞伤此刻都变得不痛了。

“很疼吧？”秦矜伸手轻点他的手背，眼底不自觉地泛起了泪。

许迟反握上她的手，装出很痛苦的样子，逗着秦矜说：“特别疼，回家帮我揉揉？”

秦矜被他的模样逗笑了，眼泪顺着眼尾滑过，点头说：“好。”

两人到家已经快凌晨三点钟了。

门一关上，秦矜就转身抱着他，脸埋在他胸前，闷声说道：“谢谢。”

许迟伸手搂着她的腰，低声说：“今晚去我房间睡吧？”

秦矜闻言先是一愣，随即从他怀里抬起头来：“你这是乘人之危。”

许迟笑着揉乱她的发丝，柔声说：“我只是不想再看纪录片了。”

那一瞬间，秦矜的脑袋里有无数个可用的借口……可话到嘴边，却变成一个字——“好”。

直到换好睡衣躺在许迟的床上，听着浴室里的水声，秦矜的大脑才逐渐清醒过来。

虽然之前也有过一次“同床”的经历，但这次可不一样。想到这儿，秦矜不自觉地拉高了被子。

被子上是他的味道，几分淡淡的香气，让她感到十分舒心。

秦矜侧过身，用鼻尖蹭了蹭被子，轻呼一口气，渐渐放松了紧绷了一整晚的身体。

许迟故意磨蹭了一会儿才从浴室走出来，原本还担心秦矜会过于紧张而失眠，却发现她抱着被子睡得正香。

许迟走上前，刚想伸手帮她关掉床头灯，就注意到了她那微微皱在一起的眉头。

许迟蹲下身子，抬手轻轻抚平她的眉心。如果今晚他不在，她是不是会逞强到底？还是说会有其他人出现，安慰她……

许迟越是往下想，就越是觉得时间不等人，有些时候错过了就是错过了。

就好像，这几年不论他做过多少次计划，都不如她走进诊所的那一刻来得直接。

跳过复杂的暧昧期，直奔未来的主题，这是他想要的。

突然，秦矜一个翻身踢腿，被子被掀去一大半，秦矜身上的睡裙也跟着被撩了起来，纤细的脚踝，光滑的小腿肌肤，还有那若隐若现的……

许迟低头轻轻咳了两声，起身帮她拉过被子，重新掖好被角。

秦矜睡得不算好，一晚上都在断断续续地做着噩梦。她这一觉睡到了早上九点半。

秦矜揉着眼睛醒来，看到床上没有许迟的身影，自己的睡裙更是和睡前一样整齐。

秦矜坐在床上，抱着被子努力回想昨晚的事儿……

“他说不想看纪录片，然后我说好……接着我就换了睡衣躺下了。”秦矜摸了摸睡裙的领子，红着耳根嘀咕道，“还好昨晚先睡着了，不然肯定超尴尬……”

秦矜在床上坐了一会儿，没听到房间外有许迟的声音，赶忙踩上拖鞋出去找他。

“许迟？”秦矜轻声叫着。

浴室里没人，客厅里也是一样。

他不在家？

秦矜先是一愣，随即想起来今天他还要上班，记得昨天他说过，今天上午有好几个病人要看牙。

不知怎么，秦矜起来没有见到他，心里有一点失落。

不过这份失落，在看见餐桌上的纸条后，马上消失得无影无踪了。

“粥在电饭煲里，醒了可以给我打电话。”

秦矜脸上浮现出笑容，拿着手机一边拨许迟的电话，一边走过去看锅里的粥。

电话嘟了一声，就被接了起来。

“起来了？”许迟的声音从听筒里传来，秦矜笑着说，“许医生，为什么要我醒了就给你打电话？”

许迟右手转着签字笔，低笑着说：“如果我没猜错的话，你醒了第一件事儿就是找我。”

秦矜抿着嘴角，没出声算是默认了。起床第一时间没见到他，心里特别空。

放下汤勺，秦矜走到落地窗旁，有些无聊地用手指敲了两下玻璃窗："你怎么没叫我起来……"

"你下午又要陪我去复查，晚上还要去高姨那里吃饭，理应养精蓄锐……更何况，你睡得太沉了，我叫不起来。"

"胡……胡说！你哪有叫我？要是叫不醒，你可以推醒我。"秦矜故意耍着小性子，其实是想多和他聊几句。

"我真的有试图叫醒你。"

"你怎么叫的？"秦矜不信。

许迟把手机拿近，低声说道："亲了你一下，你没反应。"

闻言，秦矜的小脸唰地一下红了。

许迟站起身来，低头摸摸鼻子："而且，你睡得太香，我舍不得叫你起来……"

"好……好了，我知道了！"

秦矜果断打断他突如其来的甜言蜜语，在玻璃上哈了口气，抬手写上他的名字。

"那你几点去复查？"秦矜轻声问他。

"约了下午两点半，我应该会在诊所待到一点半。"

"那我中午打包饭菜过去和你一起吃吧？"秦矜试探地问。

"好。"

约定好后，虽然秦矜还是想黏着他多聊一会儿，但考虑到他一会儿还有病人要看，只好先挂断电话。

秦矜站在客厅伸了个懒腰，看时针还没指向十点，不由得打了个哈欠。

回到卧室，秦矜抱着手机扑倒在许迟的床上，一瞬间又被许迟的气味包裹住了。

“舒服……”

秦矜惬意地哼了一声，摸过手机无聊地刷新着社交软件。

一打开微博，秦矜就看到闺密路寄秋的名字登上了热搜。以路寄秋的名气和热度，上热搜是常事，但今天的热搜话题可大有不同……

陆一衡和路寄秋疑似假戏真做！

秦矜秉承着，好闺密的事儿就是她的事儿的绝对原则，拨通了路寄秋的电话。

路寄秋接通了电话，对在不到十点的上午时光，能接到秦矜的电话，感到十分惊讶。

“太阳打西边出来了？你怎么这么早就起来了？”路寄秋笑着调侃她。

秦矜抱着被子在床上翻了个身，美滋滋地说道：“你猜，我现在在哪儿？”

“在哪里？”

秦矜把头埋进被子，闷着声笑了一阵才回答说：“我在许迟的床上。”

果然，路寄秋一听，马上连声追问。

秦矜把手机拿远几分，听她念叨完，才开口说道：“反正我们住一起了，现在正以火箭发射的速度大步朝着光明的未来迸发——”说到一半，秦矜想起正事，赶忙问她，“你和陆一衡确定关系了？你们也很快啊，这才几天……”

闻言，路寄秋不自觉地把手机换到另一只手上：“不算吧，我也不知道我们的关系到底是怎样。”

秦矜忍不住啧了一声，用过来人的语气说道：“你啊，别想那么多，只要你喜欢他，他也喜欢你，就大胆地在一起！别怕！”

“好了好了，你别说我的事儿了！快告诉我，你和许医生到底进展到哪一步了？”

“路寄秋，你真的好奇心很重——”秦矜卷起被子，在床上又翻了个身，“昨晚我们什么也没发生，但今晚可就说不定了……”

秦矜当然也想过什么所谓的激情时刻，但昨晚她直接睡着了，即便是想发生什么也不可能了。

秦矜轻叹一声，刚要起身，忽然瞥见床单上几滴已经干了的血渍。

“天啊……”

“怎么了？”路寄秋在电话那头不解地问。

秦矜马上离开床，一边小跑着去浴室，一边和路寄秋说：“我来事儿了，先挂了。”

秦矜在一天之内经历了三件超尴尬的事儿。

一是，幻想和他发生点儿什么，却来了例假！

二是，第一次和他正式“同床共枕”，却好巧不巧地把他的床单弄脏了……

而第三件事更为棘手。

浴室里，秦矜坐也不是，站也不是，可怜兮兮地拨通了江绵儿的电话。

“小绵，江湖救急……”

在秦矜苦等之下，江绵儿出现了。

秦矜踮着脚在猫眼里看到江绵儿左瞅右望的模样，忙打开门放她进来。

江绵儿被她拉进去，一边探头朝里看，一边小声问道：“你一个人在家吗？许医生不在？”

秦矜浑身没力气地白了她一眼，拿过她的背包，从里面找到一大包“救急物”，拿着转身朝浴室走去：“废话！他去上班了，不然我干吗给你打电话……”

秦矜走到浴室门口，还不忘摆出“女主人”的架子，冲江绵儿抬了抬下巴说：“拖鞋在鞋柜里，你待在客厅，别乱动家里的东西！”

“哦——”

江绵儿拉着长音应下，但眼睛却没歇着，一边换着拖鞋，一边把客厅和厨房都打量了一番。

没一会儿，秦矜从浴室里出来，小脸煞白，经期第一天着实比较难熬。

“喝东西吗？”秦矜瘫坐在沙发上，问着老实坐在一旁的江绵儿。

“好啊。”

“进了厨房左手边有电热水壶，你想喝的话，正好帮我也倒一杯吧。”

秦矜抱着抱枕，摆出一脸无辜的表情。江绵儿嘴角轻扯一下，嘟囔了一声就去了厨房，再出来的时候手上多了两杯温开水。

“给。”

“谢……”秦矜两个谢字还没说全，江绵儿就摆手打断道，“别来这套，快告诉我！你和许医生昨晚有没有发生点儿什么……”

“发生个头，”秦矜捧着温水杯，撇着嘴说，“我都这样了，还有什么可发生的。”

秦矜说完喝了一大口水。

“看吧，你平时不注意，一来事儿就疼得死去活来。”江绵儿用一副过来人的口吻说着，说到一半，江绵儿突然想起来晚上的事儿，“秦矜姐，今晚你要带许医生回家？”

因为江绵儿一直把高淑芝家当自己家，所以她这么问，秦矜也猜到今晚秦放和江绵儿也会回去……

“嗯，原本是许迟的妈妈想和舅妈见个面，但后来商量着先不着急，我们先回去吃顿饭，过阵子他们长辈再约吧。”

江绵儿似乎嗅到了不寻常的意味，摸着下巴说：“我怎么觉得你们这才刚谈恋爱，就要谈婚论嫁了……”

“还不是因为关系比较复杂……许迟和秦放不仅是高中同学、大学同学，两家的长辈多少年前都是认识的，我俩这叫‘世纪大相遇’，懂不？”秦矜揉着肚子和江绵儿解释了一通。

突然，江绵儿的手机响了两下。

“完蛋！教授点名了！我得赶回去了，宁愿迟到不能缺勤，不然秦放知道了肯定要说我。”

江绵儿一边说着，一边慌乱地去玄关处换鞋。

秦矜趴在沙发靠背上，隔着几米的距离和她挥手道别：“谢了小绵，晚上见。”

送走江绵儿，秦矜窝在沙发上又眯了一会儿，起来喝了碗粥，就换衣服出门了。

走之前还特意去地下停车场看了“黑仔”一眼。不得不说，许迟住的这个小区保全系统确实很完善，小区里有数不清的摄像头，基本无监控盲区。

不过也有些不便之处，那就是出租车不准擅自入内。

秦矜捂着肚子走到小区门口时，已经是一头冷汗了。

正想去路边拦辆出租车，刚一抬手，就听到有人和她打招呼：“上午好，秦小姐！”

秦矜吓了一跳，转身看到一个长相端正的保安小哥正冲她笑。

“你……你好……”

话音刚落，一辆路过的出租车就停在了秦矜面前。

目送秦矜上了车，高个保安默默在心里记下——十七栋的许医生家多了一位家庭成员。

秦矜先去了附近口碑很好的餐厅，打包了一些招牌菜，突然意识到她对许迟的了解太少了。

在餐厅等了近半个小时，取了餐秦矜又乘出租车直奔许迟的诊所。

“师傅，大概要多久能到？”秦矜一边给打包袋系着扣，一边问司机师傅。

司机看了眼前面堵着的车辆，给出一个估计的时间：“怎么也得二十分钟。”

秦矜靠在后座椅背上，正想眯眼休息一会儿，手机却不适时地响了。

是一个陌生电话，还是用座机打来的。

因为上次误把于钰琴的电话当作诈骗，所以秦矜这次不敢鲁莽挂断。

“喂？哪位？”

“是秦矜吗？我们这里是南风派出所的。”

秦矜一听，赶忙坐正身子问道：“我是，有什么事吗？”

昨晚她做完笔录，按理说应该没有事情了才对。

“是这样的，关于昨晚你的车被偷窃一事，我们这边得到的答案与你的供词有些出入……那两个实施偷窃的男子对这事儿供认不讳，但他们矢口否认有人教唆他们，说他们是自己决定去偷窃的，目的是报复秦小姐。”

简直荒唐，秦矜张了张嘴，一时之间竟然不知该说什么。

“那我和他们无冤无仇，他们为什么要报复我？为什么要偷我的车？”秦矜不禁提高了音量。

前排的司机师傅频频投来目光，秦矜这才压低声音："那现在要怎么解决？李乾一点儿错都没有吗？"

派出所的办事员也有些无奈，解释说："当然他是有一定的责任，比如他明知道那两人是偷来的车，他作为车行老板没有采取正确的引导，更没有积极配合我们警方……"

秦矜听明白了，这盗窃一事儿，那两人在派出所直接翻供了，看来是要替李乾顶罪？

"那您现在联系我，是想让我做什么呢？"秦矜不解地问。

"那两人的盗窃行为已经定性，后续肯定会被判刑。今天是想来问一下，你和车行老板李乾是不是私下商议和解……"

的确，昨晚秦矜他们报警的时候，跟警察说的是李乾是主谋，现在情形已经不一样了。

想到这儿，秦矜的小腹又是一阵疼，只好和电话里的人说："我要考虑一下，还是谢谢你了。"

挂断电话，秦矜握着手机不停琢磨这事儿。

突然，手机又响了。秦矜以为还是派出所的办事员打来的，接起来就说："不好意思，我真的需要考虑一下……"

"秦小姐？"电话那头的人声音浑厚了不少，显然不是刚才的办事员。

"您是哪位？"秦矜难免疑惑，怎么今天这么多人找她。

"我是李乾的父亲李国勇。"

李乾的父亲？秦矜不禁皱了皱眉。

"您找我有什么事儿吗？"

"我是想替我儿子李乾向你道歉，很抱歉给你添了这么多麻烦……"李国勇态度很好，听得出是个有教养的人。

但秦矜也不能就这么轻易地原谅了李乾，她把手机换到另一只手上，看着车窗外说：“李先生，道歉我收下了，但您要是想给您儿子求情，我想这没什么必要。”

秦矜有几分嘲讽他的意思——别以为我不知道你打通电话想干吗！无非就是想给李乾说好话罢了。

李国勇顿了顿，索性承认了：“是，我知道。如果秦小姐你能原谅他做的这浑事儿，那我心里也好过一些……”

秦矜没接话，静静地听李国勇说着。

“李乾这小子从小没妈，我又整天在生意场上压根儿顾不上他，这小子就越大越浑！这不，前阵子我让人压着他在家里禁足了快半个月，以为他能有所悔改……这一切都是我的不对……”

李国勇说到最后，还有点儿要哭了的意思。

秦矜不由得皱眉，出声打断道：“您这样是想我怎么办？您要知道，我那酒吧就在那儿，哪天他要是再犯浑，砸了我的场子，伤了我的人，您能负责吗？”

“秦小姐你放心，我现在已经把他锁在家里了，我派了三个人看着他，他没有觉悟我是绝对不会放他出门的！”

“这事儿是他不对，只要你别深究，我一定给你个满意的答复！”

李国勇说得信誓旦旦，秦矜倒是相信李乾被关在家里，毕竟之前也有过。

“您别说了，我不要什么答复，我就想安安稳稳的，人不犯我，我不犯人，您能管住李乾我就万事大吉。”说完，秦矜就把电话挂断了。她有点儿心累。

过了好一会儿秦矜回过神来，司机师傅正侧身叫着她说：“姑娘，你到了。”

第八章

他就喜欢动不动说情话，这样不太好

秦矜拎着打包的饭菜推开诊所的玻璃门时，刚好是十二点整。

刘护士一起身就看到秦矜进来，笑着打招呼说：“秦小姐今天是充当外卖员吗？”

秦矜看看手里的袋子，脸上带着笑，耸耸肩说：“没办法，谁让许大医生这么忙……”

走到前台，秦矜想了一下，还是从打包袋里拿出一盒蛋黄酥，递给刘护士说：“这是餐厅的招牌点心，你们分着尝尝。”

话音一落，旁边几个护士都凑了过来。

因为刘护士说许迟还在给一个病人检查，所以秦矜也不着急进去找他，索性和那几个护士聊了起来。

“你们都在这里工作很久了吗？”秦矜轻声问。

苗护士最为积极，举着手说：“只有我和莉莉姐比较早进来，她们几个要晚一点儿。”

秦矜点点头，继续问道：“那他一直都这么忙吗？”忙到连吃午饭的时间都会错过。

“差不多，经常会忙到没时间出去吃午饭，一般都是叫外卖，吃完没一会儿又要继续工作了……”

秦矜听着都有点儿心疼了，赶忙追问：“那他平时都喜欢点什么外卖？”

这问题一出，几个护士互相看看，摇了摇头，说：“好像没有特别固定的……”

刘护士放下手里的文件，笑着对秦矜说：“许医生应该是附近有什么就点什么。”

几人正聊着，诊室的门就被打开了。许迟送病人走出诊室，简单交代了几句，病人就离开了。

几个护士见许迟出来，纷纷散开去忙自己的事，秦矜靠着前台的柜子，伸手悄悄向他挥手。

许迟看到她来了，嘴角不自觉地弯起来，冲她招手说：“过来。”

秦矜拎起打包袋，和刘护士示意了一下，就快步走了过去。

秦矜走到他跟前，主动牵上他的手，小声问：“你忙完了吗？现在可以吃饭了？”

许迟轻握着她有些冰凉的小手：“一点钟有个病人来复查，大约半个小时就可以结束……所以，从现在到一点钟的时间，我都是你的。”

秦矜忍着笑意，偏过头念叨：“许医生，公共场合请注意身份！”

许迟配合地说是，接过打包袋牵着她进了办公室。

关上办公室的门，秦矜忍不住松了一口气。

她觉得他的办公室里有点儿冷。

许迟看到她搓手，转身打开了空调。他上午都在诊室忙，所以办公室里一直没开空调。

秦矜正解着打包袋的扣，自己的手突然被他的手掌包住，抬头看他："怎么了？"

"你今天手很凉。"许迟说着就把她的两只小手握在自己的手心。

秦矜想起出门前洗了几遍还是有淡淡印子的床单，不禁轻挠一下他的掌心说："那个……你家还有其他的床单吗？"

闻言，许迟先是一愣，随即问道："你是说你那个来了？"

他怎么直接就说出来了！

秦矜把手收回来，低头捂着脸，一副认错的样子说："是、是来了……所以床单报废了……"

许迟见她害羞得快要把头埋起来，只好轻轻咳了两声说："家里还有。"

"那吃饭吧，再不吃就要凉了……"秦矜红着耳根，说完就要把饭盒从袋子里拿出来。

只是她话音刚落，许迟就挡在她身前，拉过她的手说："你脸色不是很好，肚子疼吗？"

听了此话，秦矜都忍不住想问一句——你不是牙医吗……

秦矜的确是疼，只是没想过要在许迟面前表现出来，但既然他都问了，秦矜也就不掩饰了。

她抬手把手放在肚子上，说："是疼……但还可以忍。"

"疼干吗不跟我说？"

尽管许迟的语气里有责怪的意思，但他的手下一秒就覆了上来："你的手凉就不要捂在肚子上了。"

"哦。"秦矜乖乖靠着他站着，他的手掌暖暖的。

就这样，许迟帮她揉了一会儿肚子，秦矜这才催他说赶紧吃饭。

两人坐在办公室的沙发上，一起吃午饭。刚吃几口，秦矜想起在车上接到的那两通电话，不自觉地和许迟提起。

许迟听后，眉头不由得皱了皱，问秦矜："你是怎么想的？"

秦矜喝了口汤，缓声说道："我也不想那么麻烦，如果李国勇能管住李乾，那……"

许迟夹菜给她，轻声问："李乾除了知道你酒吧在哪里，还知道你的其他信息吗？"

秦矜放下汤碗，仔细想了想说："应该没有了，店里只有阿辉和英子知道我家的地址……对了，贺惟也知道。不过也没事儿，现在李国勇看着李乾，他做不了什么。而且我也决定这阵子休假了。"秦矜一边说一边吃着许迟夹给她的菜。

说到贺惟，许迟不由得停下了动作。

"我之前听秦放说，贺惟有帮你改装过车？他也喜欢骑机车吗？"

秦矜伸手给他盛了一碗汤，不在意地说道："他是帮我改过一次，不过也是找他朋友帮我弄的，他不懂机车，而且他也没有机车，应该谈不上喜欢。"

秦矜说到一半就忍不住好奇地问："你怎么突然对贺惟感兴趣了？"

许迟不想她多想，于是开玩笑说："隐性情敌，应该要了解一下。"

吃完午饭，许迟特意问刘护士她们借了暖贴，给秦矜从头到脚贴了五六片，这才放心地把她留在办公室。

秦矜坐在许迟的办公椅上，看着他整洁的办公桌面，忍不住端坐着幻想许迟是如何在这里接她电话的。

"醒了？我就知道你醒了会给我打电话，因为我也想你——"

秦矜自演了一段，不自觉地笑出声来。看来恋爱中的女人，智商真的是负数了。

一点半一过，许迟忙完了工作，回到办公室换上外套就赶去医院复查了。

秦矜陪他去到医院，原以为只是很简单的复查，例行检查一下，最多照个片子。可一进到主治医师的办公室，她就察觉到此事不妙。

“你就是秦矜吧？”问话的人看着年龄和于钰琴差不多大，态度慈祥。

“是……我是。”秦矜下意识抬头望着许迟。

许迟知道她见长辈会害羞，于是站到她身旁主动介绍道：“这是夏阿姨，和我妈是多年的老同学，我们两家也是世交。”

秦矜马上脆声叫：“夏阿姨好。”

“你好，”夏惠芹笑着点点头，“我这几天可是一直听钰琴跟我说起你，今天终于见到你了。”

秦矜尴尬一笑，不过还好夏惠芹并没有难为她，反倒挺喜欢她的。

坐在一起聊了几句，就让许迟去走流程照个片子，说让他来复查也是为了让于钰琴放心。

当然，最后的复查很顺利，结果显示一切都好，并没有什么问题。

离开医院后，两人重新坐进车里，秦矜一边看时间一边说：“从这里到我舅妈那儿，时间应该刚刚好。”

刚才在医院里，秦矜就收到了高淑芝发来的信息，说排骨已经开始上锅炖了。

言外之意就是提醒她必须带许迟出现！不准找任何借口不去！

正巧今天是周五，路上从四点半就开始堵车了，放眼望去，一片红色尾灯。两人到高淑芝家的时候，已经快五点了。

秦矜解开安全带，忍不住提醒他说：“今天秦放和小绵都在……对了，你知道小绵吧？”

“我知道，见过几次。”许迟把车子熄火，侧身听她说。

“那还好，你记得，千万别在我舅舅和舅妈面前说秦放和小绵他们的事……”

“嗯，高姨他们不知道他俩在一起了。”许迟帮她说完了。

“对！”秦矜交代完这事儿，又忍不住多说了一句，“一会儿咱们就多吃饭、少说话……不然我舅妈肯定拉着你说个没完。”

因为她没有亲人了，高淑芝和她舅舅秦建松就是她最亲的长辈。他们把秦矜当亲生女儿对待，所以在秦矜看来，今天格外重要。

下了车，秦矜才发现许迟早就买好了礼品。

秦矜看着他买的一盒上好的茶叶，外加一条S市顶好的丝巾，忍不住问道：“你什么时候买的？我怎么都不知道。”

她舅舅最喜欢品茶，而她舅妈就是喜欢收藏丝巾，各种绸缎类的都喜欢。他可真是早有预备！

许迟没回答她，而是牵过她的手，问：“哪一户？”

秦矜给他指了指最左边的那个小院说：“门口有一排花的那家。”

两人走过去，秦矜深吸几口气，刚要按门铃，门就由内打开了。

秦矜赶忙收回手，以为是高淑芝开的门，正要叫舅妈，就看到江绵儿一脸坏笑地站在门内。

秦矜悄悄松了一口气，小声问江绵儿：“舅妈他们呢？”

江绵儿先是和许迟打了个招呼，这才对秦矜说：“在厨房呢，刚才秦放想吃块排骨，被高姨逮个正着，现在正在挨秦叔和高姨的批！”

秦矜瞄了眼江绵儿手上捏的半块排骨，调侃道：“肯定是你让秦放去拿的……”

江绵儿把手背到身后，转移话题说：“许医生是客人，赶紧让人家进来！”说完，江绵儿就跑去厨房叫人了。

秦矜带着许迟进了门，一边给他找拖鞋一边说：“还好秦放他们今天过来了，这样可以转移火力……”

话音刚落，两人身后就传来秦放那家伙儿的声音。

“你俩在这儿聊什么呢？”秦放走过来，勾着许迟的肩膀问，“什么转移火力？”

许迟还没来得及说话，高淑芝就来了，一巴掌拍在秦放后脑勺上：“你去陪小绵看着火！不准偷吃！”

秦放嗞了一声，想耍横但又不敢，只好揉着脑袋乖乖去了厨房，离开之前还不忘对许迟使了个眼色。

高淑芝看到许迟拎了东西来，马上解下身上的围裙，道：“秦矜你怎么能让许迟买东西呢，咱们家什么都不缺！”

“高姨，这是我的心意，您千万别跟我见外。”许迟说着就把礼盒放在了进门的柜子上。

“好好，那先放在这儿，咱们好多年不见了，今天好好叙叙旧！”高淑芝一边说着，一边拉着许迟朝客厅走。

许迟回头看了秦矜一眼，嘴上应和着：“是啊，至少有两三年没见了。”

秦矜跟在后面，不由得掩嘴偷笑，原来许迟很会讨长辈开心。

三人在沙发上坐下，秦矜探头朝楼上望了望，没听见秦建松的声音，好奇地问道：“舅妈，舅舅人呢？”

“出去买酒了，一会儿就回来。”高淑芝随口说道。

看来秦建松今晚是想和许迟喝上几杯……

秦建松的酒量并不算特别好，但也是久经沙场的老手了。其实，全家就秦放的酒量好，但今晚秦放肯定不喝酒。因为秦矜看到他是开车来的，江绵儿没考驾照，按理说秦放今晚是不会沾酒的。

想到这儿，秦矜不自觉地看了看许迟。他的酒量怎么样？如果今晚喝起来，不知道会不会喝醉……

三人在沙发上坐了没一会儿，秦建松就回来了。

一进门，秦建松就拉着许迟叙起了旧，从许迟和秦放上高中时候干的“坏事”说起，一直聊到他们出国留学的那几年。

秦矜坐在旁边听得贼带劲，其间，高淑芝不断给她使眼色，秦矜愣是半天没看懂。

高淑芝只好清了清嗓，说：“刚想起来我还炖了补品，秦矜你赶紧去厨房看看，千万别把锅烧干了。”

秦矜眨眨眼睛，算是听明白了。高淑芝是要支开她！

“没事儿的舅妈，我哥和小绵不是在那看着，我就不过去……”

秦矜的话还没说完，就被高淑芝回绝了：“不行，你赶紧去，专门给你炖的！快去！”

秦矜没辙，只好先离场，在进厨房之前，对着高淑芝使劲儿挤眉弄眼——别乱说话！

秦矜拉开厨房的推拉门，看到秦放和江绵儿凑在一起低声说话。

“咳咳！”秦矜一阵猛咳，吓两人一跳。

秦放随手抄过一块抹布扔了过去：“你吓我一跳！”

秦矜接住抹布，笑眯眯地走到两人中间：“怎么？我打扰你们了？”

江绵儿和秦放对看一眼。秦放走到厨房门口放哨，而江绵儿则是踮脚钩住秦矜的肩，坏笑着说：“秦矜姐，你是被高姨赶进来了吧？”

秦矜心虚地朝一旁瞥了瞥，说：“我……我进来看看炖的东西……”

“得了吧，”秦放无情地拆穿她，接着又提醒她，“你小心，我爸跟我妈今晚可是有准备的。”

“准备什么？”秦矜有点儿慌了。

江绵儿压低声音，故作神秘地说：“当然是准备谈谈你们以后结婚的事儿！”

“哦……”秦矜装作不在意地拿过汤勺在锅里搅了搅，“那就谈吧，这年头闪婚的那么多，又不是不行……”

秦放把厨房的门拉开一道门缝，一边朝外偷看着，一边说：“我倒不担心他们逼婚的事儿，我就担心他们给许迟说你小时候的糗事……这还没嫁过去呢，一篓子糗事全让人给知道了，许迟肯定……”

闻言，秦矜马上放下了汤勺，凑过去趴在门缝上偷看。

从一两岁到二十几岁，她的糗事多得简直可以出本书了。比如三岁尿床不认账；再到五岁欺负幼稚园小男生；还有十岁背着小包袱离家出走，最后愣是在小区里迷了路……

想到这儿，秦矜就按捺不住了，拉开门冲到客厅，说：“咱们吃饭吧！”

原本聊得正高兴的三人一同抬头看向秦矜，异口同声地问：“你饿了？”

“对！饿了！”秦矜坚决捍卫自己糗事的传播权。

虽然秦矜打断了他们的对话，但还是不能吃饭。因为高淑芝忘了给电饭煲插上电源了……所以晚饭时间还是要推后半小时。

秦矜为了防止许迟知道一些不该知道的，一直与他寸步不离。

两人站在楼梯口的窗边，许迟抬手揉了揉她的发顶，柔声问：“肚子还疼吗？”

秦矜索性整个人都靠着他，在他怀里摇了摇头，闷声说：“到家的时候就不疼了。”

家里很暖和，而且她刚才有喝两杯热水，外加在小腹上贴了暖贴，疼痛感早就缓解了。

秦矜靠在他怀里，偏头看着小窗户，玻璃上起了一层薄薄的雾气。她伸出食指，轻轻在玻璃上写下他的名字，又在旁边画了颗小爱心。

“我舅妈他们刚才和你说什么了？”

许迟听她闷闷地问着，猜到她一定很好奇，但他也想卖个关子。

他稍稍弯腰，在她耳边低声说：“回家再告诉你。”

秦矜倒也不着急，两只手环抱住他，点头说好。

就在两人氛围极好的时候，秦放来了。

秦放靠着一楼的楼梯扶手，扬声对秦矜说：“我妈叫你去盛饭，快去。”

正好许迟有事儿想问秦放，哄着秦矜去帮忙盛饭，将秦放叫到了二楼。

“怎么了？”秦放看得出许迟是有正事儿要说。

许迟没有拐弯抹角，直接问道：“你和那个贺惟熟吗？”

秦放一听，马上好奇地问：“那你先告诉我，你是不是吃醋了？吃贺惟和秦矜的醋？”

许迟黑着脸没说话。

秦放一阵笑，拍着许迟的肩说：“真没想到，你还是个醋王！”

许迟拍掉他的手，说：“我是说别的。你应该知道秦矜放在酒吧的车和酒被偷了吧？”

“嗯。”秦放严肃起来。

许迟眯了眯眼睛，回想着说：“你昨晚听闻消息赶过来，开口就问我们‘人没事吧’，但昨晚他出现后，见到我们的第一句却是，我听店里人说‘黑仔’被偷了。不论是以老板还是朋友的身份来说，这种情况下的对话，无非是‘人没事吧’‘东西都找到了吗’‘警察怎么说’这三种，对吧？”许迟看向秦放。

秦放点头，说：“的确是这样。”

许迟低头望着楼梯扶手，说出了自己的猜想——

“贺惟得知‘黑仔’被偷，他的眼神里不是愤怒和着急，而是非常诧异，甚至可以说他觉得这是不可能发生的事儿。他对那几箱酒是谁偷的，却一点儿没有要问的意思……而且我当时有问过阿辉，那几箱酒是昨天下午刚到的，是贺惟订的新酒。但奇怪的是，每个月末才是店里进酒的日子，现在才月中，除了店里几个搬酒的员工知道有新酒到，没人知道……”

一番分析过后，秦放似乎找到了答案。

“所以说，这次的失窃事件，很有可能是贺惟私下泄露的消息……引得李乾来偷酒，但他没想到李乾会偷走秦矜的车。”

尽管许迟也是这样推论的，但他不想这么早下定论。

“我也不想随便给他扣帽子，所以来问问你他这个人平时的作风如何，你要是不了解就算了，秦矜这阵子也打算休假。”

秦放暂时帮不到忙，只能先记下这事儿。

两人转身准备下楼，秦放瞥见玻璃上的模糊字迹，拉着许迟看：“瞧见没……”

许迟凑近了看，不禁笑了，抬手也在旁边加上了她的名字。

秦放在一旁看着，忍不住抖了抖胳膊，嘀咕着：“你俩可真够肉麻的。”

秦矜果真没猜错——今晚这顿饭，实实在在地上演了一场“催婚大戏”。

不过，让秦建国和高淑芝惊讶的是，许迟的回答听上去像是正有此意……

“我主要听秦矜的，她觉得可以就可以。”许迟说着就把刚剥好的虾放到了秦矜碗里。

秦矜虽然不排斥闪婚，但也不想在饭桌上立马拍板。毕竟按照她对高淑芝的了解，如果她这会儿说好，那高淑芝铁定连饭都不吃了，转身就能给她选出一个黄道吉日。

“舅妈，我们都是年轻人，这种事情我们回家慢慢商量，不着急……”

说着秦矜就“借花献佛”地把碗里的虾夹给了高淑芝。

不过高淑芝却不领情，又给她夹了回去，一本正经地说道：“什么不着急，你都快二十五了，马上就是奔三的姑娘了！再说了，许迟也到了适婚年龄，我觉得你们蛮好的，什么都得抓点儿紧。”

说到最后，高淑芝用筷子指着秦矜面前的虾，补了一句：“瞧你，有许迟给你剥虾，看你哥，想剥虾都没有对象……”

秦矜没忍住，扑哧一下笑出声来，看着桌对面的秦放和江绵儿，笑着说：“舅妈，要着急也是该我哥着急。”

很快，高淑芝的吐槽对象就变成了秦放。

这顿饭吃到快八点钟才有要结束的意思。

秦建国因为太高兴，拉着许迟喝了不少酒，秦矜看得出许迟有些醉了。

秦建国搭着许迟的肩走出大门，两人头凑在一起不知道说了些什么。秦矜看他俩都喝了酒，虽说搭着肩，但走路还是有几分摇晃，便不放心地跟上前。

“舅舅，外面风大，你赶紧回屋吧！”秦矜扶过许迟，不忘从他衣兜里找出车钥匙。

“许迟，你要记得你答应了我什么，可不准忘了！”秦建国稳着身子，一脸严肃地提醒着许迟。

许迟一只手搂着秦矜的肩，点头对秦建国说：“秦叔您放心，即便您不说，我也肯定会那样做的。”

他说这话时，秦矜明显感觉到肩上的重量沉了几分。

秦放和江绵儿出来了，秦建国没再多说，只是提醒秦矜开车注意安全，就转身进了屋。

秦矜两只手小心地抱着许迟的腰，轻声问他：“你想吐吗？”

秦矜不知道他的酒量如何，也不知道他现在是几分醉，会不会想吐？

“我没事儿，回家吧。”许迟一边说着，一边抬手揉了揉她的头发。

两人走到车边，秦矜帮他打开副驾驶座的车门，刚要扶他坐进去，秦放就过来了。

“我明天一早要去绵儿学校授课，你们自己回去没问题吧？”

许迟抬手拍了他肩膀一下，两人互看一眼，没多说什么，许迟就坐进了车里。

秦矜关上车门，掂着车钥匙说：“放心吧，我又没喝酒，不用管我们了。”

秦放耸耸肩，反正他也只是象征性地一问。

“走了，慢点儿开。”秦放说完就向后退了几步。

秦矜绕到驾驶座那边，手还没碰上车门把手，突然想起什么，扬声叫道：“哥！”

秦放停下脚步，回头不解地问道：“怎么了？”

秦矜快步走过去，回想着说：“我记得前阵子你说三环有家沿街的店面在出售……”

“对，那是我朋友原本做茶室用的，最近怀了二胎正准备卖掉，”秦放点头说着，看秦矜提起来这事儿，不禁好奇地问，“怎么？你想再开一家酒吧？”

“不是……你朋友还卖吗？”

“卖啊，昨天还说让我再帮忙找个靠谱的买家，毕竟他那茶室光是装修就花了几十万，他可不想让人家全砸了重修。”

“那你把他联系方式发给我，改天我问问。”秦矜说着就拿出手机。

秦放把那老板的联系方式发给秦矜，临走之前又问了一句：“不开酒吧的话，你买下来打算做什么？”

“我想开家书店。”

开家比较有特色的书店，是她养父母的愿望，只是他们再也来不及实现了。

但她一直把这事儿放在心上。

“那酒吧怎么办？”秦放问。

“去年我就和贺惟提过想找个职业经理人，而且最近发生了不少事儿，我想换换环境，当个纯股东也不错。”

“也好。”

两人简单聊了几句，就各自上了车。

秦矜一边系着安全带，一边看靠在椅背上闭眼休息的许迟。其实，她想开一家书店也和许迟有关。

许迟喜欢看书。他看书的时候总是特别安静，那模样能让她躁动的心变得平静下来。不知从何时起，她喜欢上了这种感觉，向往过上安稳而恬静的生活。

秦矜缓缓启动车子，目光直视前方。

徐斐娜曾说，千万别为了男人失去自我。

可现在秦矜觉得，她不是为了讨许迟喜欢才做出改变，而是因为她不由自主地想去靠近他，愿意和他过一样的生活。

这让她体会到了另外一种幸福感。

就在秦矜美滋滋地在心底分析自己最近的改变时，许迟突然坐直了身子。

“在想什么？”许迟笑着问她。

“没有想什么……”秦矜两手紧握方向盘，隐瞒着自己的小心思。

许迟低头笑了笑，故意拆穿她，说：“可你明明就在笑。”

秦矜尴尬地咳嗽两声，解释说：“我是在想过阵子开个书店的事儿。”

说起这个，秦矜的话匣子就打开了，给许迟讲了关于她养父母的心愿。因为他们都是教授，退休的那一两年，一直念叨这事儿，秦矜既想帮他们圆了心愿，也想给自己换个安稳的生活环境。

原本以为许迟只是听她倾诉倾诉，没想到许迟听完反倒很感兴趣。

“如果你真的有这想法，可以多和我妈聊聊，她对这方面很了解。”许迟建议道。

秦矜眨了眨眼，她怎么没想到！这可是个很不错的机会……可以和未来婆婆多一个共同话题。

两人聊了一路，车子刚开进小区，秦矜放在包里的手机就响了起来。

“现在这个点了……你帮我看看是谁？”秦矜说着就单手把包递给许迟。

许迟找到她的手机，刚拿出来，电话那头的人就挂断了，看到显示的未接来电的名字，许迟不禁抿紧了唇角。

紧接着，电话又响了。

许迟没有直接按下接听键，而是对秦矜说：“是贺惟打来的。”

“贺惟？我今天有告诉阿辉我不过去……”

秦矜以为贺惟找她是因为这事儿，开车不方便伸手拿手机，只好让许迟按下免提。

许迟按下之后，把手机放在两人中间的置物格上，刚放下，贺惟的声音就从扩音筒里跑了出来。

“秦矜，我听阿辉说你今晚不过来了？”

秦矜目视前方，打着转向灯将车开进地下停车场：“对，我今天有点儿累，反正酒吧有你看着，我就不过去了。”

电话那头的贺惟顿了顿，才继续说道：“阿辉说你把重装的‘黑仔’放到许医生那里了，放在那儿方便吗？”

“我最近都住在这里，每天都能看看，多方便啊。”秦矜回答道。

将车子停到车位上，秦矜不忘看看旁边的“黑仔”。

“仓库的门我已经找人换了，加厚防盗的……”

贺惟还没说完，秦矜就打断了他的话，说：“其实这事李乾主要就是冲着我来的，偷酒、偷车都是为了报复我……我想了想，我想把休假的时间延长，试试看做纯股东的感觉。”

秦矜故意说得轻松一些，毕竟她现在可是要撂挑子的，贺惟要是执意不同意，那就不好办了。

贺惟笑了两声，调侃道：“怎么，谈个恋爱而已，这么快就想着过二人世界了？”

秦矜挂上档，没着急下车，摸摸耳朵说：“除了谈恋爱之外，我还想开家书店，前几年我爸妈一直念叨着，现在正好有个店面合适……”

贺惟似乎察觉到秦矜的态度很坚决，他问：“那酒吧这边呢？没有你我一个人肯定忙不过来的 。”

“这个好办，咱们年初的时候不是也计划找个职业经理人吗？我哥有朋友在猎头公司，如果……”

“秦矜，这个事儿咱们周四见面再聊吧。”

“周四？”

“对了，还没告诉你，传磊把饭局改到这周四了，下午刚通知我。”贺惟不紧不慢地说着。

周四那就是后天了，秦矜下意识看向许迟，不知道他那天有没有事情？

许迟将手肘搭在车窗沿上，扶着额点了点头，表示那天他有时间去。

“好，那后天见。”秦矜说完，就拿起手机把电话挂断了。

下车，锁车。抬头对上许迟的眼眸，秦矜不自觉地愣了一下，摸摸脸颊问：“怎么了……我脸上有东西吗？”

许迟低笑着摇头，走过去牵着她的手，两人并肩朝电梯走去。

走进电梯，秦矜伸手按下楼层键。她闻着许迟身上的酒气，想起今晚他和秦建国两人把酒言欢，说着一些前言不搭后语的酒话，突然觉得很好笑。

“你今晚在饭桌上说的，是真的吗？”秦矜一边问着，一边扶着他的腰。她总觉得许迟有点儿晃。

“哪一句你觉得不够真？”许迟低头对上她的双眸，弯了弯嘴角。

秦矜装着想了想，说：“你说‘我主要听秦矜的，她觉得可以就可以’……”

许迟轻搂着她的腰，纠正道：“我是说，做任何决定之前，我都会先尊重你的想法。”

“比如什么？”秦矜不禁好奇自己这项权利的使用范畴。

“比如……今晚是不是还在我房间睡？”

许迟的话音一落，电梯门就叮一声开了。

秦矜不争气地红了脸，这种问题她真的可以说她不想吗……

答案自然是——不行！人要诚实！

秦矜洗完澡，再次躺到了许迟的大床上，身下的床单换了新的，她的心情也和昨晚不同了。也可能是因为有“生理期”撑腰，凡事她都不怕许迟了！

但是今晚秦矜却毫无睡意，她一直装睡，直到小腹又开始疼，才悄悄睁开眼。

落地窗的窗帘没有完全拉上，淡淡的月光洒进卧室，秦矜不由得轻呼一口气。

向左翻身，又向右翻身。几个来回，秦矜彻底清醒了，小腹的疼痛感也渐渐蔓延到了小肚子。

秦矜翻过身面朝许迟，偷看他的侧脸。视线从眉眼到鼻梁，经过薄厚适中的唇瓣，最终在他的喉结处停下了。

不知怎么，秦矜觉得光看是不够的，于是动了手……

手指轻点他的下巴，胡茬有些许扎手，秦矜原本以为自己会很讨厌这种触感，殊不知真的碰到，手感竟然还不错。

顺着他的胡茬，秦矜悄悄向下移动手指，轻轻点上他的喉结，她发觉许迟的喉结——很好看。

就在秦矜伸着小手吃他豆腐的时候，许迟突然朝她侧过身来。

糟糕！秦矜还没来得及收回自己那“正在作案”的手，便被他逮了个正着。温热的手掌握上她的手腕，稍稍用力一拉，她就朝他怀里靠近了几分。

“做坏事”被逮个正着，该如何解释？

秦矜还没来得及想到答案，许迟便伸过手臂，一把搂过她，将她按到怀里，揉了揉她的发顶，说：“今天是第二天。”

秦矜听着他低沉的声音在头顶响起，一下子没反应过来他说的第二天是指什么，直到听见他的下一句话——

“这几天过去后，你最好不要跑。”

秦矜懂了。

她缩着小手，靠在他怀里安静了好一会儿，实在忍不住了，她说：“我肚子疼。”

闻言，许迟轻叹一声，搓着她冰凉的小手问：“刚才就在疼？”

“嗯……”

秦矜话音一落，许迟就腾出一只手来，轻覆在了她的小肚子上，虽然隔着睡裙的布料，但还是可以感受到他掌心的温度。

就这样，秦矜平躺在床上，身旁是许迟浅浅的呼吸声，疼痛感逐渐减弱。

“还疼吗？我去端杯热水来……”许迟说着就要起身。

“不要……”秦矜赶忙拉住他，两只小手压在他的手上，笑着说，“就这样，这样舒服。”

有男朋友，谁还需要喝热水，反正她不需要。

第二天，秦矜因为后半夜睡得太香，一夜无梦，所以自然醒来时才刚好九点整。

秦矜在床上来回翻了翻身，这才打着哈欠从床上坐起身来，看见身旁空空的，再抬头看墙上的时钟，刚好九点过三分。

她已经不记得昨晚是几点睡着的了，只记得许迟一直帮她暖着肚子，后面都不疼了。

秦矜伸手摸了摸他那侧的位置，心里有一点儿失落。

真佩服那些相隔两地的情侣，她是半点儿都接受不了，别说一年半载见不到了，光是这样早起见不到他，她就能郁闷大半天。

秦矜甩甩头，下床走到卧室门口。

一打开门，秦矜突然闻到煎蛋的香味，甚至还有锅铲翻炒的声音……

秦矜反应过来，快步走到客厅，看见许迟正站在厨房做早餐！

秦矜走过去，正巧看见许迟端着热牛奶和盘子从厨房出来，她问："你……你怎么没去上班？"

许迟把手里的早餐放到餐桌上，笑着说道："以后我都是十点去上班。"

秦矜既兴奋又惊讶："为什么？"

她还记得之前他说过，他是八点半就会到诊所的。

许迟把牛奶端到她手里，轻声说："因为有个人，早起见不到我会不开心。"

闻言，秦矜心里暖暖的，她端着牛奶转过身，故意说："是吗……我怎么不知道……"

许迟在她对面坐下，一边帮她切着煎蛋，一边说："而且我觉得，两个人一起吃早饭比较有幸福感。"

秦矜低头压着嘴角的笑，配合地应了一声。

原来，许医生的情话是这样的。

其实秦矜不知道，许迟早在昨天早上就决定今早晚一点儿再去上班了。就在接到她电话之后，他的那颗心，也很躁动。

所以昨天中午，许迟就通知了刘护士，以后所有的预约时间都从十点以后开始排，原因是——十点前要陪女朋友吃早饭。

别说什么让秦矜早起之类的话，毕竟秦矜在认识他之前，上午起床的次数一只手就可以数过来。

两人正式住到一起后，并没有发生秦羚最初想的那些复杂的事情。

每天早上，他做早餐，她在旁边帮他打下手。九点半他准时出门去诊所上班，而她就在家里等他。

中午一起在诊所吃饭，然后她在他办公室里等他下班。不知道的还以为他们已经在一起好多年了。

今天是周四，下午许迟一共排了三个病人，所以许迟一整个下午都在诊室里。

秦羚难免有些无聊，索性去对面街的咖啡店给大家买了些咖啡和点心。

推开诊所门进去，正巧碰见刘护士在送病人。病人离开后，刘护士抬手捏了捏肩。

“辛苦了——”

秦羚走过去，把一打咖啡和点心放在前台，冲刘护士眨了眨眼，说：“特意给你点了杯热巧克力。”

刘护士看见其中一个杯子上写了一个“刘”字，不禁笑着点头说：“谢谢。”

刘护士最近在备孕，咖啡基本是不碰的。苗护士喜欢焦糖玛奇朵，张医生喜欢拿铁，其他几个护士都偏向于抹茶拿铁。

而许迟，喜欢美式。

秦羚和几个不忙的护士正聊着，突然注意到许迟所在诊室的门开了。

“钱先生，下次如果再有松动，一定要及时过来调紧，不然戴了这么久也不会有效果的。”许迟和病人多交代了一句。

等到那病人离开，秦羚赶忙端着两杯美式过去。

“给，”秦羚递给他一杯，笑着补充道，“帮你加了半包糖。”

许迟笑着接过咖啡。之前只是和她提过一次，没想到自从那天之后，她也跟着他喝美式，并且保留了加半包糖的习惯。

“刘护士说后面还有一位来复查的病人……”秦矜靠着门框，悄声问他，“我们六点可以到吗？”

吕传磊组的饭局定在了今晚六点，而现在已经四点半了。

“给我半个小时，很快。”许迟一边说着，一边抬手揉了揉她的头发。

话音一落，秦矜就听到身后有人说：“许医生，女朋友等你下班吗？”

秦矜转身就看到一个和于钰琴年龄差不多大的阿姨，那阿姨一脸的笑意，听上去和许迟很熟稔。

许迟笑着点头说是，秦矜端着自己的咖啡让到一旁，只听那阿姨说：“还以为许医生是单身呢，看来我外甥女没机会了。”

听得出阿姨在开玩笑，秦矜抿着唇笑了笑，冲许迟示意了一下，就进了隔壁的办公室。

刚在沙发上坐下，秦矜就接到了贺惟的电话。

秦矜抿了口咖啡，问道：“不是约好六点在吕传磊那见吗？怎么现在打电话过来了？”

电话那头的贺惟看了眼时间：“我想起来你最近不骑车，一会儿许迟去接你？还是我去接你？”

“我和许迟在一起，你直接过去就行，不用管我。”

贺惟先是一怔，随即笑着问道：“怎么你们住一起还不够？他上班你还陪着？”

秦矜眯着眼睛笑了，自我调侃着说：“我就喜欢黏着他，能黏一会儿是一会儿。”

“好吧，那你们别迟到，不然肯定要罚三杯的。”

“知道了。”说完，秦矜就把电话挂了。

贺惟坐在车里，看着半小时前吕传磊给他发来的短信，眼神不禁有些暗淡。

许迟结束一天的工作，回到办公室的时候，秦矜刚好喝完那杯咖啡。

“现在五点十分，开车过去应该刚刚好。”秦矜看着时间算了算，即便是堵车的话，他们也能踩着点到。

两人离开诊所的时候，几个护士还在处理后续的工作，见两人要走，纷纷说着明天见。

许迟拉开副驾驶座的车门，笑着说：“看来，你这两天和她们处得很不错。”

秦矜坐进去，笑着说：“那当然，女人总是有很多话题可以聊的……而且，”秦矜拉过车门，“她们可是会帮我看着你的，到时候你别想背着我做坏事……”

许迟一听，不禁笑了，伸手揉乱她的头发，故意说道：“做坏事？那我肯定是和你做，你确定要她们看着吗？”

他就喜欢动不动说情话！这样不太好！真的不好！

秦矜红着脸当作没听到，关上车门，用系安全带的动作掩饰自己内心的害羞。

许迟上车后，秦矜特意给他开了导航，因为那地方离许迟的诊所有一点儿距离，而且许迟刚回来半年，路也不是很熟。路上秦矜跟他简单介绍了下今晚饭局会出现的几个朋友。

“其实磊哥他们都是和贺惟比较熟稔，起初是贺惟介绍我和佳佳姐认识的，后来我们才慢慢融到一个圈子里的。”

许迟轻点着头，不自觉地问道：“我记得贺惟也是你学长，比你高两届？”

“对，磊哥他们都是那一届的，说来也奇怪……”秦矜侧了侧身子，看着许迟说，“他们大部分都是学导演、编导那一类的专业，可现在大部分人都从商了。”

许迟还以为是什么奇怪的大事，腾出一只手来，轻捏了她的小脸蛋一下，调侃说：“你不也是吗？专业是音乐剧，现在是酒吧合伙人，未来还会是书店老板。”

也对，她的专业和她现在的事业也压根儿不沾边，但现在也还不错。

快要到会所的时候，堵车了。

秦矜靠在椅背上，把车窗稍稍降下了几分。微风吹进车里，现在已经进入四月份了，风也没有先前那般刺骨的冷意了。

“说来也巧，他们好几对都是今年求婚或结婚，光是份子钱我都攒了好几份……”

秦矜说着突然笑了，偏头看着他，说：“你都不知道，他们之前还打赌呢，说我今年仍会单身一整年！”

许迟打着转向灯，还是没忍住，问：“贺惟这么多年也是单身？他们没撮合你俩吗？”

闻言，秦矜不由得摸着下巴看他，他这话一听就是泡过醋的。但尽管如此，秦矜还是如实说了出来。

“有是有，毕竟整个朋友圈里几乎就剩我俩单身了，年初的时候有过一次，不过……”秦矜说着坐直了身子，耸耸肩说，“我当时翻脸了，后来就没人再提过这事儿。”

“翻脸？”许迟有些诧异。

秦矜挠了挠头，含糊地讲：“就是他们趁着贺惟过生日，拿我俩开玩笑来着，所有人都在起哄……然后我就说不喜欢这样，他们当时都愣了，后来就说以后不开这样的玩笑了。”

秦矜喜欢那个圈子，也是因为大家有什么说什么，不会藏着掖着，即便是那天她翻脸后，大家的心情都有一点点不愉快，但过后大家还是该怎么相处就怎么相处。

两人把车开到会所门口，找了个空位将车停好。秦矜下车前特意叮嘱了许迟一句：“他们第一次见你，难免话多，你到时候别在意就行。”

说白了，秦矜就是怕他们“欺负”许迟！

说完，秦矜就先下了车。

秦矜绕到许迟那边，主动挽上他的臂弯，昂首阔步地等许迟下了车，带他朝会所走去。

“我们去二楼，一楼是对外开放的，有时候会有客人来品酒什么的，二楼才是包厢……”

秦矜说着就踏上了台阶，站在会所门口的工作人员看到秦矜来了，热情地和她打着招呼：“秦小姐，老板他们都在包间了。”

“谢谢。”

秦矜笑着点头，拉着许迟走进大门，还不忘回头对那工作人员指了指许迟说：“这是我男朋友。”

工作人员先是一愣，随即露出一副“懂了”的表情，微笑着目送他们上楼。

其实，许迟不是第一次来这里。先前和朋友来过，当时是谈诊所扩张的事情，不过只是在一楼。

两人刚走到二楼，秦矜就听到走廊那头的包间里传来了聊天声。

“他们可能都到了。”

秦矜一边说着，一边朝那个包间走。

刚走两步，秦矜就看到有个人从那包间里走了出来。看身形，不是佳佳姐，是个有些眼生的女人。

就在秦矜下意识打量那个女人的时候，那女人倒先开了口：“你是……秦矜？”

“我们认识吗？”秦矜有些迟疑。

她的记性还不错，他们圈子里那几个大老爷们儿的老婆或是姐姐、妹妹她都见得差不多了。但这个说话很温柔的女人，她并不认识。

“是我认识你，但你不认识我。”女人说这话时，脸颊上带着笑容，看起来甜美极了。

讲实话，秦矜对这人的第一印象——不好不坏，谈不上喜欢和讨厌。

秦矜不自觉地看了许迟一眼。在她还没明白她和这女人有什么关系的时候，女人解开了她的疑惑。

“我是佳佳的朋友，她经常和我提起你，所以我知道你。”

“哦……这样啊，”秦矜似懂非懂地点了点头，接着主动伸出手，说，“那正式认识一下吧，我是秦矜，这是我男朋友许迟。”

没错，现在秦矜介绍自己的时候，总喜欢带上许迟——她的男朋友许迟。

“我叫苏晓雅，他们刚才还在聊你呢。”苏晓雅一边说着，一边笑着指了指身后的包间门。

简单介绍过后，秦矜看她可能是打算去洗手间，于是没拉着她多聊，直接带着许迟推门进了包间。

果然，他们一进去，迎接他们的就是一阵叫不了停的起哄声。

最后还是吕传磊出声阻止，大家才安静下来。

“我说秦矜你够可以的啊，踩着点进来，想罚你都不成！”吕传磊说着就冲许迟点了点头。

“这位是许医生，咱们秦矜的男朋友！秦矜可是从前几天就开始‘警告’我，说不准你们今天乱说话！”

秦矜扶了扶额，挽紧许迟的胳膊，懒得和他们说太多，直接过去和余佳佳打招呼。

“别理吕传磊那家伙儿，”余佳佳笑着摆了摆手，拉开身旁的两把椅子，说，“来，秦矜挨着我坐，许医生就坐秦矜旁边吧，女朋友可是个宝，得挨紧点儿——”

一番闹腾过后，大家都入了座。秦矜悄悄拉了拉许迟的衣袖，凑到他耳边说：“他们就这样……以后你要是不想来就……”

许迟笑着接过话：“这样挺好的。”

秦矜看他松了松领带，就连衬衫袖口的纽扣也解开了。看起来，他好像适应得很快。

就在秦矜和许迟两人低头私语时，余佳佳抬手敲了敲秦矜面前的桌子：“大庭广众之中啊。”

“咳……”秦矜尴尬地轻轻咳了两声，坐正身子，端起面前的果汁喝了一大口。

“贺惟没和你一起来吗？”余佳佳望着包间门口的位置，低声问秦矜。

“没啊，”秦矜一边摇头，一边说，“四点半那会儿他还给我打电话来着，那时候他应该就准备要过来了。”

余佳佳耸了耸肩，说：“指不定他又去哪儿了，一会儿来了必须罚他喝酒！”说着，余佳佳突然神秘兮兮地冲秦矜勾了勾手指。

秦矜放下果汁，压低身子凑过去问：“怎么了？”

“姐给你说，今天我和你磊哥打算给贺惟那家伙儿介绍女朋友……”

“真的啊！”秦矜不自觉地提高音量，又赶忙捂着嘴，“真的假的？

贺惟知道吗？”

余佳佳看秦矜一脸“听故事”的表情，最后一次确定了秦矜对贺惟是真的一点儿心思都没有。余佳佳不由得看了许迟一眼，心里不禁感叹，原来秦矜喜欢许医生这种类型的……不过也是，许医生算是很优质的男人了，风格和贺惟的确不同。

“贺惟不知道，我和你磊哥都没敢告诉他，要是让他知道了，今天来不来都不一定了。”

余佳佳说着就冲许迟招呼了一句：“许医生你饿吗？你要是饿的话，我让后厨先上菜。”

“不用照顾我，我怎么样都可以。”许迟淡淡地说道，没有加入她们两个女人之间的谈话，也没有刻意去和其他人攀谈……

倒是吕传磊，见秦矜和余佳佳有话聊，索性直接拉着许迟加入了他们男人的话题圈。

秦矜看他们聊得还算融洽，这才继续和余佳佳闲聊。

“佳佳姐，你说要给贺惟介绍女朋友，不会是刚才出去的那个……那个叫苏晓雅的吧？”

秦矜总算是记起那女人的名字了，那个苏晓雅自打刚才出去，就没再进来。

“你进来的时候碰见她了？”余佳佳好奇地问。

“对啊，她先叫出我的名字，然后就聊了两句。”秦矜没太在意，伸手拿过桌上的核桃，开始剥核桃。

“她应该是去补妆了，”余佳佳猜测着说，又问秦矜，“你看她和贺惟合适吗？”

秦矜仔细回想了一下，贺惟的性格应该是比较固执的，而苏晓雅看起来挺温柔的，至于到底合不合适……

“不好说，但我觉得他们可以试试看，他们之前没接触过吗？”秦矜不自觉地也加入了“红娘队伍”。

“他们之前见过，对彼此也有一点儿了解，但正经八百地坐下来奔着谈恋爱去，今天是头一次。”

余佳佳在他们圈内是出了名的“小红娘”，朋友圈里一半以上的情侣都是她撮合的。所以她一和秦矜说起这事儿，话匣子就关不住了。

秦矜剥核桃的工夫，把苏晓雅的事儿听了个大概。

名校毕业，家里父母都是教育系统的教授，苏晓雅自己也是某高校的老师。说起来她的气质的确和她的职业很匹配，看着就很知性。

“不过，晓雅是教体育的……”

噗——秦矜差点儿把果汁喷出来。

“教体育的？真看不出来……”秦矜还以为她是教文理科的。

“她大学里学的专业就是体育教育有关的，不仅会跆拳道，而且还是省级的游泳运动员。”

余佳佳的话音一落，包间的门就被人由外推开了。

众人纷纷停下聊天，抬头望过去。只见贺惟走在前面进来，他身后跟着的正是好半天没见人影的苏晓雅。

“贺惟，今天你可是迟到了！这么多人都等着你，你看秦矜把男朋友都带来了。”

“就是！酒吧现在又不用你盯着，你可别找理由！罚酒！”

“对！罚酒！”

一群人你一句我一句地起着哄，就连秦矜也敲着杯子，闹着要看罚酒的戏码。

贺惟倒也没抵赖，在吕传磊他们的起哄下，喝了三杯酒。

趁着现场乱腾腾的，秦矜悄悄拉了拉许迟的衣角，把手掌在他面前摊开，露出几颗剥得干干净净的核桃仁。

“我刚才可是用免洗的洗手液洗过手的，”秦矜眯着笑眼，很认真地说，“这是‘女朋友牌’的‘爱心核桃’。”

许迟不禁笑了，伸手把她的手掌抬高，低头全都吃掉了。

秦矜感觉掌心痒痒的，赶忙收回手，不自觉地轻咳一声，转过身忍不住抿着嘴偷笑。

那边贺惟喝完三杯酒后，余佳佳和吕传磊互相递了个眼神，就把苏晓雅和贺惟安排入座了。

贺惟挨着吕传磊，而苏晓雅则是紧挨着贺惟坐着。他们的位置在秦矜和许迟的斜对面。

秦矜对做红娘这事儿谈不上热衷，但她又压不住好奇心，不停地偷看贺惟结合苏晓雅，看完就和许迟低头私语。

“我悄悄告诉你，佳佳姐打算撮合那个苏晓雅和贺惟……”

其实不用秦矜说，许迟也感觉到了。

他感觉到吕传磊和余佳佳过分热情，还感觉到贺惟并不愉快。

“可我怎么感觉贺惟好像躲着苏晓雅？”秦矜问许迟。显然，秦矜也察觉到了。

余佳佳招呼着后厨上菜，很快菜品就被一一端了上来，几乎都是特色菜肴，也都是众人常点的。

秦矜最喜欢的一道甜食没有像以前一样，最后上上来，而是顺着出菜的顺序被端了上来。

“拔丝紫薯，秦矜的最爱！”

“来来来，转到她跟前。”

几个人说着就把拔丝紫薯转到了秦矜面前，外加一个装满了冰水的玻璃碗，方便拔丝。

许迟才知道，原来秦矜喜欢吃这个。

秦矜夹起一块，不料那丝拉得特别长，站起来拉了拉放到冰水里过了一下才断丝。

“给，你尝尝这个，我保准外面没有做得这么好吃的。”秦矜把那块拔丝紫薯放到许迟的碗里，自信满满地说。

话音刚落，许迟还没来得及吃，对面几个人就开始起哄了。

“不简单啊！往常秦矜是不准任何人碰这道菜的，今天这第一块竟然没自己吃，而是给男朋友！”

“就是，秦矜我也想吃一块——”

那人说着就要起身来夹菜，秦矜放下筷子，笑着说：“随便你们怎么说，反正你们一个个谈恋爱的时候，可比我严重多了。”

秦矜说完就朝许迟那坐近了几分，故意和他讲道：“前两年他们才过分呢，真的……”

“胡说！许医生别听她的，以后你多来几次，就知道她这丫头多横了。”

“秦矜，你敢不敢让许医生跟我们几个私下聊聊？把你以前怎么欺负我们的事儿都给许医生说说……”

许迟笑着看秦矜，吃了口拔丝紫薯，才附和着那人说：“她在家也欺负我。”

听许迟这么一说，饭桌上的人都乐了，拍着桌子要许迟讲讲。

秦矜拉着许迟的袖子笑着反驳道：“你骗人！我哪里有欺负你，明明是你……”

许迟放下筷子，弯着嘴角故意说：“那你说，是谁拉着我大半夜看纪录片的？是不是你？”

好像还真是她。

许迟这话里有话，桌上的人都听得带劲，饭局的气氛一下子就起来了。

气氛热闹了，大家正式开动，一两轮酒喝下来，桌上的酒也明显不够喝了。

余佳佳算了算今晚喝酒的人数，想着要事先帮大家约代驾，对离门口最近的秦矜说道："秦矜，你再去拿点儿酒来吧，顺便让赵经理约六个代驾师傅。"

"好。"

"我去吧。"

秦矜和苏晓雅同时应道。

余佳佳看了看两人，猜想苏晓雅应该是想要出去透透气，毕竟刚才贺惟一直没怎么和她说话。

"那晓雅你跟着秦矜一起下去吧，如果代驾师傅凑不齐六个，四个也成。"

秦矜拿纸巾擦了擦嘴角，点了点头就起身先走到了门口。

苏晓雅绕了一下才走过来，两人一起出去。

秦矜没想着要找什么话题和她聊，反倒是苏晓雅先开口道："我听说你是可以喝酒的，怎么今天没喝？"

闻言，秦矜不由得放慢脚步，看着苏晓雅微醺的脸颊，解释说："这几天不方便，所以我男朋友没让我喝。"

苏晓雅点点头，两人并肩走下楼梯，来到一楼的吧台处，却没见赵经理人。

秦矜也不着急，背靠在吧台边，正巧看见一楼接待厅高挂着的电视里正在放许迟喜欢看的社会新闻。

“你为什么要和贺惟一起开酒吧？”

苏晓雅冷不防地问出这样一句话。

秦矜先是一愣，随即看着她：“什么？”

“其实你对贺惟是有感觉的吧？不然怎么会和他一起开酒吧，还开了这么多年，对吧？”

苏晓雅的“三连问”，让秦矜很是不解。

“不是，你是不是搞错了什么？我们是合伙人，合伙开酒吧懂吗？我也有出钱，那也是我的酒吧。”秦矜站直身子，想要和她说清楚这件事情。

“你们一起开酒吧这么多年，每天朝夕相处，一定是有……”

“你等等！”秦矜有些不耐烦了，打断她说，“我和谁开酒吧都是开，我和贺惟合伙开，因为我们是朋友，你不能说朋友在一起工作几年，就必须得发展成什么其他的关系吧？”

秦矜说完，正巧看见赵经理朝这边走来，便最后对她说了一句：“我看得出来你喜欢贺惟，但你别把我当成假想敌成吗？我有男朋友。”

话音一落，秦矜就笑着抬手和赵经理打招呼：“赵哥，佳佳姐让我来拿几瓶酒，顺便麻烦你帮忙约六个代驾师傅。”

“酒不够了吗？”赵经理笑着走进吧台，一边找酒一边问，“还是老样子吗？”

“对，你也知道他们那些人里喜欢喝红酒的比较多。”秦矜趴在吧台边说。

很快，赵经理就拿出了四瓶他们常喝的那款红酒，还贴心地帮他们拔了木塞。

“谢谢赵哥。”秦矜一手拿过一瓶酒，转身对苏晓雅说，“你拿那两瓶吧。”

两人拿着酒上楼，秦矜的直觉告诉她，苏晓雅还是不信她说的话。

进了包间，苏晓雅走在前面，秦矜跟在后面。

两人还没走到桌旁，秦矜就眼睁睁地看着苏晓雅被地毯翘起来的一角绊了一下。

不过还好，苏晓雅没摔倒，只是手里的红酒洒出来一点儿，洒到了她自己的裙子上。

“没事儿吧？”余佳佳看见了，赶忙起身问。

“没事儿，没事儿。”苏晓雅摇了摇头说，脸上的表情有些尴尬。

秦矜叹了一口气，把自己手里的酒放到桌上，又接过她手里的酒，同样放下之后才对她说：“走吧，我带你去洗手间。”

苏晓雅站在原地看着秦矜，没动。

“走吧！”秦矜拉着她出了包间。

苏晓雅是知道洗手间在哪里的。

秦矜只是想借这个机会和她谈清楚！

第九章

我只闻到你的香味

秦矜拉着苏晓雅进了洗手间，先是退了一步，摆明立场说道：“我就是想和你讲清楚，我是有男朋友的人！我和贺惟就是单纯的合伙人，外加多年的朋友，仅此而已！”

苏晓雅的眼神里写满了不相信！

秦矜忍不住啧了一声，又想起来苏晓雅的职业，赶忙补充一句：“咱们先讲好，女人能动嘴就不准动手！”

闻言，苏晓雅没忍住扑哧一声笑了。

“秦矜，我挺喜欢你这种性格的，但我知道贺惟也喜欢，所以你就是我的情敌！”

秦矜万万没想到，自己会在这会所的洗手间里和刚见面没多久的苏晓雅“杠上”。

她索性把洗手间的门关上，还拿了个“清洁中”的立牌放在门口。

“说真的，我从来没和谁正经八百地解释过这种破事儿，因为我觉得没必要……”秦矜看着苏晓雅说道，她叹了口气，继续道，“但我觉得你和贺惟挺配的，而且还是佳佳姐给你俩牵的红线，我不解释清楚好像说不过去。”

苏晓雅嘴角的笑意淡了些，她转身靠着洗手台，有些失神地说：“其实你不用解释，我看得出来你不喜欢贺惟。”

苏晓雅抬头对上秦矜的双眸，淡笑着说：“你眼里全是你男朋友。”

不知怎么，秦矜竟然从她眼神里看出了几分羡慕的神色。

苏晓雅没有再硬撑，而是有些泄气一般，垂着肩盯着鞋面说：“你知道吗？我见过他几次了，私底下也有联系过他，但他对我冷淡得要命……有一次我专门去了你们酒吧，我才发现，原来他不是天生话少，而是对我……”

秦矜看她情绪不佳，也没再像个刺头儿似的和她理论。秦矜走到她身旁轻声问道：“你什么时候去的酒吧？我都没见过你。”

“就是前几天下午，你不在，我躲在最里面的卡座，贺惟在吧台……”

苏晓雅苦笑着叹了一口气，继续说道：“他没看见我，但我看见他了，也听见他和别人打电话了，讲电话的时候提到你，他的表情就会很多，比如笑、皱眉，等等。”

话音落下，苏晓雅仰头看着天花板，好半天没再开口说话。而秦矜也不禁开始反思。

或许，是她反应太迟钝，又或者是她从未和贺惟聊过这种关乎感情的事情。总之，她听了苏晓雅的话，似乎可以理解她了。毕竟她当时对钱佳妍感觉也很不好——那可是恨不得撸起袖子就打她。

不过这没有可比性，毕竟她对贺惟没有丝毫超乎朋友的感觉，更不会像钱佳妍那样死缠烂打。

秦矜偏过头看向苏晓雅，一本正经地说："如果你觉得有必要的话，我可以和贺惟讲清楚。但我还是觉得他不是真的喜欢我，不过就算他是，我也不会和他怎么样。"

按照秦矜的性格，以前不会有感觉，现在就不会有，将来更加不会有。

苏晓雅没说话，因为她知道，即便秦矜这么说，贺惟和她之间的关系，也不会因此有实质性的变化。

两个人的感情，理应是第三个人影响不了的，不论是推动还是毁灭。如果她和贺惟之间的关系发生了变化，那一定是贺惟甘愿的。不然就算少了一个秦矜，也还会有其他人。

就在秦矜不知道该说什么的时候，突然看到苏晓雅脸颊上有豆大的泪珠滑落。

"你……你别哭……"秦矜赶忙转身抽出几张纸巾，递到她面前说，"不就是谈个恋爱，他不喜欢你，你就换一个人喜欢好了。"

"那你呢？"

苏晓雅接过纸巾，冷不防地冒出这么一句话。

"我？"

"对，你和你男朋友是怎么在一起的？"苏晓雅擦着眼泪，有些语无伦次地低语道，"找个互相喜欢的，一定很难，这是小概率事件。"

秦矜下意识抿了抿唇，有些不好意思地挠了挠脖子，说："我们啊……是我先追的他。"

秦矜话音一出，苏晓雅猛地抬起头来，眼泪汪汪地盯着她问："你追的他？你怎么追的？"

"咳咳——"

说起这话题，秦矜就有些害羞。

"其实很简单，只要你是真心的，然后投其所好！"秦矜总结道。

“投其所好……可是贺惟平时好像没有什么爱好。”苏晓雅依照自己的认识，不自觉地开始分析。

“我刚追我男朋友那会儿，我朋友说，像他这种医生应该都是喜欢‘淑女型’的，再不济也得是‘甜美型’吧，然后我就买了假发，拿了我朋友的裙子……不过我觉得冬天穿那种长裙子真的只是好看而已，一点儿都不保暖……”

秦矜在洗手间里一边说着，一边来回踱步，讲到兴奋时还会和苏晓雅互动一下……

“不过，我这个情况可能有点儿特殊，”秦矜停下来，抬手摸着发烫的耳垂说，“许迟像个老狐狸，有些事情看似是我主动，但其实都是他计划好的。而且他还说，我什么样子他都喜欢，所以我那套投其所好也不顶用……”

包间里，一桌人有说有笑，新开的酒也都喝了两巡，可秦矜和苏晓雅还没回来，众人不禁调侃起来。

“这女人去洗手间可真费劲儿！”

“可不，我家那个每次出去吃饭，一去洗手间就拎着个小包，说是要补妆，这一待就是半小时。”

几个大男人在议论女人上洗手间的那点儿事，旁边几个“家属代表”看不下去了。

“你们懂什么，秦矜和晓雅是第一次见，两人肯定在聊天！”

坐在上座的余佳佳看了看时间，忍不住嘀咕一声：“这都快二十分钟了，也该回来了。”

一旁的许迟看了看秦矜放在餐桌上的手机，一边起身，一边和余佳佳说：“我去看看。”

余佳佳刚说了声“好”，就看到斜对面的贺惟也站起了身来。

许迟和贺惟几乎同时起身，互相对望一眼，没有交流，但也能从对方眼神里看出几分含义。

余佳佳有眼力见，笑着打圆场说：“正好，你俩一起去找，兴许她俩分头去忙什么了……”

许迟先一步转身，拿着秦矜的手机朝包间门口走去。

许迟前脚刚走出去，贺惟后脚就跟上了。

“许迟——”

听到身后的人叫他的名字，许迟停下来，转身看着跟出来的贺惟。直觉告诉他，贺惟绝不是出来找苏晓雅的。

“有事儿吗？”许迟和他隔了几米的距离，淡淡地问。

“我们聊一下。”

贺惟的语气并不算客气，甚至有几分宣战的意味。但许迟今天没心情和他聊，现在他只想找到秦矜。

“我们？我想我们没有什么可聊的。”许迟说完就转身朝前走，刚走两步又听到贺惟说道，“聊聊秦矜。”

闻言，许迟的眉头不由得皱紧了几分，脚步虽然停下了，但没有马上转身回应。

贺惟走上前几步，站在许迟一米开外的走廊口说：“秦矜对这儿很熟，你不用担心她。”

许迟抬头看他，听出他话语里那些许的暗示。

“好，那就聊一聊。”

走廊的尽头处，那有一个两三平方米的外扩露台。

露台下的街道无人经过，路灯昏黄。会所包间的隔音效果很不错，站在小露台，几乎听不到包间内的交谈声和碰杯声。

“有话直说吧。”许迟率先打破了这个让人压抑的气氛。

贺惟掏出烟盒，抽出一根烟，没有着急点燃，只是夹在指尖轻轻捻动。

“抽吗？”贺惟朝许迟递了一根烟。

许迟没有接，转身把手肘搭在扶手上，直截了当地说道：“你喜欢秦矜。”

闻言，贺惟先是一愣，随即笑了，点燃香烟抽了一口说：“是，我喜欢她，但我这辈子都说不出这句话。”

许迟侧头看他，其实他一直不太懂贺惟，既然喜欢，为什么从不让秦矜知道。当然，如果从他自己的角度来讲，他是希望贺惟将这句话一辈子都憋在心里的。

贺惟吐了口烟，说：“我知道秦矜不喜欢我，我们只能是朋友，如果我像一般的小男生，疯狂追求、拼命示爱，那可能我们连朋友都做不了了。”

听到这儿，许迟不禁站直身子看他。

“在你出现之前，我差点儿觉得没人可以跟我争，即便是朋友我也是最靠近她的那一个，凡事她都会先想起我……”

“你想说什么？”许迟问着。

他似乎感觉到了，贺惟今天有些不同，像是要和他摊牌。

一根烟烧尽，贺惟摁灭烟头，说：“这几天我想了很多……一直以来，我总是认为自己处在一个‘万年男二’的位置，只要没有男一号，我总是可以靠近她、照顾她。”

“直到我听说了你，我才好好审视自己，到底哪里不如你？”说到这儿，贺惟突然笑了一下，看着路灯说，“这么多年，其实我只顾着自己喜欢。”

“秦矜不喜欢抽烟，但我从没狠心戒过烟，秦矜不喜欢我处理事情的方式，但凡我觉得对的，我都会自作主张帮她安排好，但其实她并不是真心喜欢。”

“她不论在哪里，都和我保持一定距离，即便是周围的人拿我和她开玩笑，她也会马上反驳。只有我一直装作窗户纸没有被捅破，其实她的想法早就摊开过无数次了。”

话音落下，两人又安静了下来。

“许迟，我真的很讨厌你，”贺惟叹了一口气，说道，“你的出现，打破了我小心翼翼维持了几年的这份美好。你的出现，让我感觉自己的东西被抢走了，我很不服气。”

许迟背靠在围栏扶手上，眯起眼睛说：“她从来不是你我之间可以争夺的‘物品’。”

贺惟轻笑一声，转身看着许迟说：“说来说去，秦矜就是因为和你在一起，才开始要休假，甚至要去开什么书店。”

不难听出来，贺惟对秦矜最近几次的改变很不满。

“你是真的喜欢她吗？你难道不知道她想开个书店是因为她的养父母吗？”许迟冷冷地回问。

贺惟显然被问住了。或许这就是性格使然，贺惟只关乎他所在意的，仅此而已。

这次的对话，没有想象中的针锋相对。

“你有权利保留对秦矜的那份所谓的‘喜欢’，只是你可能需要了解一下，真正的喜欢是会爱屋及乌的，不是自私地想要‘收入囊中’。”

许迟拍了拍衬衫袖口，说道：“你有一帮不错的朋友，也有真心喜欢你的人，以后大可不必试探我对秦矜的真心，因为我从来都不需要对你说明任何事情。”

贺惟今晚的一席话，明着是告诉许迟他和秦矜这么多年的过往，暗着是想试探许迟。

或许无敌意，但绝对有审判的意思。这让许迟很不舒服。

许迟抬腿就要离开，刚迈出去一步，又停了下来。

“还有，”许迟转过身，和贺惟对上视线，轻声说道，“你作为酒吧的老板，串通外面的人偷走自己店里的酒，你没有想过要向你的合伙人交代些什么吗？”

许迟这话一出，贺惟的脸色就不好看了。

许迟并没有十足的证据，现在提起，只不过是想试探一下。没想到，竟然是真的。

贺惟的眼神有几分闪躲，许迟盯着他，从他的眼神里得到了答案，却觉得索然无味。

就在许迟准备离开时，贺惟低着声音道：“你可不可以不要告诉秦矜……”

许迟没有马上回应，他大概可以猜到，贺惟这么做的原因大致是想在酒吧闹出点儿事情，这样秦矜就不得不把心思抽回去，贺惟也有理由可以见她。

毕竟，以一个合伙人的身份约秦矜，总比一个暗恋者的身份要来得方便一些。但他没想到李乾竟然把“黑仔”也偷走了，这事情的性质就变了。

“贺惟，你如果真的喜欢秦矜，你不会想看到她因为着急找不到‘黑仔’而伤心难过，但你的自私，间接造就了这样的结果。”

许迟的话一说完，就听到走廊那头传来秦矜的声音。

两人一同望过去，只见秦矜和苏晓雅正巧从走廊那头往这边走来，四人打了个照面。

“你们怎么在这儿？”秦矜走了过去。一走近，秦矜就闻到一股还没散尽的烟味儿，故意皱着鼻子闻许迟身上的味道。

“你抽烟了？”

许迟笑着摇头，伸手揉了揉她细软的头发，说：“我们在聊你。”

“聊我？”

秦矜望向贺惟，却发现贺惟正朝着许迟看。

“你俩聊我什么了？是不是有什么不可告人的事情？”秦矜故意装凶，一边笑着问许迟，一边在两人之间来回打量。

许迟看了看贺惟，没有当面说出那个“秘密”，而是笑着说：“刚才贺惟和我讲你的事，谁让我错过了你这么多年，我得和他取取经。”

闻言，秦矜不禁红了耳根，轻轻捏了捏他的胳膊，示意他不要在大庭广众之下说这种话！

见秦矜没有追问他们刚才的谈话内容，许迟也就转开了话题。

“你们刚才去哪里了？”

秦矜侧身和好半天没说话的苏晓雅对视一眼，两人默契地藏下了方才在洗手间的不愉快。

“我们女孩还能干吗……就闲聊了一会儿。”秦矜说着就冲苏晓雅眨眼示意了一下。

苏晓雅接收之后，点头说：“包间里有点儿闷，秦矜陪我聊了一会儿。”说完，苏晓雅觉得自己有些格格不入，看了贺惟一眼，又低下头说：“你们聊，我先回包间了。”

就在苏晓雅打算转身离开的时候，贺惟出声叫住了她：“晓雅。”

贺惟走近一步，抬手搭上苏晓雅的肩，动作虽不显自然，却像是在刻意表示着什么。

“我们先过去了。”

话音一落，贺惟就搭着苏晓雅的肩走出了走廊。

秦矜站在原地，抱着许迟的胳膊，说：“贺惟开窍了？刚才苏晓雅还挺纠结，不知道该怎么追他，现在局势变了！”

许迟捏了捏她的脸颊，笑着问：“看来你们刚才也在聊我们？”

秦矜没想瞒他，拉着他站到小露台上解释道：“刚才……是有一点点小冲突、小口角，但我能理解她的心情，解释清楚就没什么了。”

“是哪种小冲突、小口角？”许迟两只手撑在围栏扶手上，把秦矜圈在怀里，嘴角带着几分笑意。

秦矜伸手搂上他的脖颈：“她很喜欢贺惟，但贺惟总是给她一种对我有意思的错觉，所以她吃醋。”

还没等许迟说话，秦矜就马上补充道：“总之，不管贺惟对我是什么感觉，我都是坦坦荡荡的，反正现在我身边的朋友全都知道……”

秦矜故意顿了顿，随即又笑着说道：“有个叫许迟的，是我秦矜的男朋友。”

秦矜不否认，她说这话时，有点儿小骄傲！

今晚的饭局，秦矜没有像往常那样待到最后。和许迟在小露台说了好久的话，回包间坐了一下，就先回家了。

不过，那天离开的时候，秦矜当着苏晓雅的面和贺惟讲好了，她最近无暇顾及酒吧的事儿，不论是请个职业经理人，还是贺惟全权负责，她都可以。

态度摆出来了，贺惟也没有办法再拖，只能答应。毕竟两人当初合伙开酒吧的时候，这些事情都是考虑过的。

不用定时定点地去酒吧里看着，秦矜一下子轻松了不少。

现在，她每天早上起来后要做的第一件事就是闻着饭香味去厨房找许迟，然后陪他一起去上班。每次他们的车子开过小区门岗时，秦矜都能感觉到那几个保安小哥投来的目光。

这天中午，诊所还是一如既往地忙碌。秦矜在许迟的办公室里，坐在他的专属转椅上，一边轻晃着两只腿，一边望着窗外发呆。

咚咚——敲门声突然响起，秦矜把视线从窗边收回，扶着桌沿转过身来："请进。"

门被推开。

刘护士探头进来，笑着对秦矜说："我还以为你睡着了……"

秦矜伸了个懒腰，眯着笑眼问道："他忙完了吗？"

"估计还有十分钟吧！你们午饭应该不会晚的。"

秦矜站起身来，走到刘护士面前，悄悄问："我听说你下个月就要休假了？是不是已经……"

闻言，刘护士赶忙伸手做了个噤声的手势，低笑着说："你们呢？什么时候结婚？"

结婚……秦矜倒不反感，只是按照常理来说，他们才交往一个多月，就结婚未免太快了！

再说，许迟也没有向她求婚，她才不要主动提起这件事情。

想到这儿，秦矜决定暂时先不回答刘护士的问题，道："刘护士，你就别操心我们的事儿了，多想想你自己的事儿吧。你哪天正式休假，聚餐一定叫上我。"

刘护士最近在备孕阶段，前段时间本来想辞职回家做个全职太太，但后来秦矜帮忙想了个折中的办法——刘护士申请停薪留职，什么时候生完，恢复好了，再恢复工作！

两人聊了一会儿，刘护士便去忙工作了。

秦矜看看时间，还差一刻钟到中午十二点。她约了茶室老板今天下午两点面谈，许迟执意要陪她去，他便特意空出了下午的时间。中午两人一起吃完饭，再去茶室那里时间刚好。

许迟送走了今天的最后一位病人，推开办公室的门，看见秦矜正端坐在办公桌旁，手里捧着一本他最近正在看的书——《口腔科实际案例》。

“怎么想起来看这个了？”许迟一边说着，一边把办公室的门关上，他脱掉白大褂，说，“前几天牙疼，闹着不让我看，现在想要自己看牙了？”

许迟说这话时，弯着嘴角，显然是在笑她。

秦矜撇撇小嘴，郑重其事地放下书，一脸认真地说：“我这叫‘知己知彼’，我得先了解我这颗牙……”

话还没说完，许迟就靠过来，一手轻托着她的后脑勺，另一只手捏着她的下巴，用一个男朋友的专属姿势，例行每日的智齿检查工作。

“它还没长好，我不要拔！”秦矜做着无谓的挣扎。

“差不多过几天就能拔了。”许迟轻声说着。她这颗智齿拖了够久了。

一听说要拔牙，秦矜马上挤出两滴眼泪，委屈巴巴地抓着他的手，打起了感情牌。

“许迟，你可要考虑清楚！我……我是你什么人，拔智齿可是要打麻药的……如果我麻药过敏，一针下去就没了，看你怎么办……这个世界失去了一个聪明可人的独立女性，而你将失去挚爱！”

看了这么多年的电视剧，好歹能用上几句台词了！

许迟听她眼泪汪汪地说完这番话，无奈地笑了，抬手拭去她眼角半天掉不下来的泪珠，说：“早晚都要拔掉的，到时候你这颗智齿不听话，顶到其他牙齿，你可能连饭都吃不了。”

秦矜索性抱住他，将头埋在他怀里，一边假哭一边说：“那就再晚点儿拔！你不是说，牙疼的时候不能拔吗？现在可疼了，真的！”

以前，秦矜是最瞧不上女人动不动拿眼泪说事儿了，而现在……会哭的孩子不会被拔牙！

“好了，又不是今天拔，”许迟揉着她的发顶，妥协道，“总之以后一定要拔掉，到时候可没得商量了，听到没？”

秦矜马上抬起头，露出一排贝齿，应声说：“好！”

许迟看时间差不多了，拿过衣帽架上的外套，但他并没着急穿上，而是先给秦矜戴上了帽子。

现在的天气已经转暖了，只是走在路上还是会有凉风吹过，室内室外温差大，稍不留神就会感冒。

两人穿戴整齐，从办公室走出来时，正巧几个护士订的外卖到了。茶水间那里全是饭香味，惹得秦矜肚子都咕咕叫了。

许迟牵着秦矜走到茶水间门口，刚打了声招呼要离开，就被刘护士叫住了。

“许医生，那个汪女士又打电话来预约看诊了，我暂时没给她安排时间……”

许迟想了一下，微皱着眉头问：“汪女士？我记得她的病情比较特殊？”

刘护士点点头，快步从茶水间里走出来，到前台找出那位汪女士的档案资料。

“上次汪女士牙疼来拍片子，发现是同时长了两颗智齿，那个时候她说自己刚新婚，正处于备孕状态，就没考虑……”

“我记得，我当时建议她最好是在怀孕之前把智齿拔掉，不然等怀了宝宝，到时候疼起来，连消炎药都不敢吃。”

“是啊，问题就是她现在已经怀孕了！”刘护士也觉得这事儿棘手。

许迟翻了翻汪女士的资料，看了看前后几次的复查建议。

“让她去找张医生吧。”

“好，我两点再联系她。”

这位汪女士情况特殊，可能让同样是妈妈的张医生来负责比较方便。

而在一旁听了半天的秦矜，这会儿开始瞎琢磨了。

直到坐上车，才忍不住问他：“备孕的话……都要先检查牙齿吗？”

许迟握着方向盘的手不由得一顿，压着笑说：“当然先检查一下最好，毕竟准妈妈的孕期加生了宝宝之后的哺乳期，这个时间是很漫长的，如果这期间长出一颗智齿……”

秦矜接过话来：“那就既不能吃消炎药，也不能打麻醉剂……”

“是的。”

许迟的话音落下后，秦矜看着车窗外，安静了好一会儿才冒出一句：“那我还是早点儿拔吧。”

中午吃完饭，秦矜和许迟赶到茶室附近的时候，距离和茶室老板约定的时间还有二十分钟。

这条街道并不在市中心的商业区，周边都是些文艺气息浓重的店铺和艺术馆，周遭的环境像是自然形成了一种悠然自得的慢节奏氛围。

对面有一家很不错的艺术馆，时不时会展示一些设计师的作品。而挨着茶室的则是一间小画廊，里面的画大多是抽象派的，小部分是写实派的。也许你压根儿想不起那是哪位画家的作品，但你一定很想把它带回家。

不得不提的是——这个画廊会将所有的盈利捐给福利社。

秦矜挽着许迟的手，慢悠悠地走在街道上，看着两侧走过的人。

有人背着画板，有人背着吉他，甚至还有人搬了把椅子，坐在街道的那头直接开始了创作，手里的画笔好半天都不见停一下。

“这里环境是不是很好？”秦矜有些得意地问。

许迟点头，很诚实地说：“我回国半年来，这是第一次有种想在这里开家店的冲动。”

秦矜踮着脚尖，抬着下巴说：“好啊，等到我的店开张了，你想什么时候来就什么时候来。”

许迟抿着嘴角笑，故意说道：“还没和人家谈好，这么快就确定要开了？”

“当然，”秦矜笑着点头，看着不远处的那家正要出售的店铺，胸有成竹地说，“我今天可是带着百分之两百的信心来的，不拿下它决不走人！”

最近几年，秦矜通过酒吧赢利，也攒下了不少钱。毕竟她平时除了保养“黑仔”，也没有额外的大的开销。

不过秦矜昨晚也和几个朋友打听过了，这一片的租金不算便宜，更别说直接买下来了。

粗略地估算了一下，秦矜的全部家当，外加上她养父母留下的一部分钱，那是肯定够的。但她不想动那笔钱。

两人一边聊着，一边走到了茶室的门口。

推门进去，只见店里只有一两个客人，茶室的座位布置得很零散。看得出，这间茶室目前还在营业中。

秦矜刚想和许迟说话，就看到一个穿着灰色唐装的男人从二楼走了下来。

“两位吗？”男人一副老板的语气，很是客气。

秦矜赶忙主动上前道：“你好，我是秦矜。”

男人先是一愣，随即说道：“不好意思，不好意思，我差点儿忘记约了你了。”

说着，男人就把两人带上了二楼。

男人一边端来茶盘，一边和两人说道：“一楼的两个老主顾都喜欢静，咱们就在这二楼谈吧。”

秦矜在椅子上坐下来，不自觉地打量起这二楼的装潢。

“这二楼……”

“二楼原本和一楼差不多，但我这边最近人手不够，要是两层楼一起上客，我肯定忙不过来。所以我就把二楼的一些桌椅板凳收进仓库了。”

男人说完就指着靠墙放着的茶罐架，问道：“你们喜欢喝什么茶？”

秦矜平时不爱喝茶，以前都是她养父母沏好了茶，她一饮而尽，品不出茶的好坏。

秦矜悄悄看向许迟，示意他来决定。

许迟作为客人，没有主动要求茶的种类，而是让老板推荐。

泡上一壶茶，三人这才打开话题。

“还没自我介绍，我叫陈璟，和你哥秦放是老朋友了。”老板陈璟轻声说道。

秦矜点了点头，闻着慢慢飘出来的茶香，直切主题：“陈老板，我也不和你兜圈子了，我挺想买下这里，不知道你这边价格怎么样？”

“我并不是急着用钱，其实我也舍不得卖掉这里，但我自己也有别的事情要忙，再加上家里老二马上要出生了，到时候肯定忙得什么都顾不上。”

陈璟先说了说自己的近况，然后又说起茶室目前的经营状况。

“我这人也是有话直说，如果你是想拿这里赢利，赚大钱什么的，恐怕是很难，毕竟一壶茶无限续杯，喝个半天都是没问题的……而且来这里的人都是喜静的，一桌就坐那么一两人，很难安排得紧凑。”

“陈老板，我明白的。”秦矜点头应着。

一楼面积不算小，但也就零散摆放了五六张桌子。

为了让陈老板放心把店交给她，秦矜特意把自己的想法说了出来。

陈老板固有的经营模式，她也有意保留，甚至未来二楼的书店部分也会采用同一种装修风格。说是书店，其实更像是一间书屋。核心观永远离不开安静、自在、舒服。

“陈老板，我尽管还年轻，但我也能感觉到，现在的年轻人，不论是上班族也好，还是自主创业也好，都背负着无影无形的压力，他们现在缺少的就是一个静下心来的地方……”

秦矜开酒吧的初衷也是想让一部分压力大的人有可以舒缓压力的地方。

舒缓压力、释放压力的方式，可以为动，也可以为静。

说了快半个小时，秦矜说得口干舌燥，一壶茶几乎喝得见底，陈璟也对秦矜的想法有了大致的了解。

“钱的问题咱们之后再谈，你可以带你先生四处走走，除了一楼和二楼之外，其实还有个小小的阁楼，一般我是把那里当作私人的场所，朋友来了会去那里小歇一下。”

先生……

秦矜听到这个称呼，不由得瞥了许迟一眼，只见他欣然点头，好像完全没觉得有什么不对劲的地方。

陈璟让两人随便走动，只要别大声说话影响到一楼的客人就没问题。

秦矜带着许迟先上了阁楼，为了更好地利用阁楼狭小的空间，陈璟将阁楼的门做成了推拉式。虽说是阁楼，但层高却不低，许迟直着身子走进去也不会碰到头。

进门左手边是一排书架，上面整齐地摆放着不同种类的书，但大部分还是关于饮茶、品菜一类的书籍。

秦矜蹲下身，在书架最底下一层抽出一本书，一边翻看着，一边和许迟说：“以后这个阁楼我们也当作私人的‘小基地’吧，叫上三四个朋友……想想就觉得开心。”

许迟仰头看了看天窗外的景色，忍不住笑道：“看你的样子，是不是连这店的名字都取好了？”

“名字？”秦矜还真没想过，抱着书就陷入了沉思，“我现在开始想！”

走出阁楼，秦矜又把二楼好好打量了一番，也许是因为二楼的视野比较开阔，看上去空间比一楼更大。

秦矜拉着许迟走到二楼的右侧，两只手上下比画着说：“这里，还有这里，靠墙放满到顶的书架，然后摆上满满的书……”

话音刚落，秦矜又绕到另一边，对许迟说：“到时候这个角落和中间那片地方，全都摆上单人的桌椅，再定制一些专门摆放茶杯、茶壶的小桌板，那样就可以一边看书一边喝茶了，也不会洒得到处都是。”

在二楼畅想完，秦矜小心翼翼地拉着许迟下楼，因为楼下有客人，秦矜不敢大声说话，只好附在许迟耳边说：“到时候在进门到楼梯的位置，放一整排的书架作为隔断，客人在选完茶之后，就可以顺手拿上自己喜欢的书，要么上楼，要么去楼下……”

总之，秦矜现在满脑子都是茶室书屋的设计方案。

陈老板见他们下来了，拎了两个装着茶叶的小礼盒送给他们。

“今天聊得很开心，具体的事宜咱们可以下次再谈。”陈老板说起这就有些感慨，笑着说，“都说开一家自己喜欢的店，时间长了是有感情的，我也希望能把它托付给好的人、对的人。”

“其实早在这之前我就听我哥说起过陈老板的茶室，那时候还想着，有时间一定要来看看，没想到……”

陈璟颔首笑了笑，突然想起什么，问两人：“对了，你们是不是也打算要孩子了？”

闻言，秦矜先是一阵猛咳，接着就红着脸解释说：“不……不是的，我们还没结婚。”

陈璟一听，有些不好意思了：“都是秦放那家伙儿没和我说清楚……我还以为你们想买店是因为新婚……”

没错，的确是有很多新婚夫妻会共同创业，一起开家店是很不错的选择。

“不过，我看你们感情很好，应该也快了吧？”陈老板笑着问道。

这会儿，秦矜的小脸已经红透了，拉着许迟的手偷偷捏了起来。

“是啊，快了。”许迟笑着回答。

等陈老板回了店里，秦矜才捂着脸说：“谁……谁让你乱说的……什么快了！明明是还没影的事儿……”

许迟牵着她的手朝车子的方向走去，嘴上故意说：“没有吗？”

秦矜又不敢反驳了！

秦矜涨红着小脸，任他牵着自己朝前走，走到车边，许迟将她拥到怀里，又追问了一次：“到底有没有？”

秦矜对上他的视线，轻咽了一口口水，一脸认真地说道：“哪有这么随便的求婚？没有戒指，还不下跪，我才不……”

话音还没落下，秦矜就看到许迟作势要单膝下跪。

“别！”

秦矜赶忙挣开他，绕到另一边坐上副驾驶座，绝对不能让他就这样“随便求婚”！

当然，许迟只是吓她的。要说求婚，许迟肯定比秦矜更在意。

车子开上主路，秦矜掰着手指计算着这两层楼需要置办的物品。显然，好记性不如烂笔头。

秦矜拿出小本子，一路上写写画画。

车子缓缓停在红灯下，许迟侧头看向她那写了半天的小本子，问道：“你想好这家店的名字了吗？陈老板取的名字太过简单了，‘陈茶一杯’……好像和书店没什么关系。”

“嗯……其实我前几天想了一个名字。”秦矜小声说着。

许迟有些惊讶，她竟然已经有了想法，不禁问道：“你想的是什么？”

秦矜把手里的小本子翻了一页，在空白的地方写一个“矜”字。

“一楼就叫‘矜’室……你知道为什么我名字里的‘矜’不念‘jin’吗？”秦矜有些得意地问他。

许迟真的不知道，一直以为只是因为叠音好听而已。

秦矜拿着小本子，一副老师讲课的模样，不紧不慢地说道：“这个‘矜’如果念‘jin’呢，通常是表示怜爱和自尊自大的意思。”

“而当这个字念‘qin’的时候，一般是指矛、戟等的柄，无法造成杀伤，是一种‘仁义’武器。”

关于她名字的意思，秦矜自打上学开始就和身边的同学老师挨个解释。

后来她才意识到，她的养父母给她取这样一个名字，是希望她做个有仁有义的人，懂得爱自己，也知道如何保护他人。

许迟听明白了，此时绿灯亮起，他轻踩油门继续问道：“那二楼呢？”

“既然是书屋，我希望来到这里的人都能手捧一本书，不如就叫……‘持’。”

秦矜话音一落，就在刚才的“矜”字旁边写下了一个“持”字。

“矜·持”

不得不承认，秦矜是有那么一点点私心的。

“持”是“迟”的谐音。

闻言，许迟的嘴角微微弯起，刚要开口说话，就被秦矜打断了。

“你……你别说话！我就这么定了，就叫‘持’！”

矜持，秦矜和许迟，天生一对。

这点儿私心必须保留！

刚回到家，秦矜接到了于钰琴的电话。

“丫头，明天来家里吃饭吧。”

自从上次秦矜在于钰琴家里上演了一出“大赶钱佳妍”的真实戏码后，于钰琴对秦矜的看法大有改变。

得知秦矜要开家茶室书屋，更是贴心地给了很多建议，时不时和秦矜通电话，一口一个“丫头”叫得顺口得很。

秦矜倒也没和于钰琴客气，甜声应道：“好，明天晚上和我许迟一起过去，正好前两天买了些书想让阿姨帮忙看看呢。”

秦矜想给书店定一个方向，不能什么类型的书都有，必须有一个主攻的方向。

挂断电话后，秦矜转身就看到许迟正站在她身后，一脸的坏笑，显然是听见了她刚才说的。

“你听到了，你妈妈让我们明天晚上回去吃饭。”

秦矜换好拖鞋，说着就要朝卧室走。

“等会儿，”许迟伸手拉住她，稍稍一用力就把她拉到了怀里，“请问秦大老板，怎么今天答应得这么干脆？往常不是能推就推吗？”

秦矜耳尖红红的，窝在他怀里小声说：“我哪有……”

许迟搂着她一边朝卧室挪步，一边调侃道：“这次不怕我妈催婚了？”

没错！之前几次去于钰琴那里吃饭，每次都躲不开一个话题——什么时候结婚？

“那……那既然躲不开，我就坦然面对……反正有你在。”秦矜反手挽上他的手臂，对他撒着娇。

其实，许迟很尊重她。只要于钰琴问到关于结婚的事，秦矜手足无措的时候，许迟都会出来打圆场。

而且于钰琴一顿饭顶多提一次，倒也不是要秦矜给个具体时间，只是希望他俩有这方面的计划。

转眼就到了第二天，许迟在诊所忙到下午四点多才下班，秦矜现在平均两天可以看完一本书，全是靠许迟经常不在办公室，她才能养成看书的好习惯。

许迟回到办公室，见秦矜正趴在桌子上打盹儿，便没有叫醒她，而是尽量将动作放慢，换上自己的外套，一边收拾东西，一边等她醒。

咚咚——突然响起的敲门声还是把秦矜吵醒了。

秦矜从桌子上抬起头来，右脸因为一直压在手臂上都起了红印。许迟笑着走过去，一边帮她拨着头发，一边让敲门的人进来。

张医生推门进来。

“打扰到你们了？”张医生笑着问两人。

秦矜揉了揉眼睛，笑着说：“你们有事儿谈吗？那我先出去……”

“不用，不用，”张医生赶忙抬手示意秦矜坐下，拿出一封封口很精致的大信封，“我下午不是去参加了一个专科讲座嘛，正巧遇见吴院士，老爷子以为你会跟我一起去参加的，没见着你，就只能让我把邀请函带来了。”

“邀请函？”许迟接过信封。

张医生点头继续说道："吴院士说你之前发表的一篇学术论文获奖了，周末就是颁奖典礼，说你一定要参加！"

张医生的话音一落，许迟已经把邀请函取了出来。

张医生把话带到，于是拍了拍手说："好了，许医生你就别犹豫了，这次参加颁奖典礼不是最主要的，主要是你刚回国半年多，总归要在业内露一下面的。"

"好，我知道了。"许迟收起邀请函，张医生也赶着下班回家，就先走了。

秦矜一边穿着外套，一边观察他的表情："怎么了？你不想去吗？"

虽说秦矜并不了解这种性质的颁奖典礼，但张医生说的倒也有道理，许迟在国外算是很年轻而且资质非常好的牙科医生。在国内的话，好像有些太低调了？

许迟帮她拉好外套的拉链，说："颁奖典礼在N市，可能还会有其他应酬，最快也只能隔天回。"

秦矜愣了愣，好半天没说话。

她完全不想和他分开，别说两三天了，一个小时都不愿意。

直到离开诊所，开车出发去于钰琴那里，秦矜才说："要不你还是去吧。"

"颁奖典礼也不是非本人去不可的，很多人都请人代领。"许迟本意是不想去的。

现在诊所步入正轨，他不缺钱，更不妄想什么所谓的名利，所以去不去都无所谓。

秦矜当然知道许迟是怎么想的，但她不想许迟把心思都放在她一个人身上。

“张医生说得对，你去只有好处没有坏处，如果硬要说那么一点点‘坏处’，就是我们会分开几天……”

说到这儿，秦矜主动仰起笑脸，自我开导般地说：“不都说‘小别胜新婚’吗？”

闻言，许迟笑了，拉着长音说：“新婚，那我可以考虑一下。”

秦矜转过头，望着车窗外，待脸上的红晕退下去，才说道：“许医生，你在外面可不准拈花惹草……”

“要是再遇见钱佳妍那样的人，你甩不掉就躲着走……”

“等等！”秦矜猛地回过头，嘟着嘴问，“那个钱佳妍不会也去吧？”

许迟觉得她像个小河豚，伸手捏了捏她的小脸，解释说：“今天的讲座钱佳妍会去，但颁奖典礼她不会去的。”

秦矜先是一愣，随即反应过来。

“原来你不去参加讲座，就是因为这个……”

看来他还是很有觉悟的！

到了于钰琴家，秦矜没有先前几次的尴尬和不自在。和珍姨打过招呼，就去书房找于钰琴了。

只见书房堆满了大大小小拆了的书籍包裹。

“秦矜，你来——”于钰琴手里拿了个单子，看见秦矜进来，马上把她叫到跟前。

“这些是我前阵子让朋友淘来的，也有一些是朋友自己出的书，你看看哪些用得上。”

秦矜踮着脚尖走进去，生怕踩到书本。

“阿姨，这也太多了吧……”秦矜粗略数了数，这一屋子的书至少能摆满三个书架了。

于钰琴笑着摆摆手，说道：“你前几天不是说想多放些工具类的书籍吗？我有朋友是医生、律师，还有在商学院当教授的，他们给我推荐了好些专业工具书，都给我送来了。”

直到开饭前，秦矜都在书房和于钰琴一起整理书籍。

其实她完全可以自己去买，但于钰琴直接帮她省了这一步。

吃饭的时候，于钰琴不忘主动说道：“对了，丫头，你不是一楼开的茶室吗？我有个老朋友开茶庄的，到时候你可以去他那里选茶，顺便让他教教你如何品茶。”

秦矜拿着汤勺，一个劲儿地说：“阿姨你别再帮我忙活了，开店本来就麻烦一些，我自己慢慢来就行。”

于钰琴忍不住啧了一声：“我把你当自己家人，你这丫头还老跟我见外，这样可不行！”

“妈，”许迟打断于钰琴的话，看了秦矜一眼，故意说道，“秦矜不想跟我结婚。”

许迟的话音一落，这边的于钰琴还没听清楚，秦矜马上夹了块虾仁递到许迟嘴边。

“说话不吃饭，吃饭不说话……”

许迟挑眉看她，压了压笑意，吃下了虾仁，装作什么话都没说过。

一顿饭吃到最后，外面下起了暴雨，于钰琴正好有意留他们。

“听我的，今晚住下了，明天一早你再去上班也来得及。”于钰琴对许迟说着，手拉着秦矜的手，半天不愿撒手。

秦矜原本担心太麻烦了，但后来在于钰琴的强烈要求下，还是留下了。

这雨倒是越下越大，秦矜坐在飘窗上，手里的书好半天没再翻页，还是于钰琴进来叫她，她才回过神来。

“阿姨？你还没去休息？”秦矜还以为于钰琴会睡得很早。

于钰琴肩上披了个披肩，走到飘窗旁坐下，笑着问秦矜：“秦矜，你和阿姨讲，你是不是还没准备好结婚？”

秦矜先是一愣，接着不好意思地挠了挠耳朵，道：“也不是……就是没什么经验，这是我第一次谈恋爱，好多事情都还不懂。”

于钰琴表示理解地点了点头，笑着说：“我明白了，你是不知道什么时候该做什么样的事情才是对的？觉得有些迷茫？心里没有一个答案？”

“嗯，差不多。”秦矜如实说道。

“你不介意和阿姨讲讲你和许迟的恋爱经历吧？”于钰琴试探地问。

一说起这个，秦矜的话就止不住了。

“我这个人有点儿倔，牙疼了好久都没去看医生，然后我一个好朋友就给我推荐了许迟……说真的，我原本印象里的牙医都是上了些年纪的，而且是手拿‘电钻’，凶凶的那种……”

于钰琴坐在一旁，安静地听秦矜讲述她与许迟的事情。

到两人在酒吧遇见，再到两人意外住在一起，他送的永生花，还有每次他抬手揉她发顶时的笑……

讲到最后，于钰琴只是笑着让她早点儿睡便起身离开了。

秦矜靠着落地窗，突然意识到自己滔滔不绝讲了好久的，都是她牢牢记在心里的那些点滴小事。

许迟洗完澡回到卧室，见秦矜坐在飘窗上，穿得很单薄。

“坐在那里不冷吗？”许迟拿起床边的一条毛毯，走过去就要给她披上。

秦矜从飘窗上站起来，伸开双手说：“你抱我。”

许迟笑了，走近一步，伸手托起她，秦矜搂紧他的脖子，整个人像树袋熊一样抱着他。

秦矜把下巴搭在他肩上，故意用脚夹紧他的腰，撒着娇说："我想在屋里溜达几圈。"

"好。"

许迟抱着她在卧室里来回地走了起来。

秦矜闻着他身上沐浴乳的香味，忍不住问道："为什么你身上老是这么香呢？"

"我只闻到你的香味。"

许迟说着就在她肩上用力地闻了闻，还故意发出奇怪的声音。

秦矜偷笑着搂紧了他的脖子，两只小脚丫自然垂落着，一晃一晃的。

"我沉吗？"秦矜问道。

"沉。"许迟说。

秦矜诧异地叫道："啊？"

难不成她最近吃得太多，体重飙升了？

许迟侧头凑到她耳边，低声说："在心里特别沉。"

闻言，秦矜不禁扑哧一下笑出声来，伸手轻拍他肩膀一下："你干吗这么肉麻？一定没怀好心。"

就这样，许迟一直抱着秦矜在卧室里走了几个来回，最后秦矜趴在他肩上，低声说了句："那个颁奖典礼你还是去吧，但是你要想我，每天都要想。"

而说了这句话的秦矜，也的确是在周末的时候，把许迟送到了机场，尽管在入口处哭了鼻子，但还是推着他让他进去了。

许迟自然是明白秦矜的意思。他俩从恋爱到现在，一次都没有分开过，就差二十四小时黏在一起了。秦矜也想稍稍挑战一下分开几天的感觉，体会一下那种回温的新鲜感。

许迟乘坐的飞机起飞后，秦矜稍稍平复了一下心情。

刚走到停车场，秦矜就接到了英子的电话。

“秦矜姐，你不是说今天下午过来吗？你大概几点到？”

秦矜一边启动车子，一边算了下时间，说：“四十分钟吧，我现在从机场这边赶回去。”

挂了电话，秦矜握着方向盘，长呼一口气，道：“独立自强的女人！不轻易落泪！”

不过这口气挺了三秒钟就泄了——现在距离许迟回来，还有五十六个小时。

秦矜一路跟着导航走，一路上都在试着调节自己的心情。

车子停到酒吧门口的时候，刚好三点一刻。

秦矜已经有一阵子没回酒吧了，少说也有十天以上。

一走进内场，就看到系着小领结的英子。

“秦矜姐——”

秦矜坐到吧台旁的高脚椅上，笑着问道：“怎么样？几天不见我，是不是很想我？”

英子赶忙绕出吧台，拉着秦矜的手追问起来。

“我听贺惟哥说你要在三环开家茶室书屋？好棒的想法！那以后是不是就见不到你了……”

秦矜被她晃得胳膊都麻了，抓着她说：“拜托！酒吧也有我的一份好吗？我只是开了另一个自己的店，这里我还是会经常回来的。”

说到这儿，秦矜好奇地四下看了看：“贺惟呢？他今天没来吗？”

英子摇了摇头，耸着肩说：“昨天贺惟哥来了一趟，面试了几个职业经理人貌似都不行，今天估计晚一点儿会来吧。”

“对了！秦矜姐，你知道吗？贺惟哥最近交了个女朋友！长相挺甜美的，好像是个老师！”

苏晓雅？

秦矜好奇地问：“你怎么知道他们谈恋爱了？”

英子压低声音，笑嘻嘻地说道：“我那天经过贺惟哥的办公室，看到他们亲上了！不是男女朋友，还能是什么？”

秦矜万万没想到，贺惟和苏晓雅竟然进展这么快！

“秦矜姐，你还没说你回来是要做什么？今晚你留在这里吗？许医生呢？”

说到许迟，秦矜就没了神采。

“他去外地领一个奖，后天晚上回来。”说着，秦矜就想起了今天的正事，她回来是因为之前存了一些关于书店的资料在酒吧的办公室里，今天主要是回来拿那个。

“帮我做杯美式吧，我去办公室看点儿资料，待一会儿就走了。”

“好！一会儿我给你送过去！”

秦矜走到办公室门口，原本想拿钥匙开门，可没想到随手一搭，门就开了。

上次她走的时候没锁门吗？

秦矜带着疑惑将门打开，先是看了眼办公桌上的东西，不像是有人进来过的样子。

秦矜不知道是不是自己太久没回来，总感觉哪里有些奇怪。

倒不是奇怪房门没锁，毕竟她这间办公室有时候也会放一些会员的存酒资料，英子和阿辉他们是有钥匙的，他们进来的话也不奇怪……

秦矜走到办公桌旁，不自觉地扫了眼桌上的摆设，英子他们从不会乱动她的东西，这次也不例外。

秦矜绕到转椅后面，伸手拍了拍椅背，瞥见半敞着的窗户，她不由得皱起了眉头。

没一会儿，英子就端着咖啡进来了。

秦矜正巧站在柜子旁找资料，见英子进来，脱口问道："英子，是你们谁没关窗户吗？"

英子先是一愣，接着诧异地看了看窗户，又看了看秦矜，说："这几天我和阿辉都没进来过……"

闻言，秦矜怔了一下，转身问她："那是谁进来过？"

英子和阿辉住的公寓就在隔壁街，在酒吧待的时间，远比在家里待的时间久。

"我想想……"英子一边把咖啡放到办公桌上，一边低头想着。

想了好一会儿，英子突然想起来："好像昨天贺惟哥进来过。"

原来是贺惟。那这就没什么了，毕竟最近她当甩手掌柜，就连招聘职业经理人的事儿也是让贺惟全权负责，贺惟肯定要进她办公室翻看一些酒吧的资料。

"那就好，我还以为是别人进来了，"秦矜说着就把玻璃柜关上，抱着一沓资料就坐下了，"反正今天感觉这办公室怪怪的。"

英子一听，有些好奇地四下看了看，说："秦矜姐，你这屋的确有点儿冷，我帮你把空调开开吧。"

"好。"秦矜没抬头，只是点头应着。

英子拿过空调遥控器，帮秦矜调好暖风温度，这才走到门口说："那秦矜姐你有事儿再叫我吧，我先去忙了。"

"辛苦了——"

秦矜笑着目送英子离开。

尽管办公室里开了暖风，她还是有些坐立不安。

低头忙了快一个小时，秦矜放下笔长呼一口气，脚尖轻点地面，稍稍转动椅子，忽然看见窗外有一团雾蒙蒙的东西在动。

这屋里屋外有温差，玻璃上起了一层雾让她看不太清楚外面的情形，秦矜下意识觉得是有人趴在窗边偷看她。

秦矜先是愣了一下，随即马上起身拉开了窗户。

“喵——”只见一只黑白相间的流浪猫从窗沿跳下，没有任何人的身影。

秦矜不由得松了一口气，朝那只猫叫了一声：“喂……快来……”

那只小猫听见秦矜的声音，还真的停住了，一转身就和秦矜对上了视线。

它的眼睛是黄褐色的，瞳孔没有因为恐惧而变圆，而是好像习以为常，眯了眯眼睛，不算友善地又喵了一声。

秦矜见它身子都弓起来了，赶忙举手投降说：“我可没恶意……你想不想吃东西？”

不知那只猫是不是听懂了，它慢慢地朝秦矜走了过来。

秦矜转身去拿了面包片和火腿肠，捏成小碎块放到窗边后，就把窗户拉上了。

秦矜靠着窗边，看它有些着急地吃着，不禁有些发呆。

她的这间办公室是挨着酒吧后巷的，一直有些流浪猫在这一片游荡，秦矜见英子他们喂过几次。只不过她有点儿怕猫，每次就默默地看两眼。

不过，最近秦矜不是很常回酒吧，自然见到它们的次数就少了。

秦矜看着那只小猫吃得起劲，忍不住在心底嘀咕一句……也不知道你吃这些东西行不行，不过总比你去翻垃圾桶好吧。

秦矜在酒吧待了一会儿，觉得在办公室里不自在，就带着资料准备回许迟家。

回家之前，秦矜去超市买了些家里必备的用品。之前每周这个时候都是她和许迟一起去买的。

刚把买的东西放到车子后备厢，秦矜就接到了许迟的电话。

“喂？你下飞机了？”秦矜的语气里有着难掩的兴奋和惊喜。

“嗯，在等机场的摆渡车。”许迟回答道。

等摆渡车？那就是说，他刚刚走下飞机，手机刚刚有信号？

秦矜拉开车门，坐进驾驶座里，故意说道：“不用问也知道，许医生一定很想我。”

许迟没否认，而是低笑着说：“对，很想你。”

听到这样肉麻的情话，秦矜不自觉地捂嘴偷笑。

许迟则是侧过身，因为……他旁边的大叔一直在瞥他，那眼神好奇得很。

“怎么样，刚才在干吗？”许迟主动问秦矜——他很想知道，她在和他分开的半天里都在做些什么。

秦矜坐在车里，没有着急启动车子，而是很认真地和他分享着过去几个小时里自己所经历的事情。

说到一半，秦矜突然想起来今天在办公室里的那种奇怪的感觉。

“今天我在办公室里待了一两个小时，我总觉得哪里怪怪的，也可能是我自己怪怪的……不知道我是不是发烧了，一直出现错觉……”

闻言，许迟担心地问道：“什么错觉？”

秦矜趴在方向盘上，歪了歪头说：“也没什么，就是我总觉得后巷那有人看我，但其实是只流浪猫。”

说到最后，秦矜耸耸肩和他说：“我一定是不适应和你分开，才会感觉哪里都怪怪的。”

尽管许迟有很多疑问，但他不想现在在电话里问秦矜一大堆问题。因为他不在她身边，问得太多，只会让秦矜害怕。

于是许迟转移话题说：“后天晚上才能见到我，今明两天你想怎么过？”

秦矜故意装委屈，说道：“还能怎么过，难过啊……”

“那我明天晚上参加完颁奖典礼就回去。”

秦矜没想到许迟会这么说，她愣了一下，赶忙解释说：“我开玩笑的，今天晚上我在家里看看电影什么的，明天实在无聊的话，我就去找斐娜，在她家过一晚，反正她前几天也说想我来着。”

因为秦矜知道他刚才的话不是开玩笑，所以秦矜解释了很多，生怕他真的扔下工作和应酬回来陪她。

两人在电话里聊了好久，秦矜才恋恋不舍地挂断电话。

秦矜买完东西，直接开车回了许迟家。尽管许迟不在，她还是想回去，毕竟那里有他的味道。

不过在半个小时后，秦矜就后悔了。

站在门前，秦矜输入六位数的密码，打开了门——那是她的生日，许迟设定的。

秦矜抿着唇，推门进去，开灯关门。把买回来的两大袋日用品一一归置好，秦矜这才发现，原来她对他家这么熟悉了。熟悉到洗衣液还剩多少都了如指掌。

换上睡裙，秦矜抱着他的枕头，悻悻地朝沙发上一趴，长呼一口气。

过去的日子，他不曾出现，她活蹦乱跳。如今，半天不见，她宛如泄了气的皮球，无精打采。

秦矜随便找了张纪录片的光盘，窝在沙发上一看就是两个小时。

晚上她没吃饭，有那么一点点叛逆的意味在里面，因为许迟要她乖乖吃饭，她偏不——

想到他，秦矜忍不住把头埋进毛毯里，闷声叫道："许迟！"

话音一落，秦矜的手机就响了两声，是短信的声音。

秦矜伸手摸过手机，看到是许迟发来的短信，不禁揪着毯子暗想：这么巧？一叫就灵？

许迟："在家吗？帮我把那套浅灰色的睡衣洗一下吧，明天是晴天。"

秦矜握着手机，故意撇着小嘴回道："明天是晴天有什么用……你又不在我身边。"

秦矜拿着手机起身去卧室，在床上没见到他常穿的那套浅灰色睡衣，在卧室四下看了看，这才走到衣柜前。

如果是准备清洗的衣物，许迟是很少再放回衣柜的……

秦矜一边琢磨着，一边拉开衣柜的柜门。

衣柜里只有他平日里穿的那些衬衫、西裤和西装外套，按照颜色、材质，整齐地排放着，放眼望去压根儿没有那套睡衣的踪影。

就在秦矜打算再给他发个信息时，秦矜突然瞥见专放领带的玻璃抽屉里，有一个香槟色的小首饰盒。

凭直觉，她可以肯定那里面是女士的首饰。

至于是什么，秦矜不敢猜了。又或者说，秦矜猜到了。

秦矜站在原地，愣了有一分半钟，直到手里的手机再次发出响声，她才回过神来。

许迟："打开它。"

秦矜轻咽了一口口水，拉开玻璃抽屉，将那个被赋予了"惊喜"的首饰盒拿了出来。

在心里默唱了一遍《勇气》之后，秦矜终于打开了那个首饰盒。

一枚钻戒，安静地待在首饰盒的正中间，尽管它不能开口说话，但秦矜也能感觉到有一个声音在说："拿出来，戴上！戴上！"

秦矜和那枚钻戒"对视"几秒后，迅速关上了首饰盒。

太快了，这太快了。

就在这时，许迟的第三条短信来了。

"等我回来。"

天知道，这四个字，究竟有几层含义在其中。

秦矜抱着首饰盒，乐了一整晚。

第二天，秦矜和往常一样，准点醒来。只是身旁没有他。

不过，早起还是有接到他的早安电话。简单地聊了一刻钟，不知是默契，还是他暂时忘了，昨晚的事，谁都没提。

只是在挂断电话前，许迟又重复了昨晚最后的那四个字——"等我回来"。

秦矜随手把手机放到流理台上，打开水龙头，一边刷着碗碟，一边低头琢磨。

许迟是明天晚上的飞机，到本市怎么着都得晚上十一点了。

今天闲着也是闲着，不如找徐斐娜吧？有一阵子没找她了，省得被她说自己"见色忘友"。

想到这儿，秦矜三下五除二地把洗好的碗碟放在沥水篮上，擦干手就给徐斐娜拨去了电话。

"徐大美女，赏个脸今晚一起吃个饭？"秦矜学着徐斐娜那些追求者的语气。

"这不是秦矜吗？让我算算，这没有半个月也有十天八天了吧？这么多天不联系我，今天干吗约我？”

徐斐娜故意酸她，一字一句全带着“抱怨”的味道。

秦矜笑了，撒着娇道：“人家这不是主动来‘赎罪’了吗？约不约？”

今天是周六，徐斐娜从不加班，除非是应酬。不过听她的语气，显然是闲着的。

两人瞎扯了一会儿，徐斐娜才直接说：“我最近失恋了，哪儿也不想去，你要是也闲得发慌，现在就来找我。”

失恋？闻言，秦矜先是一愣，接着马上应道：“好，我半小时后到。”

干脆利落，秦矜挂断电话，就直奔徐斐娜家。

咚咚——秦矜连敲了三下门，半天没人来开门，就在她准备敲第二次时，门开了。

只见徐斐娜身上裹了件厚浴袍，一头波浪卷长发毫无光彩，反倒有些乱糟糟的。她的脸色也有些苍白，而且身上有酒气。

“我说你……真失恋了？和哪个？ Kevin ？ Daniel ？ ”

徐斐娜轻叹一口气，摆手说：“都不是。”

“进来再说。”说着，徐斐娜就自顾自地走到沙发上一靠，示意秦矜关门。

秦矜关上门，随手把背包放在小吧台上。看见几个空了的红酒瓶，和空的啤酒罐，忍不住在想，到底是哪个男的能让徐斐娜这样伤心。

借酒消愁，如此笨的方法她都用上了，想必是非常难过了。

秦矜把啤酒罐都扔进垃圾桶，熟门熟路地从冰箱里拿出两瓶矿泉水，走到沙发旁，挨着她坐下。

“说吧，到底是哪个‘杀千刀’的？瞧你这样，都憔悴了！不漂亮了……”

徐斐娜接过一瓶水，朝秦矜肩上一靠，闷声说："李承帆。"

"李……李承帆？你上司啊？"

印象中，徐斐娜一直对那个李承帆有好感，只不过在他们这些管理层看来办公室恋情是万万不可触碰的，不然会被下属和上级戳脊梁骨的。所以，徐斐娜从没和李承帆有过什么实质性的进展，即便是到了心照不宣的地步，也绝不踏雷池一步。

"走，去你家！"

秦矜还没回过神来，就被徐斐娜拉着去了自己家。

尽管秦矜有一阵子没回来了，但家里还是很干净，除了有些闷之外，一切如初，橱柜里的红酒一样。

徐斐娜直奔橱柜，拿出一瓶红酒，就开始找起酒器。

"你别——"秦矜赶忙上前拦住她，"喝酒又解决不了问题，有什么事你和我讲……"

徐斐娜抱着红酒，一边找出高脚杯，一边和秦矜说："是姐妹吗？是就别那么多废话。"

秦矜无语。

秦矜在陪她喝了一杯红酒后，按住红酒瓶，一本正经地问："我晚上还得和许迟视频，顶多再喝一杯……"

言外之意，一杯之后，就得把她"失恋"这事儿聊明白。

徐斐娜没好气地白了她一眼，一口喝掉杯中的酒，道："你家许医生出差了？怪不得你来找我，没良心的家伙。"

秦矜啧了一声，伸着食指轻推徐斐娜的脑门："还说我没良心，你说你失恋，我就马不停蹄地赶过来了，还陪你喝酒，许迟都不让我喝的。"

徐斐娜笑了，笑着笑着就哭了。

秦矜小心翼翼地把红酒瓶放到一旁，轻揽她的肩问道："斐娜，你和李承帆到底怎么了？”

徐斐娜眼睛红红的，好半天才说出一句：“我们差一点儿……差一点儿就在一起了。”

“然后呢？”

“我拒绝了，”徐斐娜说着就抬手捂上了脸，不知是笑还是哭，说道，“真像个笑话，我竟然拒绝了他。”

徐斐娜哭了很久，哭到没力气，就睡着了。

秦矜拿着两只空酒杯进了厨房，不由得长叹一口气，从衣兜里掏出那个首饰盒。

打开首饰盒，秦矜盯着那枚戒指好半天，看来她还是不要和斐娜提这件事儿比较好，失恋的人最敏感了。

“许迟送的？”

听到徐斐娜的声音，秦矜吓了一跳，下意识把戒指藏到身后。

转身看见徐斐娜靠在厨房的门框旁，秦矜耸耸肩，故作轻松地说：“是啊，不过他不是当面送的。”

徐斐娜看着秦矜最近像是变了一个人似的，有些欣慰，又有些感触。

秦矜走近几步，还没来得及安慰徐斐娜，就被她拉住了手。

“秦矜，找个相爱的人已经很难了，许迟的妈妈也喜欢你，大胆点儿，别在这种事情上纠结……别像我一样。”

两人站在厨房聊了很久，秦矜听徐斐娜说着她和李承帆之间的故事，从徐斐娜的出身，到李承帆母亲的百般阻挠，就像八点档的电视剧一样，情节生动曲折。这部“电视剧”从预告到大结局都在提醒着秦矜，珍惜眼前的一切美好。

美好，从那枚戒指开始。

第十章

有个叫许迟的，是我秦矜的男朋友

秦矜和徐斐娜认识也有几年了，不过平时都是相互打趣和调侃，秦矜很少主动去问徐斐娜家里的情况。毕竟同龄人在一起，无缘无故问及家人的情况，总是不礼貌的。

这几年，徐斐娜一直奔波于各种应酬中，动不动就加班，看似是劳碌命，其实她比任何人都努力。

砰——

闻声，秦矜转头看见徐斐娜又开了一瓶香槟。

“还喝？”秦矜赶忙走过去，看徐斐娜已经拿出了香槟杯，只好耸肩说道，“那就陪你再喝一杯吧，就一杯……”

徐斐娜从不酗酒，可这次，不喝醉她心里难受，秦矜只能随她去了。

两人坐在秦矜家的飘窗上，聊了许久，直到徐斐娜收起眼泪，话题才落到秦矜身上。

“真要开个书店？不要酒吧了？”

徐斐娜问这话时，瞥了瞥秦矜一直揣在兜里的首饰盒。

很显然，徐斐娜是在问：这样的决定是不是跟许迟有关？

秦矜举着酒杯，假装没看懂她的暗示，摇头晃脑地说：“酒吧和书店差别是有点儿大，不过也还好，我将来以书店为主要‘根据地’，酒吧就当‘临时俱乐部’吧。”

秦矜对酒吧的确还是有些不舍。那些灯红酒绿的夜生活曾经是她的全部。

但人这辈子能在正确的时间遇见正确的人，做正确的事儿，这就已经够了。她现在有了许迟，只想过安稳的生活。

徐斐娜又一次将杯中的酒一饮而尽，拉着秦矜就朝门口走。

“干吗去？”秦矜下意识搀着她，不解地问道。

“姐喝累了，陪姐睡觉去——”

这语气，那个徐斐娜又回来了。

秦矜笑着说好，顺手带上自家的门，说：“那我给许迟发个消息，视频就不要了，今晚我心里只有我们娜娜一个！”

两个女人嬉闹着进了门，徐斐娜去浴室洗掉一身酒气，秦矜也给许迟发去了消息，说今晚要陪徐斐娜，明天再和他视频。

消息发出去一分钟不到，秦矜就收到了许迟的回复。

许迟：“好，早点儿睡。”

秦矜拿着手机，靠在沙发上发起了呆。

与其说要陪徐斐娜，不如说是她自己“胆小”。

面对那枚戒指，秦矜需要好好思考一下，且这一晚不能被他干扰！她得静静地想想两人未来的那些事儿。

夜晚，两个女人躺在一张床上，有一搭没一搭地聊着。

没多久，徐斐娜就睡着了，秦矜没有叫醒她，而是拿出那枚戒指，小心翼翼地戴在了自己的无名指上。

窗外的月光洒进房间，光线落在钻戒上，只要她稍微一动，钻石那数不清的切面就会折射出光芒。

等他回来，然后……正式戴上它？

不得不说，许迟用这样的方式，远比当众单膝跪地，唐突地掏出戒指向她求婚，要来得舒服很多。

第二天，徐斐娜一扫昨晚的狼狈，没有像往常周末那样一觉睡到中午。

十点钟一过，徐斐娜就已经穿戴整齐，连妆都化好了。

秦矜趴在床上，看她一边喷着香水，一边选高跟鞋。

“这双过踝靴好看，还是这双过膝的好看？”

徐斐娜照着镜子，扬声问着秦矜：“哪一双好看？”

秦矜打了个哈欠，说：“过踝靴吧，看着比较搭。”

徐斐娜二话不说，直接踩上那双被选中的过踝靴，站在镜子前来回照了照：“我中午有个局，差不多晚上能回来，你一会儿是回你家，还是在我家？”

“我现在哪儿也不想去，就想睡觉。”秦矜说着就翻了个身，趴到枕头上，把脸埋了起来。

昨晚折腾到后半夜，秦矜到现在眼睛都还睁不开，酸得很。

“那你睡吧，冰箱里没菜，你饿了就点外卖，晚上见。”

徐斐娜说着就走到了玄关处，秦矜在卧室远远地望着她，扬声说道：“我晚上直接去酒吧，许迟晚上十一点到，我得去接他。”

“得，那我就不操心你了，晚上姐再约个局，走了！”

“拜——”秦矜话音一落，徐斐娜就出了门。

有些不开心的事儿，只需一晚就可以忘记。

有些伤心的人即便昨晚喝得酩酊大醉，哭得伤心欲绝，第二天能够振作起来，重新出发。

秦矜在徐斐娜家睡了个回笼觉，起来的时候已经是下午两点了。

回自己家洗漱一番，刚放下毛巾，许迟的电话就来了。

这个时间，许迟应该是刚和同行的前辈一起吃过午饭。

秦矜接起电话，按下免提说：“许医生，忙完了？”

许迟感觉她心情不错，不禁笑道：“怎么，不用陪徐斐娜了吗？”

秦矜走到自家厨房，一边翻着橱柜，一边回答说：“她恢复得快，上午就跟没事人似的出去了……我的泡面呢……”

许迟听见了她的嘀咕声音，微微皱眉问：“怎么要吃泡面？”

秦矜先是一愣，随即轻咬一下舌尖，解释说：“我懒得叫外卖，想着煮包泡面先……”

被他隔着电话逮个正着，秦矜只好悻悻地关上橱柜的门。

“算了，我还是叫个外卖吧，”秦矜走出厨房，随口问他，“你说我是喝粥还是吃汤面？”

“都行，吃点热的暖暖胃。”许迟说。

果然，他猜到昨晚她们喝酒了。

“好。”秦矜清脆地应了一声。

接着，秦矜马上把话题转到今天的日程上。

“下午稍晚一点儿我可能要去酒吧一趟，在办公室消磨消磨时间，晚上我去机场接你。”

秦矜一边说着，手指一边快速地翻找着附近哪家汤面店送餐最快。

许迟这会儿正站在酒店的大厅门口，一会儿还有个茶座会，他在等人来接。

“晚上飞机降落要到十一点了，我打车回吧，晚上你早点儿睡。”说到底，许迟是不想她这么折腾。

“不行，”秦矜拒绝得很干脆，不容反驳地说道，“我肯定要去接你的，见不到你，在家我也待不住。”

熬不过秦矜两三句话，许迟最终还是顺着她说好。

“记得穿厚点儿。”

“知道了，你真是比我妈还啰唆……”秦矜笑着调侃他。

聊了一会儿，直到秦矜听见电话那头有人叫许迟的名字，她才收住话题。

“下午有个茶座会，晚上主办方那还有个饭局……”

秦矜听着许迟向她交代今天的行程，不自觉地弯着嘴角问：“许医生，如果有特别优秀又漂亮的女医生想要你的手机号码，你会给吗？”

送命题！妥妥的送命题！

听筒里传来许迟低笑的声音，他说：“可惜了，没这个机会。”

秦矜没听懂许迟的这句话。她还没来得及追问，许迟就被工作人员叫上了车。

秦矜坐在沙发上，想了半天没想明白。她端起杯子喝了口水，突然想起她可以去网上搜索一下，看看有没有颁奖典礼的相关报道。

从卧室找出许久没打开过的笔记本电脑，秦矜在搜索引擎的搜索框里输入颁奖典礼的名称。

刚要翻页，秦矜就看到了排在第一位的视频标题——“最具发展力学术认证奖·许迟”。

一点进去，秦矜就看到镜头拉近至许迟的半身，他一如既往地穿着一身笔挺的西装，脸上是不疾不徐的淡然表情，嘴角的浅笑温润得很，只见他在一片鼓掌声中走上舞台。

一位头发花白的长者将奖杯递到许迟手中，接着两人相拥，低头交谈两句后，长者便退到一旁，示意许迟发表获奖感言。

秦矜不由得抿着笑，在床边坐直了身子，视线紧盯着视频里的他。

许迟一手微举着奖杯，一手扶着话筒杆。先是和台下的众前辈点头示意，接着说起了获奖感言。

说到最后一句的时候，许迟忽然抬头望向镜头，笑着说："我是第一次参加国内这样的颁奖典礼，除了要感谢刚才列举的前辈之外，还有我的另一半。"

许迟的话音一出，秦矜的小脸就唰的一下红了。看着视频里的他，什么声音都听不进去了。

不过还好，他没有在颁奖典礼上冲着镜头来场求婚什么的。

秦矜关上电脑，拿出随身带着的首饰盒，取出那枚钻戒，戴在无名指上，又冲着阳光张开手。

那就戴着吧！

下午六点多，秦矜开车去酒吧。今天是星期天，估计店里会有很多人。

秦矜一边开车，一边打量自己无名指上的戒指，此时她的脑袋里全是晚上和他见面时的假想场景。

她泪眼汪汪地扑上去，在他怀里来回撒娇，然后给他看自己戴上戒指？

不好不好。

要不然……装作不经意让他看到？

这样貌似太隐晦了。

想着想着，秦矜就把车开到了酒吧后巷。今晚酒吧门前的停车位肯定是不够用的，她就别占车位了。

下车的时候，天刚刚黑下来，酒吧的招牌刚亮起不久。

秦矜把车钥匙揣进衣兜，从酒吧后巷的小门进去，路过员工更衣间的时候，瞥见阿辉的柜子是锁着的，工作服也挂在一旁。

带着疑问，秦矜在一号吧台找到了英子。

“秦矜姐，你今天怎么也来了？”

“阿辉呢？怎么没见他。”秦矜在酒吧内场四下看了看，好奇地问。

英子一边擦着酒杯，一边解释说：“他昨天晚上发烧，今天下午还没退烧，就让他去医院打吊针去了。提前和贺惟哥请过假了。”

“哦……”秦矜坐上高脚椅，愣了一下问，“贺惟来了？”

“是啊，贺惟哥下午三点就过来了，一直在面试经理，现在还在办公室呢。”英子说着就朝贺惟办公室的方向望了一眼。

难得今天贺惟也在，而且还是面试经理，秦矜想去瞅两眼，于是直接迈步去了贺惟的办公室。

咚咚——

“进来。”

秦矜推门进去，看到贺惟办公室里只有他一个人，不禁挑眉问道：“怎么就你一个人？面试的人呢？”

“还有两个没到时间，”贺惟说着就把手里的文件放下，反问道，“你今天怎么过来了？许迟呢？”

秦矜耸耸肩，在贺惟对面坐下：“他去参加一个颁奖典礼了，今天晚上回来。”

话音一落，秦矜就瞥见办公桌上的几份简历。

“这么多？还没有合适的吗？”

贺惟摇了摇头，把那几份简历递给秦矜说：“今天下午来的这几个，都没有在酒吧工作过的经验，有一个还对酒精过敏，实在没法选择。”

不是没法选择，简直就是没得选，选不了。

秦矜翻看着求职者的简历，何止是这样，竟然还有大学刚毕业的想来当酒吧经理的。那成就奖项一栏都快写满了，但全都是纸上谈兵。

他们现在需要的是一个有多年酒吧管理经验的经理，不是初入社会的学霸。

管理酒吧和管理酒店不同，这个场合太需要会察言观色，要不卑不亢，有头脑有想法，并且情商一定要高。

就在两人交谈之际，敲门声响起。

“贺惟哥，秦矜姐，面试的人来了。”

闻言，秦矜赶忙从椅子上站起身来，绕到一旁的沙发上坐下。

贺惟摊了摊手，比画着说：“加上这个，还有一个没到的。”

待外面的人进来，秦矜便拿过了茶几上的杂志，一边假装翻着，一边用余光打量来人。

这个人穿着一身职业装，白衬衫、黑西服，还戴了条有些刻板的领带，看着就让人喘不过气来。

“贺老板好，我叫朱毅，这是我的简历。”

朱毅从公文包里掏出简历，却不小心勾带出了其他的文件。

“不好意思，不好意思。”朱毅急忙弯腰将文件捡起来塞回包里。

秦矜瞄了一眼，不自觉地挑了挑眉。

贺惟大致看了眼简历，马上提出了疑问：“朱先生，你的兴趣爱好这一栏，为什么是空的？”

闻言，朱毅像是早有准备似的，推了推鼻梁上的眼镜说：“我的爱好就是热爱我的工作！不瞒您说，我是个不折不扣的工作狂，我非常享受工作，我会全身心地投入到工作当中。”

这套说辞太摸不着边了，贺惟果断打断了他的话。

“那请问，既然您这么热爱您的工作，上一份保险公司的工作为什么不做了？”

秦矜也竖起耳朵听答案。

只见朱毅拿纸巾擦了擦额头上的汗，笑着说：“我觉得那份工作不能完全发挥我的长处。”

“所以……您的长处是什么？”

“我这个人优点就是任劳任怨，即便是加班到晚上十点，我也会把工作做完……”

朱毅的话还没说完，秦矜就扑哧一下笑出了声来。

“怎……怎么了？我说的都是真的。”朱毅眼神有些闪躲地看看贺惟，又看看坐在沙发上的秦矜。

贺惟显然已经没什么耐心了。

“朱先生，我觉得您不是很适合我们这份工作，请回吧。”贺惟说着就把简历向前推了推。

朱毅有些不甘心地站起身来，没有拿回简历，而是反问道：“为什么？你们还没有看到我的实力，怎么能说我不适合？”

贺惟双手交叠，叹气说：“我想朱先生都没有搞清楚我们酒吧所需要的经理是什么属性的，就贸然来投简历了吧？”

“我们的营业时间是下午三点到凌晨两点。如果您稍有了解，就不会在这里拿加班到晚上十点的过往经历来说明你的认真负责。”

这个朱毅，三句话就露馅。连自己应聘的酒吧的营业时间都没搞清楚，还说热爱工作？

当朱毅愤愤地离开后，秦矜这才起身去桌上拿他的简历来看。

“简历都写得不真实，往严重了说就是人品不过关。”秦矜放下简历，看着那个朱毅离开的方向继续说道，“如果他真的离职半年，怎么会现在公文包里还带着保险单？真有意思……”

贺惟笑了，补充道：“当然，如果他真的如此热爱工作，压根儿不会三年换五个工作，而且还都是跨行业。”

看来这个经理，还真的不好招。

秦矜拿出手机看了眼时间，另一个应聘的人更夸张，已经迟到了半个小时了，太没有时间观念了！

贺惟收回简历，视线却扫到秦矜无名指上的钻戒。

“你们进展这么快？”贺惟调侃似的问道。

秦矜顺着他的视线看向那枚还没戴热的钻戒，脸颊微红，笑着点头说：“是啊，搞不好我们哪天就闪婚了。”

说着，秦矜就走回沙发旁坐下，一边摸着那凸起的戒指，一边把话题抛给他：“对了，我可是听英子说了，你和晓雅速度也不慢！”

贺惟耸肩笑了笑，刚想说什么，桌上的手机就响了起来。

“说曹操曹操到。”

话音一落，秦矜就看到贺惟笑着接起了电话。

秦矜一听，是苏晓雅打来的，不禁琢磨道——这个苏晓雅，现在不会再吃她的飞醋了吧？要不她先走一步？

就在秦矜放下手里的杂志，准备先溜一步的时候，听见贺惟和苏晓雅说：“秦矜也在，一会儿让她在这儿面试就够了。你直接过来吧。”

苏晓雅要过来？

贺惟挂断电话，主动说道：“之前就和晓雅约好了，今天要带她去南扬山山脚下那家温泉度假村，那里晚上九点有露天电影看。”

“听起来很不错。”秦矜眯着眼打趣道。

贺惟点头说：“是不错，我前天预约的，差点儿没约上。”

“我是说你们进展还不错。”

贺惟故意瞥了眼秦矜手上的戒指：“怎么着也赶不上你和许迟的速度。什么时候结婚？记得提前说一声，我好给你准备份子钱。”

“放心，少不了你的。”

两人闲聊几句，话题又绕回了工作上。

秦矜说起阿辉的事儿。

“阿辉目前就是欠缺管理方面的硬件知识，其他方面他算是在同龄人里面很优秀的了。”秦矜很客观地说。

虽说平时招聘这种事情，她向来是不插手的，但她总担心贺惟不给阿辉机会。

“你怎么想的，我知道。”贺惟点头算是应下了。

阿辉没有读完大学就辍学了，品性很好，所以秦矜当初才会选他做所谓的“徒弟”，从做咖啡到调酒，秦矜会的都教给了他。

就连他和英子在一起，也是秦矜间接撮合的。

阿辉很有眼力见，也很会处理客人之间的小摩擦。再加上他块头不算小，往那一站，即便是想闹事的也会胆怯。

聊了一会儿，苏晓雅就来了。

怎么说两人之前都有过小矛盾，再次见面，秦矜多少还是有些不自在……

“你们不是要出去吗？快走，别在我面前谈情说爱——”秦矜装作轰他们走的样子。

苏晓雅挽着贺惟的手臂，没着急走，而是笑着从包里掏出一盒巧克力。

“给，这个很好吃，我让同事帮我带的。”苏晓雅说着就把巧克力塞到了秦矜手里。临走的时候，还不忘冲秦矜眨了眨眼睛。

秦矜看着手里的巧克力，想着苏晓雅送她巧克力也没错，要是没有她的推波助澜，他俩还不一定能在一起。

想到这儿，秦矜就心满意足地拆开了巧克力，回自己办公室吃了起来。

吃了几颗，秦矜才注意到，这巧克力和之前钱佳妍送给于钰琴的是一样的。

上次吃的时候，秦矜可以说是一肚子的气，压根儿没觉得好吃。今天心情好，吃起来味道确实不错。

秦矜带着巧克力去吧台找英子一起吃。

这会儿酒吧开始慢慢上人了，但不算多，零零散散地坐在几个卡座里。

秦矜刚坐到高脚凳上，英子就把一旁帮忙的兼职员工小余支开了。

秦矜看着小余去了二号吧台，不禁好奇地问："怎么了？有事儿和我说？"

只见英子点点头，压着笑意示意秦矜凑近一些。

"什么事情……这么神秘……"秦矜笑着靠近。

英子低声在她耳边说了一句什么，秦矜先是一愣，接着失声叫道："什么！你怀孕了？"

"嘘——"英子赶忙探身捂住秦矜的嘴巴，尽管酒吧里的音乐声足够大，但也怕有人偷听。

"这是好事！怕什么吗……"秦矜脸上挂着笑，真心为英子高兴，但问题也随即而来。

"那你俩得赶紧结婚吧？我记得你爸妈挺传统的，到时候肚子大了，肯定不好弄了……"

“现在也不确定，我早上用测孕棒测的，改天还是得去医院查一下。”英子低着头，脸颊红红的。

秦矜摸着下巴，像很懂似的说：“一般测孕棒都很准的……你上次那个是什么时候来的？”

“已经晚了二十天了。”

“那肯定是了……”秦矜拍着桌子肯定道，“你明天去查查吧，准假准假。”说着，秦矜就看了眼巧克力，“孕妇能吃巧克力吧？”

英子还没来得及说话，秦矜又马上说：“这样吧，我九点走，正好那时候送你回去，今天你就别在酒吧盯着了，全是酒气。”

英子跟秦矜说不用这么紧张她，但实在拗不过秦矜，只能说好。

两人还在聊，小余就带了一个穿着职业装的女人过来：“秦矜姐，这位女士说她是来应聘的。”

闻言，秦矜先是打量了这个女人一眼。

“不好意思，我在路上发生了点儿意外。”女人说着就把袖子撸了起来，只见她手腕处一片擦伤。

“先跟我来吧。”

秦矜直接带她去了自己的办公室。关上办公室的门，秦矜随手一指说：“先坐。”

女人刚坐下，就看见秦矜从柜子里拿出了一个医药箱。

“不……不用了，我回去再处理也可以的。”女人下意识地婉拒。

她来晚了是事实，意外不是迟到的借口。

秦矜拿出碘酒和大片的创可贴，看着她说：“我不一定会雇你，但交个朋友总可以吧？”

女人先是一愣，随即笑了：“谢谢。”

秦矜没什么老板的架子，看见她手臂擦伤，很自然地帮她涂了药消毒，贴上了创可贴，这才回归正题。

秦矜盖上医药箱的盖子，轻声问道：“你的简历呢？”

女人递上简历，不可否认，她的字很好看。

张漫，年龄三十五岁，离异。

“张漫……你过去五年的工作经历是全职太太？再之前是开了家服装店？”秦矜一时之间没想通她和酒吧经理有什么关系。

“我知道我看上去可能不是很适合这份工作，但我觉得我能胜任。”张漫说这话时脸上是一副自信的神情。

秦矜突然对她有了兴趣，走到办公桌前坐下，点头问道：“你为什么觉得自己可以胜任？说来听听。”

“我从前开的那家服装店是开在城南的闹市区，我大学一毕业就自己做服装店，打板、进货、谈价格，全都是我一个人做。后来结了婚，为了能专心带孩子才把店卖掉的。”

秦矜对城南的那片闹市区还算了解，能在那里开家店，且一开就是七八年，的确是有些能力。

“那你的孩子呢？你要知道我们这里，凌晨两点才下班，经理肯定得最后走，收拾收拾至少三点了，而且人多又杂，酒气熏天的……”

“孩子判给他爸了。”

看张漫的表情，应该是离婚的时候闹得挺不愉快，看她眼角有泪，秦矜也就不再聊这个话题了。

“我看你大学学的专业是市场营销，怎么不去找个办公室的工作？”

办公室白领，体面又朝九晚五的，是绝大多数人的首选。

“我的性格比较外向，在处理人际关系上，我是有优势的。”张漫说到最后，不忘把自己的最大优点说了出来，“我们家以前是倒腾烟酒的，我对酒很了解。”

秦矜倒不担心她撒谎，毕竟懂不懂，等真的上了岗，藏也藏不住。

说实话，张漫长得很耐看，虽说第一眼没有让她惊艳，却越看越舒服，越看越顺眼。说话也很直接，语言表达能力也不弱。

“我了解得差不多了，周一给你答复吧。”

张漫点头说好，起身刚要离开，就被秦矜叫住了。

“可能这么问有些冒昧，但我还是想知道为什么你会离婚？”

兴许是内在性格的问题？秦矜要考虑这一点。

张漫迟疑了一下，深呼吸说道：“我以为当个全职太太，拴住男人的胃就够了，后来才意识到，拴住他的胃，却拴不住他的心。”

原来是这样。

看着张漫离开的背影，秦矜不禁有些恍惚。

张漫离开后，秦矜把她的简历和情况简单地概括了一下，然后发给了贺惟，就目前情况来看，她还是有一点优势的。

晚上九点钟，秦矜看时间差不多了，便溜达到一号吧台找英子，却没见到她的人。

“小余，英子去哪儿了？”

“楼上有客人，英子姐刚上去调酒。”

也对，平时楼上有客人要调酒都是阿辉上去，今天阿辉不在，会调酒又能走得开身的也只有英子了。

秦矜点头应了一声，抬手看了看时间，现在九点钟，十点出发去机场也来得及，毕竟送英子回家是顺路的。

秦矜朝楼上看了一眼，对小余说：“那我去买点儿吃的，等英子下来直接让她换衣服等我。”

“好，知道了！”

说完，秦矜就拢了拢外套，径直走出了酒吧。

一直忙到现在，她都还没来得及吃晚饭，正好去张哥那儿打包些饭菜。

因为距离很近，秦矜就没开车，直接走路过去。

尽管已经四月份了，但小饭馆屋里屋外的温差还是很大，玻璃上起了雾气。

秦矜推门走进去，玻璃门碰到铃铛，铃铛发出丁零声，很熟悉。

“秦矜来了！”

张哥爽朗的笑声从楼梯那头传来，秦矜抬头看过去，笑着应道：“张哥。”

张哥走近，下意识看了看秦矜身后：“你男朋友呢？今天怎么没一起来？”

“他出差，今晚才能回来，”秦矜说着就找了个靠窗的位子，“张哥，我今天就打包三个套餐吧，还是老样子。”

她自己一份，英子和阿辉各一份。没有给许迟带，是怕接到他时饭菜已经凉了，不如回家再给他做。

张哥让厨房去做，又溜达过来和秦矜闲聊：“丫头，我听秦放那小子说，你和那个医生都到谈婚论嫁的地步了？”

闻言，秦矜不自觉地摸了摸发烫的耳垂，说：“就正常恋爱，还没那么夸张，不过……也快了吧。”

说这话时，秦矜另一只手一直揣在兜里，那枚戒指在兜里待了一晚上了。

张哥见秦矜脸红了，打趣几句就去忙着招呼别的客人了。但也不忘让秦矜有好消息，一定要通知他！

看着张哥走去其他桌招呼客人，秦矜不由得轻呼一口气，拿出戒指，放在面前看了又看。

今天晚上摘下它，也是不想被店里那群小子议论。

凝视了戒指许久，秦矜自顾自地戴上，抿着嘴笑着，望向窗外。

九点多的夜晚，行人的脚步不如上下班高峰期时那般匆忙，反倒是无比悠闲自在，三两成伴，四五作堆。即便是有独身路过的行人，也有不少是拿着手机在打电话的。

“你终于回来了。”

突然响起的对白声，惹得秦矜一愣。转头一看，发现是店里的电视正在播放现下最火热的言情电视剧。

女主角那张小脸梨花带雨，眼泪不断地往下落。对面的男主角则是一脸深情地与她对视。

“你知不知道我等了你多久！我真的好想你。”

女主角说着就扑到了男主角的怀里，小手不停拍打男主角的胸口，镜头切到男主角的近景，男主角淡淡地说了一句 ：“笨蛋，再打我可走了。”

这剧情……

秦矜看得脸颊红红。还没来得及收回视线，秦矜就看到张哥站到了她的面前，笑着说：“丫头别着急，后厨有点儿忙，再等一会儿。”

“好，我不着急。”秦矜说完就收回了视线，再次望向窗外，眼前不禁浮现出许迟的脸。

一刻钟后，三份套餐打包好了，秦矜付了钱和张哥打了声招呼就走了。

秦矜走后，张哥刚想收拾隔壁桌的碗碟，就瞥见秦矜刚才坐的桌子旁的玻璃窗上留下了两个字——“许迟”。

秦矜拎着饭菜走回酒吧，到了一号吧台，却发现没有人在。

人都去哪儿了？

秦矜绕进吧台内，四下看了看，酒吧这会儿音乐声吵得很，光线也很暗，根本看不清人。按理说这会儿英子和小余应该是一起在一号吧台服务才对。

想到这儿，秦矜弯腰从柜子里拿出备用的对讲机。一边戴上耳麦，一边按下对话键：“一号吧台空台了，怎么回事儿？”

很快，其他几个吧台的调酒师都回了话，说刚才看见小余去洗手间了。

话音刚落，秦矜就看到小余从洗手间的方向小跑了过来。

秦矜摘掉耳麦，故意摆着老板架子：“以后不能空台，你去洗手间可以让英子帮你看台。”

小余一听，赶忙朝吧台里看了一圈，挠头说道：“不对……我刚才去之前英子姐还在这儿的。”

闻言，秦矜不自觉地皱了皱眉头，再次拿起耳麦说道：“英子，马上来一号吧台。”

秦矜的话音一落，英子就从另一边赶了过来。

“你去哪里了？不舒服吗？”秦矜下意识看向英子的肚子，小声提醒说，“我听别人说，前三个月是很重要的，你小心一点儿。”

英子摇头表示自己没事儿，凑到秦矜耳边说：“秦矜姐，今天场子里有个人好奇怪……”

“哪个？”秦矜听到英子这么说，整个人都警惕了起来，四下打量着。

英子伸手给秦矜指了指。

秦矜顺着她手指的方向，看见一个女人在舞池里扭动着腰身，晃动着头发，手上端着酒杯，酒杯里的酒洒得到处都是……光看背影倒不像是酒吧的常客，反倒是像一个完全不会跳舞的舞痴在耍酒疯？

“秦矜姐，你看她把酒都洒到别的客人身上了，我去请她下来！”英子说着就要过去。

就在这时，那女人转了过来，秦矜看到她的正脸，不禁愣住了。

“钱佳妍？”

闻言，英子也停了下来，下意识问道：“秦矜姐，是你朋友吗？”

秦矜摇头说不是，又不忘补充一句：“她之前追过许迟，是我的情敌。”

舞池上，钱佳妍杯里的酒空了，她撩着长发没好气地骂了一句。

吴霏霏作为钱佳妍的同事兼闺密，钱佳妍闹着要她陪着来酒吧，她也只能来了。

“佳妍，别再喝了……这么多人都看你……”吴霏霏站在舞池下面想要拉钱佳妍下来。

钱佳妍没好气地甩开她的手，弯腰拿过酒瓶，一边倒酒一边说：“你别扫我的兴……我现在被人抢了男朋友，我需要发泄——”

这时，音乐声突然停了。

“Everybody，下面有请今晚的特邀 DJ 信宥！”

钱佳妍转身看向几步之外的打碟台，还没看清那边说话的人，就被台下的起哄声吓了一跳。她的酒劲儿也上来了，索性两三步冲上去，一把抢过麦克风。

“喂！你干吗！”内场的工作人员赶忙上台想要抢回话筒。

钱佳妍躲开后，举着话筒说：“你们都不知道吧？这酒吧的老板是个第三者……”

钱佳妍的酒话还没说完，话筒就被人夺了去。一抬头就看到秦矜站在自己面前，钱佳妍冷笑一声说：“怎么，我一说你你就出来，做贼心虚？”

秦矜把话筒递给一旁的工作人员，还没来得及说话就听钱佳妍叫嚷道：“都来看看！这就是这家酒吧的老板秦矜，抢别人男朋友的臭女人！”

“钱佳妍！你够了！”秦矜指着钱佳妍警告她不要在这里闹事儿。

钱佳妍眯着眼冷笑一声，抬手就想给秦矜一巴掌，只不过手刚抬起来就被秦矜抓住了。

“怎么？你做的好事还不让我说吗？怪不得你亲生父母不要你！”

啪——

清脆的耳光声在没有音乐的酒吧里，显得格外响亮。

“你敢打我！”钱佳妍捂着自己的左脸，瞪着秦矜。

秦矜警告道：“钱佳妍，你今天跑到我这里，就是想说这些吗？我劝你马上给我离开，不然我会让我的同事‘请’你出去。”

这会儿还不到十点钟，酒吧里的人不算多，但也有三四十位客人在场。

吴霏霏站在舞池下面，一个劲儿地拉钱佳妍，说：“佳妍，走了，我们走了……”

钱佳妍没理会吴霏霏的劝说，绕过秦矜，像是叫卖一样地冲台下的人说：“我今天就给你们讲讲这位秦矜的风光史！”

钱佳妍绕着秦矜走了一圈，嘴上不停地说着：“什么叫吃着碗里的看着锅里的，就是你这样的！和男人一起开酒吧，还跑来抢我男朋友！”

秦矜不想和她废话，她不需要向任何人解释，更不想让钱佳妍多站在舞池上一秒钟。

英子在台下示意工作人员赶紧轰钱佳妍出去，但内场的工作人员人手不够，最后只叫来了几个人。

就在钱佳妍张口大骂的时候，两三个工作人员上来按住了她，但是堵不住她的嘴。

“我告诉你秦矜！许迟根本就不会和你在一起多久的！”钱佳妍两只手被人钳制住了。她只能挺着身子面色狰狞地说：“你就不好奇我和许迟在国外做过什么吗？他可是个男人！”

秦矜走近一步，讽刺道：“我知道你想说什么。但你现在做出的这种可笑行为，反倒让我可怜你。”

“你说什么！”

钱佳妍用力挣扎着，但还是被带到了舞池下。

秦矜什么心情都没有了，示意 DJ 放音乐。

秦矜刚走下台阶，音乐声还没响起，就听到咚的一声响，是有人撞到了高脚桌，玻璃杯碎了一地。

酒吧里顿时一片慌乱。

出事儿了。

许迟赶到南山医院的时候，秦放正在走廊上打电话。

许迟远远地看到秦放紧皱着眉头，不知怎么了，许迟只觉得心口那块石头提得更高了。

秦放低头打着电话，听见急促的脚步声，一抬头就看到了许迟。

“你来了，你先等我……”

“秦矜呢？”

“秦矜在病房里，”秦放回答完他的话，又对电话那头的人说，“阿辉你交代一下直接过来吧，出了这么大的事儿，你不能不在的，赶紧过来！”

许迟整个人都处于紧绷的状态，听到“出了这么大的事”，不由得想歪了，转身就要进病房。

“行了，阿辉你赶紧来医院吧，我这边……许迟！你干吗去？”

许迟被秦放一把拉住，他着急地说道：“我进去看秦矜，你松开我。”

“不是，许迟你先听我说！你现在不方便进去！”秦放收起手机，两只手拉住许迟，生怕他直接冲进去。

“到底出了什么事儿？我为什么不能进去？秦矜怎么了？”许迟一连好几问，挣扎着甩开了秦放的手。

秦放愣了愣，几秒过后才明白许迟应该是误会了。

秦放推着许迟的肩膀朝后走了两步，压了压笑意，装作很严肃的样子，说：“你听我说，出了这样的事儿，谁都不想的……”

许迟这会儿哪里听得进去，这句话简直就像是点燃炸药的那个火苗。

“你让开，让我进去看看她。”许迟的声音有些颤抖，衬衫领口有些起皱，他有些慌了。

许迟再次上前握上了病房的门把手。

秦放作势继续拦他，就在快要惹恼许迟的时候，病房的门被人由内打开了。

秦矜从里面走出来，一边侧身关门，一边小声说：“你们在吵什么？英子刚睡着，你们不要把她吵醒了。”

许迟看到秦矜安然无恙地站在自己面前，愣了一秒，随即没好气地推开笑成一团的秦放，低骂一句：“一会儿再跟你算账。”

秦矜不懂他俩怎么了，笑着问：“你们——”

话还没说完，秦矜就被他抱了个满怀。

“你……你怎么了？”秦矜问，她似乎察觉到了许迟的不对劲。

许迟抱紧她，下巴轻压在她的肩窝上，好一会儿才松了一口气说：“秦矜，我们结婚吧。”

秦矜举起手给他看无名指上的钻戒，说：“不是答应你了，难不成你还怕我跑掉？”

怕，他很怕。

“秦矜，我爱你。”

这句话，久听不厌，就像她爱他一样。

番 外

那个“小霸王”的事儿

（一）

操场上，两个穿着运动背心的大男孩一次次在篮筐下争夺着。

砰——成功扣篮，拿分。

许迟拍着篮球，看着已经输了十几分的秦放，忍不住笑道：“怎么今天不在状态？”

秦放甩甩发梢上的汗珠，没好气地叹了口气：“这几天我起早贪黑的，苦啊——”

许迟把球扔给他，调侃着：“有这么夸张吗？还起早贪黑。”

秦放拍着篮球绕回起点线外，可怜兮兮地抱怨说：“可不就是嘛，早上送那个小祖宗上学，晚上还得给她补课，天知道小升初的题怎么那么难！”

许迟擦了擦汗，弯腰做好准备动作，趁秦放一个不留神，再次抢过球，三步上篮。

“总归是个小孩儿，你这个当哥的，累点儿也是应该的。”

许迟的话音刚落，就听到不远处传来一道声音。

“秦放！快点儿回家吃饭！”

闻声，秦放忍不住翻了个白眼，冲许迟摊了摊手：“听听，有这么凶的小孩儿吗？”

秦放没再接球，而是走到一旁拎起书包，一边朝操场边瞥，一边跟许迟小声说道：“就那个小祖宗，在家就是个活生生的‘小霸王’，等她长大了不知道能不能找到男朋友 。”

秦放刚斜背上书包，那边的秦矜又开始叫喊了：“秦放！你再不走我就向舅妈告状了！”

秦放脸色又苦了几分，他对许迟摆了摆手，说：“走了，明天见。”

许迟站在原地掂着手上的篮球，视线落在那个扎着双马尾的“小霸王”身上。

“秦放你完蛋了！回家我就给舅妈说，说你只顾着打篮球，都不去接我放学！”

“叫哥！天天没大没小的……”秦放拉了一下秦矜的马尾辫，“哥昨晚帮你做作业做到凌晨两点才睡，和兄弟打会儿篮球怎么了！”

秦矜甩着马尾辫回头看了一眼，看见那个穿着白色运动衣的人正在自顾自地投篮。

放学后的黄昏，那个独自打篮球的男孩，秦矜久久没能忘记。

（二）

高考倒计时一百天，许迟和秦放都计划出国读大学，高考成绩占比不大，所以他们一有时间就凑到一起打游戏。

许迟的卧室。

“我说，你专业选了没？申请递了吗？”许迟起身喝了口水。

秦放没移开视线，一边按着游戏手柄，一边说：“都递上去了，和之前决定的一样，我报金融统计学。”

楼上，两人有一句没一句地闲聊着。而楼下的座机则是响个不停。

于钰琴不紧不慢地走到客厅，在电话挂断前接了起来。

“喂？”

“那个……请问是于阿姨吗？我是秦放的妹妹，我想找秦放，请问他在你那儿吗？”电话那头的秦矜压着声音，乖巧地问。

“你是秦矜？”于钰琴记得秦放提过自己的妹妹叫秦矜。

“是，”秦矜手指扯着电话线，小声说，“舅妈让秦放回家吃饭，我一猜他就是在阿姨这里……”

秦矜手里拿着一个记事本，上面写着秦放同学家的电话。

“好，我去给秦放说。”

“谢谢阿姨。”

挂断电话后，于钰琴来到楼上敲门。

“秦放，你妹妹来电话了，叫你回家吃饭。”

上一秒还沉浸在游戏世界里的秦放，一听到这话，马上起身说道：“知道了！我马上回家！”

听到于钰琴下了楼，秦放才恋恋不舍地放下游戏手柄，一边穿着外套，一边和许迟抱怨道：“看吧，我就知道！只要那丫头在我家，我就没法安生……”

“她读初几了？”许迟下意识问道。

秦放背上书包，回答说：“初一要升初二了，年级在涨，臭脾气也在涨，三天能告我八次状！”

许迟送秦放下楼，在门口不忘提醒道："那过阵子和他们几个的散伙饭，你要带她来吗？"

秦放立马道："不要，千万不要！"

秦矜那拆局的本事，秦放可是体验过的。

"要是回去晚了，保不准她又要在我妈面前乱说话了……走了！"

许迟目送秦放小跑着离开，假想了一下那个扎着双马尾的女孩会是如何"拆局"。

还真是想不到。

许迟笑着将家门关上，刚要上楼，客厅的座机突然响了起来。

许迟走过去，看了眼来电号码，是秦放家里打来的。

以为是秦放妈妈着急了，许迟赶忙接起电话："喂？阿姨，秦放刚走——"话还没说完，许迟就听到电话那头传来几声低笑声。

这是许迟第一次，和她隔着电话通话，虽然只有那一句。

"再见！"没给许迟多说两句的机会，秦矜直接偷笑着把电话挂断了。

许迟也笑了。好吧，被这个小丫头占了便宜。

（三）

时隔几年，异国他乡。

许迟和秦放在同一所大学读书，但所读的学院和专业不同。

难得学校组织了一个大三下学期实习发展方向的讲座，两人这才在同一间教室里碰面。

许迟刚刚结束了一个临床实验考试，猫着腰走到倒数第三排，拍了拍低头玩手机的秦放。

秦放抬头看到是他，忍不住念叨：“你来得可真够晚的……”

秦放朝里挪了一个位，许迟便直接坐在了原先他坐的座位上。

“晚上一起吃饭？”许迟主动邀约。他们上次一起吃饭已经是上个月的事儿了。

许迟每天忙着研究那一套临床实验，月底刚交了两篇论文。而秦放则是忙着和商学院那帮人一起做项目。

总之两个忙到不行的人，今天算是都有空了。

“去你家吃吧，”秦放笑着眯了眯眼睛，“正好把上次那瓶酒喝了，我可惦记很久了。”

秦放和朋友合租了一套公寓，离学校有点儿距离，而许迟则是住的学校安排的公寓，毕竟这里优等生的待遇是很高的。

许迟点头说好，正巧家里有冰冻的海鲜和牛排。

两人聊了一会儿，许迟见秦放频频低头看手机，便瞥了一眼他的手机屏幕，脱口问道：“秦矜吗？”

备注名是“小霸王”，应该只有秦矜了。

秦放一边回复着消息，一边说：“是啊，最近这丫头高中课程跟不上，我妈让我教育教育她。”

说到一半，秦放习惯性地问许迟：“你说咱们那会儿，也没觉得数理化有多难，怎么到她这儿就这么复杂了？”

许迟先是一愣，原来那丫头都上高中了。

回过神来，就看见秦放一脸茫然地看着手机屏幕：“这题也太难了吧……”

“看得我肚子直疼，”秦放捂着肚子皱眉说道，“我那点儿数理化的知识一毕业全还给老师了……要不你教她吧，我去趟洗手间。”

秦放说着就把手机塞给许迟，捂着肚子从教室后门溜了出去。

许迟拿起手机，看着“小霸王”发来的一串问号。

“秦放！还说要教我！人呢！”

在秦矜跳脚前，许迟赶紧回复道：“我看一下。”

接着许迟就快速滑到上面，拿笔在纸上快速列下方程式，还不忘“贴心”地给出两种解答方式。然后拍照、发送。

原本趴在桌上准备放弃的秦矜，看到了“秦放”发来的消息，清秀好看的字迹，清晰的解答逻辑……

这怎么看都不像是出自她老哥秦放之手。

“这是哪位英雄好汉解囊相助！”

许迟看见这句话，不禁弯起了嘴角。

“我朋友做的，看得懂吗？”

秦矜赶忙点头回复：“看得懂，看得懂！替我感谢一下这位学霸！有缘请他吃饭！”

这顿饭算是欠下了，许迟记住了。

（四）

国际机场大厅。许迟一边看着手表上显示的时间，一边推着行李箱走出大厅。刚走出去，许迟就看见姗姗来迟的秦放。

“你再晚五分钟，我就自己打车回了。”许迟指了指时间说。

秦放笑着解释说：“路上太堵了，真的，太堵了！”

于钰琴最近身体欠佳，许迟刚把那边的工作处理完，就请了短假回国。秦放作为兄弟，铁定要来接机的。

秦放打开后备厢，把许迟的行李箱放进去，问：“许医生，咱一会儿先吃饭？”

许迟拉开副驾驶座的车门，耸了耸肩说："都行。"

刚要坐下，许迟就看见副驾驶座位上有一个纸袋，里面装着的学士帽还掉了一半出来。

"学士服和学士帽？你的？"许迟打趣道。

秦放一坐进车里，看见那套学士服忍不住拍了下脑门："这是秦矜那丫头的，今天他们拍毕业照，怎么把学士服落车里了……真是十年不变的冒失！"说着，秦放就系上安全带，给秦矜拨去了电话。

果然，秦矜犯了迷糊，这才想起来自己没带学士服。

"行了，我现在给你送过去，你半个小时后在学校南门等我吧。"

挂断电话，秦放一边把车子开离机场道路，一边和许迟说起这个"迷糊蛋"。

"前年我姑姑和姑父因为车祸走了，就剩她一个人，知道自己是被领养的后，有一段时间情绪挺低落的……不过现在没事儿了，除了这迷糊的毛病没改掉之外，也算成熟了不少。"

许迟低头看着那学士帽，不自觉地问了句："我记得之前你说，她学的是音乐剧专业？"

"对，"秦放点了点头，打着转向灯说，"不过现在她和朋友一起开了家酒吧，没从事本专业的工作，反倒被我带得有点儿商业头脑了。"

一路上，许迟都在不自觉地询问那个"小霸王"的事儿。或许就连他自己都没意识到，其实他还挺期待见到那个"小霸王"的。

车子快到秦矜学校的南门门口时，许迟远远地就看见一个短发的女孩在东张西望。

原来，"小霸王"不扎双马尾了。

秦放把车子停好，拿着装着学士服和学士帽的袋子下了车。

许迟没有下车，但也就隔着两米的距离，将她看得很清楚。

“你说你还能记得什么事儿！拍毕业照不带学士服，你以为来玩呢？”秦放摆着哥哥的那套架子说教着。

秦矜干脆直接套上学士服，一边戴帽子，一边说：“我这不是第一次毕业嘛——”

穿戴好后，秦矜又从纸袋里拿出拍立得相机，塞到秦放怀里说：“快，先给我拍几张！”说完秦矜就退到后面，一连拍了好几张，搞怪的动作层出不穷。

“秦矜，要拍集体照了——”

闻声，秦矜赶忙拿过还没显色的几张相纸，一边甩着一边说：“好！马上来！”说完，秦矜就急匆匆地跑远了。

秦放回到车里，顺手把拍立得递给许迟，系着安全带说：“瞧，她每天就是这么风风火火的。”

话音刚落，许迟手里的相机就又导出了一张相纸。

秦放刚要启动车子，就瞥见那个被遗忘的拍立得，低骂一声：“我去，这丫头怎么又把相机给忘了。”

许迟看着秦放拿着相机去找秦矜，而他手里的那张相纸则是慢慢呈现出了色彩。

照片上，她笑得很甜。

这次的相遇，秦矜没有看见许迟。不然，相爱也许会提前一些。

（五）

阳光明媚的某天，早上八点四十分。

许迟正在和助理护士清点药品，正说到一半，突然瞥见前台那站了一个人。

“我来看牙。”

许迟先是一愣，随即压着嘴角的笑。

很好，他的“小霸王”来了。

An lian shi ke xiao hu ya